खिलखिलाता बचपन
आदतें और संस्कार

खिलखिलाता बचपन
आदतें और संस्कार

वीना श्रीवास्तव

प्रकाशक

प्रभात पेपरबैक्स

4/19 आसफ अली रोड, नई दिल्ली-110002

फोन : 23289777 • हेल्पलाइन नं. : 7827007777

इ-मेल : prabhatbooks@gmail.com ❖ वेब ठिकाना : www.prabhatbooks.com

संस्करण

प्रथम, 2019

मूल्य

दो सौ रुपए

अ.मा.पु.स. 978-93-5322-704-3

मुद्रक

आर-टेक ऑफसेट प्रिंटर्स, दिल्ली

———————— ★ ————————

KHILKHILATA BACHAPAN : AADATEN AUR SANSKAR

by Smt. Veena Srivastava

Published by **PRABHAT PAPERBACKS**

4/19 Asaf Ali Road, New Delhi-110002

ISBN 978-93-5322-704-3

₹ 200.00

सद्‌गुरु **श्री रामचंद्रजी** (बाबूजी)
महाराज (शाहजहाँपुर)

'हम-तुम' का विस्तार 'हम-सब' में है

बच्चा सच्ची बात लिखेगा, जीवन है सौगात, लिखेगा
जब वो अपनी पर आएगा, मरुथल में बरसात लिखेगा,
उसकी आँखों मे जुगनू हैं, सारी-सारी रात लिखेगा
नन्हे हाथों को लिखने दो, बदलेंगे हालात, लिखेगा,
उसके सहने की सीमा है, मत भूलो, प्रतिघात लिखेगा
बिना प्यार की खुशबू वाली, रोटी को खैरात लिखेगा,
जा उसके सीने से लग जा, वो तेरे जज्बात लिखेगा।

कुमार विनोद की मशहूर कविता की पंक्तियाँ हैं ये। ओज से भरी हुई, लेकिन भावुक करनेवाली कविता। बच्चों की बचपना और उनके मनोविज्ञान पर कई कविताओं, कहानियों में यह प्रिय कविता है। इस कविता से जब-जब गुजरना होता है तो सोचता हूँ कि किस दौर में आ गए हैं हम? अपने बचपन को याद करता हूँ। सुदूर गाँव या दियारे में गुजरा बचपन। गाँव-घर में संपन्नता न थी, समाज अभावग्रस्त था, लेकिन उस अभाव में भी जीवन का एक लय था। उल्लास, उत्साह और उमंग के साथ उम्मीदों के सहारे जीते थे लोग। आत्मीयता थी। स्वार्थ तब भी था, पर संवेदना अधिक थी। स्नेह संबंधों की दुनिया बड़ी थी। यंत्रों के सहारे रिश्ते नहीं बनते थे, बल्कि भावनात्मक धरातल पर जीवनपर्यंत चलनेवाले संबंध होते थे। बच्चों का बचपना था। खुलकर खेलना और पढ़ना। संयुक्त परिवारों का दौर था वह। अभिभावकत्व

का जिम्मा या दायित्व सिर्फ सगे माँ-पिता के पास नहीं होता था। ममता, प्यार और अपनापे के रिश्ते के विविध आयाम होते थे। चाचा-चाची, आजी-बाबा तो होते ही थे, गाँव-घर के भी लोग समान रूप से अभिभावकत्व का निर्वहन करते थे। और इन सबके साथ ननिहाल से, फुआ-मौसी के यहाँ से भी बच्चों का निरंतर रिश्ता बना रहता था। सिर्फ किताबी दुनिया के जरिए बच्चे दुनिया नहीं समझते थे, उसके जरिए ही शिक्षा या ज्ञान अर्जित नहीं करते थे, बल्कि पारिवारिक-सामाजिक-सांस्कृतिक रूप से मुकम्मल परवरिश होती थी। आज की टेक्नोलॉजी, मोबाइल व इंटरनेट की दुनिया में प्रायः वे बातें याद आती हैं। गाँव से अब भी निरंतर संपर्क है। अकसर आना-जाना होता है, लेकिन अब अपने ही गाँव में पाता हूँ कि बहुत कुछ बदल चुका है। सिर्फ गँवई माटी का सोंधापन नहीं कमा है, बल्कि सरोकार के ताने-बाने के लय भी लड़खड़ा गए हैं। पारिवारिक-सामाजिक स्तर पर ऐसे ही बदलाव-बनाव-बिगड़ाव के समय में वीना श्रीवास्तवजी की यह किताब आई है।

2012 की बात है। तब मैं प्रभात खबर के साथ था। अखबार की साप्ताहिक पत्रिका 'सुरभि' में एक ऐसे कॉलम का विचार आया, जो इंटरैक्टिव हो। बच्चों, विशेषकर किशोर उम्र के बच्चों से संवाद कर सहज-सरल रूप में लिखा जाए और वह किसी एक बच्चे की बात होते हुए भी बच्चों के समुदाय को रिप्रजेंट करे, पढ़नेवाले अभिभावकों को प्रेरित करे। यह भी तय हुआ कि बच्चों या किशोरों के मनोविज्ञान को, उनके मन-मिजाज को सबसे बेहतर तरीके से महिला ही समझती है। या यह भी कहें कि स्त्रियों का यह जन्मजात गुण होता है कि वे बच्चों के मन की बात को आसानी से जान जाती हैं, बच्चे भरोसे के साथ उनसे साझा भी करते हैं। इसे आप अपने आसपास, अपने घर में भी नजर दौड़ाकर महसूस सकते हैं। ऐसी ही बातों को ध्यान में रखकर वीना श्रीवास्तवजी से चर्चा हुई। उनके कविगुण से परिचित था। वीनाजी तब से लिखने लगीं। कॉलम का नाम हुआ 'हम-तुम'। अब, जबकि यह किताब आपके हाथों में है, इस कॉलम का सातवाँ साल होने जा रहा है। यह कोई साधारण बात नहीं है कि सात सालों से एक कॉलम नियमित कोई लिख रहा

है, छप रहा है। अखबार में अगर नियमित रूप से इतने सालों से कोई कॉलम छप रहा है, तो साफ संकेत है कि पाठकों को यह पसंद आ रहा है। इस कॉलम के जरिए आप समझ सकते हैं कि कहीं-न-कहीं एक बड़ा गैप बच्चों और बड़ों के बीच आया है, जिसे भरने के लिए ऐसे प्रयास की जरूरत है।

वीना श्रीवास्तवजी के संकलन से गुजरते हुए मुझे बार-बार लगा कि ऐसे प्रयास की जरूरत बड़े स्तर पर है। तमाम व्यस्तताओं के बीच, इस ग्लोबल होती दुनिया में दुनिया भर से रिश्ता कायम करने की आकांक्षा के साथ जीने से पहले यह जरूरी है कि हर अभिभावक का अपने बच्चे से भरोसे का रिश्ता हो। गृहस्थजीवन में जीनेवाले किसी इनसान के जीवन में उसका सबसे अनमोल सृजन उसकी संतान के रूप में ही होता है, जिसके गढ़ने का प्रारंभिक जिम्मा उसका होता है। आज के समय में हम लोग अपनी व्यस्तताओं का बहाना बनाकर या फिर व्यस्तताओं के जाल में उलझकर यह सबसे जरूरी दायित्व का निर्वहन उस तरह से नहीं कर पाते। ऐसे समय में जब लगे कि हम व्यस्त हैं, इसलिए बच्चों की केयर नहीं कर पाते, उन्हें अब्राहम लिंकन की चिट्ठी पढ़नी चाहिए। अमेरिका के राष्ट्रपति और दुनिया के यशस्वी-कालजयी नेताओं में शामिल लिंकन ने अपने बच्चे को जब स्कूल भेजना शुरू किया तो स्कूल के प्रधानाध्यापक अथवा मास्टर के नाम पत्र लिखा। पत्र में जो लिंकन ने लिखा, उसका सार कुछ इस तरह था—"मैं अपने सबसे सुंदर सृजन को आज से आपके पास भेज रहा हूँ। इसे आप बताइएगा कि यह सृष्टि कितनी बड़ी है। एक इनसान विशालकाय सृष्टि का एक बहुत छोटा सा हिस्सा है। उसे जीत के साथ हार का भी आनंद लेने की कला बताइएगा। उसे धरती, आकाश, सूरज, चाँद, नदी के बारे में बताइएगा। उसे इस तरह से शिक्षित-प्रशिक्षित कीजिएगा कि वह बेहतर-से-बेहतर जगह पर नौकरी के लिए जा सके, उसकी माँग हो, लेकिन वह जहाँ नौकरी करने जाए, वहाँ अपनी प्रतिभा-दक्षता की तो अधिक-से-अधिक कीमत लगवाए, जो ज्यादा पैसा दे, वहाँ अपना दिमाग गिरवी रखे, लेकिन कहीं अपना ईमान गिरवी नहीं रखे।"

यह पत्र लंबा है। यहाँ इसका उल्लेख करने का आशय पत्र के कंटेंट से ज्यादा यह बताना है कि लिंकन की तरह व्यस्त आदमी भी अपने बच्चे के प्रति कितना सचेत है। वह संवाद करता है, क्योंकि यह काम उसकी प्राथमिकता में है। अपने बच्चों से संवाद के लिए अलग से समय निकालने की जरूरत की बजाय यह जीवन का हिस्सा होना चाहिए। उम्मीद है कि वीनाजी की इस किताब को पढ़ने के बाद ढेरों पाठक प्रेरित होंगे। उन्हें इस बात की प्रेरणा मिलेगी कि अपने बच्चे-बच्चियों के साथ अभिभावकत्व और सखा का, दोनों भाव रखना चाहिए। विशेषकर किशोर उम्र में। बाद में तो उम्र के बढ़ते जाने के बाद वह समय हर किसी जीवन में आता है, जब अभिभावक बच्चों पर निर्भर हो जाता है। बच्चे ही केयर करने लगते हैं।

—हरिवंश

उप सभापति, राज्यसभा

युवा मन को समझने की चुनौती

सबसे पहले मैं वीनाजी को बधाई देना चाहता हूँ कि वह युवाओं और उनकी समस्याओं पर प्रभात खबर में लगातार लिख रही हैं। उनके इन लेखों का संकलन आपके सामने है। मैं उनके लेखों को बड़े ध्यान से पढ़ता हूँ। मैं कह सकता हूँ कि वीनाजी को युवा मन की गहरी समझ है, जो उनके लेखों से साफ झलकती है। साथ ही उनकी भाषा इतनी सहज और सरल है कि वह मनोवैज्ञानिक दृष्टिकोण को भी आसान शब्दों में अभिव्यक्त कर देती हैं।

मेरा मानना है कि मौजूदा दौर में युवा मन को समझना एक चुनौती है। मेरी हमेशा से दिलचस्पी बच्चों के मनोवैज्ञानिक अध्ययन में रही है। जब भी और जहाँ भी मुझे मौका मिलता है, मैं उनसे संवाद करने की कोशिश करता हूँ। उन्हें जानने समझने का प्रयास करता हूँ। उसे समाज के सामने लाने की कोशिश भी करता हूँ। मुझे लगता है कि इस विषय पर लगातार लिखा जाना चाहिए। मैंने महसूस किया है कि पुरानी पीढ़ी युवा मन को समझ नहीं पा रही है। हम उनसे बिल्कुल कट गए हैं। माता-पिता और बच्चों में संवादहीनता की स्थिति है। मैंने महसूस किया है कि पुरानी पीढ़ी युवा मन को समझ नहीं पा रही है। हम उनसे बिल्कुल कट गए हैं। एक ब्रिटिश मनोविज्ञानी से मुलाकात का मैं फिर उल्लेख करना चाहूँगा। वह भारत में एक रिसर्च के सिलसिले में आई हुई थीं। मैंने जब उनसे पूछा कि उन्होंने भारत में क्या देखा तो उन्होंने कहा कि भारतीय माँ-बाप बच्चों को लेकर 'नहीं' का इस्तेमाल बहुत करते हैं। वे बात-बात में यह नहीं, वह नहीं, ऐसा नहीं, वैसा नहीं, यहाँ मत जाओ, ऐसा मत करो, वैसा मत करो, का बहुत अधिक इस्तेमाल करते हैं। इसमें

सच्चाई भी है। उनका कहना था कि इसमें माताएँ बहुत आगे हैं, जबकि 'नहीं' शब्द का इस्तेमाल बहुत सोच-समझकर किया जाना चाहिए। इससे एक तो बच्चों में नकारात्मक प्रभाव पड़ता है, उनका मन विद्रोही हो सकता है, दूसरे अत्यधिक इस्तेमाल से बच्चों पर 'नहीं' का असर समाप्त हो जाता है। जहाँ आवश्यकता हो, इसका जरूर इस्तेमाल करें।

शायद आपने गौर नहीं किया कि आपके बच्चे में बहुत परिवर्तन आ चुका है। विदेशी पूँजी और टेक्नोलॉजी जब आती है तो उसके साथ एक वातावरण और संस्कृति भी लाती है। आप उसके प्रभाव से बच नहीं सकते। उसकी ताकत इतनी है कि उसके प्रभाव से कोई भी मुक्त नहीं हो सकता। दिक्कत यह है कि हम सब यह तो चाहते हैं कि पूँजी आए ,लेकिन उसके साथ आनेवाले वातावरण को हम स्वीकार नहीं करते। लेकिन आप गौर करें कि आपके बच्चे के सोने, पढ़ने के समय, हाव-भाव और खान-पान सब बदल चुका है। हम या तो आँखें मूँदे हैं या इसे स्वीकार नहीं करते, लेकिन आपके रोकने से ये परिवर्तन रुकनेवाले नहीं हैं। आप सुबह पढ़ते थे, बच्चा देर रात तक जगने का आदी है। आप छह दिन काम करने के आदी हैं, बच्चा सप्ताह में पाँच दिन स्कूल का आदी है, वह पाँच दिन की नौकरी ही करेगा। उसे मैगी, मोमो, बर्गर, पिज्जा से प्रेम है, आपकी सुई अब भी दाल-रोटी पर अटकी है। यह व्हाट्सएप की पीढ़ी है, यह बात नहीं करती, मेसेज भेजती है, लड़के-लड़कियाँ दिन-रात आपस में चैट करते हैं। आप अब भी फोन कॉल पर ही अटके पड़े हैं। पहले माना जाता था कि पीढ़ियाँ 20 साल में बदलती है, उसके बाद तकनीक ने इस परिवर्तन को 10 साल कर दिया और अब नई व्याख्या है कि पाँच साल में पीढ़ी बदल जाती है। इसका मतलब यह कि पाँच साल में दो पीढ़ियों में आमूल-चूल परिवर्तन हो जाता है। होता यह है कि अधिकांश माता-पिता नई परिस्थितियों से तालमेल बिठाने के बजाय पुरानी बातों का रोना रोते रहते हैं, परिवर्तन तो हो गया, उस पर आपका बस नहीं है। अब जिम्मेदारी आपकी है कि आप जितनी जल्दी हो सके, नई परिस्थिति से सामंजस्य बिठाएँ, ताकि बच्चे से संवादहीनता की स्थिति न आने पाए।

कुछ समय पहले इन्हीं चिंताओं की पृष्ठभूमि में प्रभात खबर ने झारखंड में 'बचपन बचाओ अभियान' चलाया था। इसमें प्रभात खबर की टीम विभिन्न स्कूलों में जाती थी, उनके साथ मनोविशेषज्ञ भी होते थे। हम भी जानना चाहते हैं कि बच्चे क्या सोच रहे हैं, कैसे सोच रहे हैं, उनकी महत्त्वाकांक्षाएँ क्या हैं? हमारा मानना है कि एक डोर के बच्चे, शिक्षक और अभिभावक तीन महत्त्वपूर्ण कड़ी हैं। इनमें से एक भी कड़ी के ढीला पड़ने पर पूरी व्यवस्था गड़बड़ा जाती है। ऐसे भी देखा गया है कि बच्चे से माता-पिता कुछ भी कहने से डरते हैं कि वह कहीं कुछ न कर ले। दूसरी ओर टीचर्स के सामने समस्या है कि वह बच्चों को कैसे अनुशासित रखें। नई पीढ़ी के बच्चे अत्यंत प्रतिभाशाली हैं। जानकारी के इस युग में टीचर्स का महत्त्व और आदर कम हो गया है। जानकारियाँ सर्वसुलभ हैं और बहुत से मामलों में बच्चे कहीं अधिक जानकारी रखते हैं।

प्रभात खबर के इस कार्यक्रम में मुझे भी बच्चों से रूबरू होने का मौका मिला। एक स्कूल का हॉल भरा हुआ था, लगभग 800-850 बच्चे रहे होंगे। प्रारंभिक वक्तव्य के बाद जैसे ही सवाल जवाब का सिलसिला शुरू हुआ। शुरुआत में बच्चों ने थोड़ा संकोच किया, लेकिन बाद में वे मुखर होते गए। लगभग 90 फीसदी बच्चों के सवाल माता-पिता और कॅरियर को लेकर केंद्रित थे। वे परिवार की मौजूदा व्यवस्था से संतुष्ट नजर नहीं आए। बच्चों ने पूछा माता-पिता उनकी तुलना दूसरे बच्चों से क्यों करते हैं, वे अपनी सोच बच्चों पर क्यों थोपते हैं, बच्चों पर हरदम शक क्यों किया जाता है, माता-पिता उनसे जबरन घर के काम क्यों कराते हैं। माता-पिता उनके कॅरियर का फैसला क्यों करते हैं? ये गंभीर सवाल हैं, ये सवाल हैं, जो आज हर बच्चा अपने माता-पिता से पूछ रहा है। ये सवाल मेरे लिए भी उतने ही महत्त्वपूर्ण हैं और जितने आपके लिए। इन सवालों का जवाब हम सबको तलाशना है, तभी हम युवा पीढ़ी से संवाद स्थापित कर पाएँगे।

—आशुतोष चतुर्वेदी

प्रधान संपादक, प्रभात खबर

मेरी बात

आज जिस दौर से हम गुजर रहे हैं, उसमें समाज के शरीर की जो हालत हो गई है, उसको देखकर यही कहा जा सकता है कि सूरत के साथ उसकी सीरत पर भी ग्रहण लग गया है। हमारे नन्हे फूल जिस परिवेश में खिल रहे हैं, जो हवा-पानी उन्हें सींच रहा है और जिस युवावर्ग को अज्ञानता की खाद ने पोषित किया हो, उससे उनमें रोष, तनाव, उत्तेजना ही पनपेगी। वे कम समय में या यों कहें शॉर्टकट के जरिए बड़ी-बड़ी ख्वाहिशें पूरी करने के लिए आनन-फानन में ही प्रयास करने के लिए बेचैन रहेंगे। इस अधकचरे ज्ञान से वे दोस्त, बहन-बेटियों को संबंधों की भावना से इतर केवल नारी देह रूप में देखेंगे और उनके दिल व दिमाग में केवल मतलबपरस्ती के ही फल-फूल खिलेंगे। कहने का तात्पर्य यह है कि आज जिस ओर हमारा समाज जा रहा है, हमारे युवा जिस तरह भटक रहे हैं, उसके लिए वे अकेले दोषी नहीं हैं। उसके लिए हम बड़ों द्वारा दिए गए संस्कार और माहौल ही जिम्मेदार है। हम उनको सबकुछ देने की चाह में अपना समय देना ही भूल जाते हैं। इसलिए सारा दोष उन पर मढ़कर हम आरोप-मुक्त नहीं हो सकते। अगर हम संस्कारों की घुट्टी बच्चों को पिलाते रहें, बचपन में शारीरिक वैक्सीनेशन के साथ संस्कारों, संस्कृति और सम्मान के टीके भी लगवाते रहें तो हमारे बच्चे मानसिक रूप से भी अधिक स्वस्थ होंगे।

निश्चित रूप से इसी तरह का खयाल 'प्रभात खबर' के तत्कालीन प्रधान संपादक और अब राज्यसभा के उपसभापति हरिवंशजी के मस्तिष्क में भी

आया होगा। जब मुझसे इस तरह का कॉलम लिखने को कहा गया तो पहले मुझे समझ ही नहीं आया कि कैसे शुरुआत करूँ। काफी सोच-विचार के बाद एक पति-पत्नी के इर्द-गिर्द के एक कहानी बुनी, जिसकी पहली किश्त 'हम-तुम' के रूप में 1 नवंबर, 2012 को 'प्रभात खबर' के साप्ताहिक परिशिष्ट 'सुरभि' में प्रकाशित हुई। उसका कलेवर कुछ अलग था। फिर समय के साथ इसे 'लाइफ@पटना' में शिफ्ट कर दिया गया, जिसके पात्रों की चर्चा आज भी होती है। जब कहीं उस कॉलम को पढ़नेवाले लोग मिलते हैं और उनके जेहन में 'झिलमिल' व 'कुहू' आज भी जीवित मिलते हैं, तब मुझे अपार हर्ष होता है। 'हम-तुम' की 59 किश्त छपीं। उसके बाद दूसरी पत्रिका, खासकर स्वास्थ्य को लेकर 'हेल्दी लाइफ' निकलने की योजना बनी और ये कॉलम उसमें शिफ्ट कर दिया गया, लेकिन इस बार कुछ अलग रूप से सामने आया, जिसके लिए मैंने एक ऐसे परिवार को केंद्र में रखा, जिसमें दादी-बाबा के साथ पोते-पोतियाँ, नाती-नातिन भी हों और उसमें तीन महीने के बच्चे से लेकर 25-26 वर्ष तक के युवा हों और फिर बन गया शारदा देवी का परिवार। इसकी पहली किश्त 3 सितंबर, 2013 को छपी। लंबे समय तक इस परिवार की कहानी के माध्यम से बच्चों की परवरिश पर लिखती रही। जैसे ही किशोरवय बच्चों का मुद्दा आया तो उसी तरह की समस्या को लेकर बहुत सारे बच्चों और अभिभावकों के मेल आने लगे। इससे पहले जो मेल आते थे, वे प्रशंसा के होते थे और उससे मुझे एक ताकत मिलती थी। चूँकि यह एक कहानी चल रही थी तो लोग पढ़ने के लिए उत्सुक रहते थे, लेकिन जब किशोर बच्चों के मानसिक द्वंद्व की बात सामने रखी तो तमाम बच्चे, जो इस तरह के द्वंद्व से गुजर रहे थे, उन्होंने अपनी समस्या बताई और जब उन इ-मेल्स की तादात बढ़ी तो मैंने संबंधित डेस्क से बात करके उन इ-मेल्स को ही पाठकों के सम्मुख रखना शुरू किया। युवावस्था की दहलीज पर कमोबेश सभी किशोर बच्चों की समस्या एक जैसी होती है, लेकिन उन्हें लगता है कि उनके साथ कुछ अलग हो रहा है। आज हर घर में किसी-न-किसी उम्र के बच्चे हैं, इसलिए अभिभावकों ने भी मेल लिखने

शुरू किए। अधिकांश बच्चों ने अपना नाम गुप्त रखने के लिए कहा, लेकिन उनकी समस्या केवल उनकी नहीं थी। कुछ बेटियों ने आगे बढ़कर मुझे अपने जीवन की घटना बताकर कहा कि उनके साथ जो घटित हुआ, मैं वह सबसे सामने जरूर रखूँ, जिससे उनकी अन्य बहनें इस तरह के झाँसों से बच सकें। मैं उन बेटियों को सलाम करती हूँ, हालाँकि उसके बाद घर में कुछ बेटियों पर आफत आई और कुछ बेटियों की माँओं ने प्रशंसा की। मैं उन माँओं को भी प्रणाम करती हूँ कि जिन्होंने आगे बढ़कर उनकी बेटियों के साथ घटी घटना को सामने लाकर अन्य बेटियों को सीख दी।

इस तरह 3 सितंबर, 2013 से शुरू हुआ स्तंभ अपनी 300 से अधिक किश्तें पार कर चुका है। मैं सबसे पहले तत्कालीन प्रधान संपादक हरिवंशजी का तहे दिल से शुक्रिया अदा करती हूँ। इस बीच करीब चार वर्ष पूर्व हरिवंशजी राज्यसभा के लिए निर्वाचित हो गए, जो अब राज्यसभा के उपसभापति हैं। उनकी जगह प्रधान संपादक के रूप में आशुतोष चतुर्वेदीजी ने कार्यभार सँभाला। मैं उनकी भी तहे दिल से शुक्रगुजार हूँ कि जो भरोसा हरिवंशजी ने दिखाया था, आशुतोषजी ने मुझ पर वे भरोसा कायम रखा। साथ ही मैं प्रभात खबर के तत्कालीन फीचर संपादक रंजन राजन, 'लाइफ@पटना' की तत्कालीन इनचार्ज दक्षा वैदकर और बाद में 'हेल्दी लाइफ' के इनचार्ज रजनीकांत पांडेय के साथ पूरी टीम का दिल से आभार व्यक्त करती हूँ कि उन्होंने इसे बहुत खूबसूरती के साथ आपके सामने प्रस्तुत किया। समाज के विभिन्न क्षेत्रों से जुड़े उन सभी मित्रों का भी आभार, जिन्होंने समय-समय पर अपने बहुमूल्य सुझाव व अनुभव बताए और सबसे ज्यादा आभार 'प्रभात खबर' के पाठकों का, जिनकी प्रतिक्रियाओं की बदौलत यह कॉलम लगातार जीवंत बना हुआ है। मेरे प्यारे बच्चों को दिल से ढेर सारा धन्यवाद व आशीष, जिन्होंने इस कॉलम को इतना प्यार व विश्वास दिया। उसी प्यार का नतीजा है कि मैंने गंभीर-से-गंभीर परिस्थितियों में भी कॉलम कभी मिस नहीं किया। साथ ही अपने पति राजेंद्र तिवारी और बेटे हेमाभ का भी आभार, जिन्होंने हमेशा मुझे सहयोग दिया। अंत में सभी मित्रों का दिल से धन्यवाद, जो प्रत्यक्ष

व अप्रत्यक्ष रूप से इस पुस्तक के प्रकाशन से जुड़े रहे। अपने गुरु, ईश्वर, मेरे पिता स्व. महेश चंद्र श्रीवास्तव व माँ स्व. रमा श्रीवास्तव के साथ मेरे ससुर स्व. विनोद कुमार तिवारी व मेरी सास स्व. माधुरी तिवारी का कोटि-कोटि आभार। खासकर अपनी मम्मी-पापा के ऋण से कभी उऋण नहीं हो पाऊँगी, जो परवरिश और संस्कार उन्होंने मुझे दिए, आज वही आधार हैं मेरे सफल जीवन का। मुझे विश्वास है, आप सबने जितना प्यार कॉलम को दिया, इस पुस्तक को भी अपना प्यार अवश्य देंगे।

—वीना श्रीवास्तव

सी-201, श्रीराम गार्डेन, काँके रोड,
राँची-834008 (झारखंड)
मोबाइल : 9771431900
इ-मेल : veena.rajshiv@gmail.com
ब्लॉग : veenakesur.blogspot.com

अनुक्रम

1

कहा न, पहले हाथ-मुँह धोकर गुड ब्वॉय बन जाओ, फिर खेलना

फलित दूध पीकर शांत हो गया और खेलने लगा। कुछ देर बाद माधुरी का बड़ा बेटा पराग प्ले स्कूल से आ गया। वह तीन साल का है। आते ही पहले दादी से लिपट गया, फिर मम्मा-मम्मा कहते हुए अंदर जाने लगा तो शारदा देवी ने उससे कहा, "पराग बेटा, मम्मा की तबीयत ठीक नहीं है, इसलिए मम्मा सो रही हैं। उन्हें सोने दो।"

पराग ने पूछा, "का हुआ मम्मा को।"

"मम्मा को बुखार है, यानी फीवर। इसलिए उन्हें आराम करने दो, और अभी उनके पास गए तो डॉक्टर तुम्हें सुई लगा देंगे। सावनि दीदी तुम्हारे हाथ-मुँह धोकर कपड़े बदल देंगी। फिर तुम खाना खाकर छोटे भाई के साथ खेलना।" शारदा देवी ने बताया।

"नहीं दादी, पहले पराग भाई के साथ खेलेगा, फिर कपड़े बदलेगा।" पराग ने जिद की।

"नहीं बेटा, कहा न पहले हाथ-मुँह धोकर गुड ब्वॉय बन जाओ, फिर खेलना।"

"नहीं दादी, पराग को हाथ-मुँह नहीं धोना। पराग को खेलना है, बस।" उसने फिर जिद की।

"नहीं बेटा, अच्छे बच्चे जिद नहीं करते। तुम्हारे हाथ-पैर और मुँह सब गंदे हो गए हैं। अगर भाई के साथ गंदे बनकर खेलोगे तो भाई भी गंदा हो

जाएगा। उसकी तबीयत भी खराब हो सकती है। तुम्हारी मैम बताती हैं न कि जब भी हम बाहर से घूमकर घर में आएँ तो सबसे पहले हाथ धोने चाहिए।" शारदा देवी ने कहा।

पराग तुरंत बोला, "तो दादी मैं घूमकर थोड़े ही आ रहा हूँ। मैं तो स्कूल से आ रहा हूँ।"

"अले मेला प्याला बेटा! घूमकर आने से मतलब है, जब हम किसी भी काम से बाहर जाकर घर वापस आते हैं, चाहे बच्चे स्कूल जाएँ, बड़े ऑफिस या बाजार जाएँ, तो हाथ धोने चाहिए। नहीं तो बहुत सारे कीटाणु मतलब छोटे-छोटे कीड़े-जूजू, जो हमें दिखाई भी नहीं देते, वे हमारे हाथों में, मुँह में, कपड़ों में चिपक जाते हैं और जब हम कुछ खाते हैं तो खाने के साथ वे भी पेट में चले जाते हैं और पेट में जाकर वे सू-सू, पॉटी करते हैं। फिर उनके भी बेबी हो जाते हैं, वे हमारे पेट का सारा खाना खा जाते हैं। हम भूखे रहते हैं, और उनका सू-सू, पॉटी भी पेट में गंदगी फैलाता है, जिससे हम बीमार हो जाते हैं और बच्चे तो छोटे होते हैं, उनमें बड़ों जैसी ताकत भी नहीं होती, इसलिए बच्चे जल्दी बीमार हो जाते हैं। फिर डॉक्टर को इंजेक्शन लगाना पड़ता है।" शारदा देवी ने उसे बड़े प्यार से समझाया।

"लेकिन दादी जब वे दिखते ही नहीं तो सू-सू, पॉटी कैसे करते हैं?" पराग ने पूछा।

"दिखाई नहीं देते तो क्या हुआ, जब वे खाते हैं, वे पॉटी भी करेंगे, अगर पॉटी नहीं करेंगे तो खाना कैसे खाएँगे? अगर तुम्हारा खाना जू-जू खाने लगे तो पराग तो हमेशा भूखा रहेगा, क्योंकि पेट में खाना जैसे ही जाएगा, जू-जू सारा खाना खा जाएँगे। इसलिए हाथ धोने चाहिए।" शारदा देवी ने समझाते हुए कहा।

"ठीक है दादी, अब से पराग रोज स्कूल से आकर पहले हाथ-मुँह धोएगा, कपड़े बदलेगा, फिर खाना खाएगा, नहीं तो जू-जू पराग के पेट में आ जाएँगे और फिर वे पराग को बीमार कर देंगे। दादी, पराग को सुई नहीं लगवानी।" पराग ने बड़ी मासूमियत से कहा।

शारदा देवी उसे प्यार करती हुई बोलीं, "गुड ब्वॉय। पराग गुड बेबी है, समझदार है, इसलिए बड़ों की बात मानता है। अब से पराग घर आकर हाथ धोकर ही खाना खाएगा और बिना हाथ धोए छोटे बेबी को भी नहीं छुएगा, नहीं तो छोटा बेबी भी बीमार हो जाएगा।"

□

2

अपने देश से जुड़ाव के लिए बच्चों को गाँव दिखाना चाहिए

सब लोग गाँव आ गए थे। छोटे बच्चों ने तो कभी गाँव देखा ही नहीं था। उनके लिए तो गाँव देखना कौतूहल था। गाँव का बड़ा सा घर देखकर तीन साल के पराग ने कहा, "इत्ता बला घल! हमारा घल तो छोता-छा है।"

तब उसके बाबा दीनानाथजी ने कहा, "बेटा, शहरों में छोटे ही घर होते हैं। ये तो हमारा बहुत पुराना घर है।"

बीच में टोकते हुए झरना ने कहा, "गाँव में तो कच्चे मकान होते हैं। यहाँ तो सारे पक्के मकान हैं। मुझे तो कच्चे घर देखने हैं।"

इस पर दीनानाथजी ने कहा, "बेटा, अब गाँव भी आधुनिक यानी मॉडर्न हो गए हैं। अधिकतर लोगों ने अपने घर पक्के करवा लिये। हाँ, अभी भी कुछ गाँव हैं, जो बहुत पिछड़े हैं। वहाँ के लोगों के पास इतना रुपया नहीं कि अपने घर पक्के करवा सकें और वे दूसरे के खेतों में काम करते हैं, इसलिए वहाँ कच्चे मकान हैं।"

"लेकिन यहाँ मल्टी स्टोरी फ्लैट क्यों नहीं हैं?" झरना ने पूछा।

"क्योंकि यहाँ ढेर सारे लोगों की भीड़ नहीं है और काम की तलाश में गाँव के लोग शहर आ रहे हैं, लेकिन शहर के लोग गाँव नहीं जा रहे। इसलिए यहाँ फ्लैट नहीं हैं। शहर की पॉपुलेशन ज्यादा होती है, इसलिए अपार्टमेंट वहाँ की जरूरत हैं।" दीनानाथजी ने बताया।

घर के पिछले हिस्से में कुछ क्यारियाँ थीं, जिसमें उन्होंने बहुत सारी सब्जियाँ देखीं। उन्होंने गोभी, पालक, मेथी, टमाटर के पौधे देखे और मिर्च के

पौधे देखकर तो बहुत एक्साइटेड हो गए।

झरना ने कहा, "अरे, एक पौधा पर इतने सारे टमाटर और मिर्चें!"

वहाँ बहुत किस्म के फूलों के पौधे भी थे। वे देखकर बच्चों की खुशी का ठिकाना नहीं रहा। तभी कुछ तितलियाँ दिखाई दीं। उन्हें देखकर झरना जोर से चिल्लाई, "वो देखो बाबा, बटरफ्लाई।" और उन्हें पकड़ने के लिए दौड़ी। काफी देर तक दौड़ी, लेकिन पकड़ नहीं पाई और उदास होकर बोली, "सब तितलियाँ उड़ गईं। मैं नहीं पकड़ पाई।"

तभी उसे एक चिड़िया दिखाई दी। उसने पूछा, "ये कौन सी बर्ड है?"

उसके बाबा ने बताया, "गौरैया, यानी स्पैरो।"

"हाँ, बाबा! मैंने अपनी बुक में देखा था। कितनी प्यारी है न!"

तभी उसके पिता जयेश आ गए और बोले, "फ्रेश होने के बाद हम सब पूरा गाँव घूमेंगे, तब देखना तुम्हें कितनी सारी बर्ड और कितनी तरह की सब्जियों और फूलों के पौधे दिखाई देंगे और साथ में प्यारी-प्यारी बटरफ्लाई भी। ये भी देखना यहाँ के लोग तुम लोगों को कितना प्यार करते हैं?"

जयेश ने दीनानाथजी से कहा, "बाबूजी! हमने अब तक बच्चों को यहाँ नहीं लाकर गलती की, लेकिन आगे से ऐसा नहीं होगा। देखिए बच्चे कितने खुश लग रहे हैं! उन्होंने असली जिंदगी देखी ही नहीं। तितलियों के पीछे नहीं भागे। पंछियों को केवल किताबों में और फल-फूल के कुछ पौधों को गमलों में देखा। उन्हें ये जीवन दिखाना हमारा फर्ज है, ताकि रंगों को वे किताबों से नहीं, बल्कि असली चीजों से पहचानें। पंछियों को किताबों से न जानकर उन्हें देखकर पहचानें। शहरों की भीड़-भाड़ को जीवन न समझें, बल्कि हमारी असली जिंदगी को जानें, जो हमारे देश के प्राण हैं। उन्हें गाँवों से जुड़ाव महसूस हो। गाँव के लोगों को गँवार नहीं, बल्कि उनके प्यार को समझें। अपनी मिट्टी से जुड़ें। मुझे तो लगता है, वर्ष में एक बार बच्चों को गाँव जरूर लाना चाहिए, नहीं तो शहर की चकाचौंध में बच्चे गाँवों के अस्तित्व को ही भूल जाएँगे और गाँवों के बारे में उनके विचार दोयम दर्जे के होंगे।"

□

3

बच्चों के लिए अद्‌भुत था गाँव का जीवन

सब बच्चे नहाकर तैयार हो गए थे और तय कार्यक्रम के अनुसार सभी गाँव घूमने निकल गए थे। गाँव में जो बड़ा मिलता, बच्चों के पापा और चाचा उनके पैर छूते और जो उम्र में छोटे मिलते, वे इन सबके पैर छूते। रूपेश ने बच्चों से भी सबके पैर छूने को कहा। ये देखकर झरना ने पूछा, "क्या यहाँ कोई हाय-हलो नहीं करता ? सब पैर क्यों छूते हैं ?"

दीनानाथजी ने कहा, "बेटा, हमारी संस्कृति में बड़ों के पैर छुए जाते हैं और बड़े आशीर्वाद देते हैं। यहाँ हाय-हलो नहीं होता। समझी ?" वे लोग जहाँ से भी जा रहे थे, लोग बड़े प्यार से मिल रहे थे और सबका एक ही प्रश्न, 'इस बार बहुत सालों बाद आए हो ?'

"देख झरना, यहाँ सब लोग कितने प्यार से मिल रहे हैं !" वैभव ने कहा, "पर हमारे शहर में तो लोग ऐसे नहीं मिलते ? कितने गंदे हैं हमारे यहाँ के लोग और यहाँ के कितने अच्छे ! मुझे तो बहुत मजा आ रहा है।"

रास्ते में उन्हें गाँव में अधिकतर घर पक्के मिले, फिर भी कुछेक घर थे, जो कच्ची मिट्टी के थे। बच्चों ने जिद की कि उन्हें घर अंदर से देखना है, लेकिन घर के लोगों ने हाथ जोड़कर कहा, "आप मालिक हैं, हम इस लायक कहाँ कि आप हमारे घर आओ।"

इस पर वैभव ने कहा, "ओह कमऑन, आज के जमाने में भी ऐसी बातें होती हैं क्या ? हम इन बातों को नहीं मानते और अंकल हम अंदर से घर देखना चाहते हैं।"

"आओ बिटवा, हमरे भाग हैं, जो आप यहाँ आए हो। यही है हमारी छोटी सी कुटिया।"

जब बच्चे अंदर गए तो उन्हें देखकर बड़ा आश्चर्य हुआ कि घर की कच्ची दीवारों पर भी इतनी सुंदर चित्रकारी थी कि वे उनकी आर्ट से कहीं ज्यादा सुंदर थी। चित्रों में फूल-पत्ती के अलावा गाँव के जीवन की भी झलक थी। छोटे बच्चों ने कहा, "बड़े अंकल, क्या आप हमें बटरफ्लाई बनाना सिखाएँगे?" पराग ने पूछा।

"वो क्या होता है, बचुआ?"

"अरे, आप इतने बड़े हैं, आपको इतना भी नहीं पता?" झरना ने तुरंत आश्चर्य व्यक्त करते हुए कहा।

इस पर जयेश ने कहा, "पहली बात तो ये बड़े अंकल नहीं, आपके बंसी बाबा हैं और दूसरी बात, ऐसे नहीं बोलते। उन्होंने इंगलिश नहीं पढ़ी है, इसलिए उन्हें बटरफ्लाई का मतलब नहीं पता। काका! पराग तितली बनाना सीखने के लिए कह रहा है।"

"कोई बात नहीं भइया! ये बच्चन क्या जानें, ये तो पहली बार गाँव आए हैं। इसमें इनकी क्या गलती? हम इनका जरूर सिखाएँगे तितली बनाना। आप तो हमरे घर आ गए। वरना यहाँ तो अब भी वही हालत है। हम छोटन के यहाँ कौन आता है?"

भवेश ने कहा, "काका! छोटा-बड़ा कुछ नहीं होता। हमारे काम हमें छोटा-बड़ा बनाते हैं। क्या गरीब लोगों की इज्जत नहीं होती? हमें उन सबकी इज्जत करनी चाहिए, जो भी अपनी मेहनत से अपने पैरों पर खड़ा है।"

उसके बाद जब वे गाँव के खेत देखने गए तो बच्चे खुशी और आश्चर्य से बोलने लगे, "इतने सारे पौधे!"

दूर-दूर तक लहलहाते खेत बच्चों को इतने अच्छे लगे कि वे खेतों में जाने लगे; तभी उन्होंने ट्यूबवेल से पानी निकलता देखा, जो छोटी-छोटी नालियों से बहता हुआ खेतों में जा रहा था। यह सब देखकर बच्चे आश्चर्यचकित थे।

□

4

हम युवाओं को भी गाँव जरूर जाना चाहिए

ट्यूबवेल का पानी छोटी-छोटी नालियों द्वारा खेतों में जाते देखना झरना, वंशिका और वैभव के मन में कौतूहल भर रहा था। तभी रूपेश ने कहा, "क्यों वैभव, यहाँ नहाना है क्या? यहाँ और खुले में?"

"नो वे पापा।" वैभव ने कहा।

"अरे बेटा, यही तो असली मजा है। मैं तो चला नहाने और मन करे तो आ जाना।"

रूपेश ने जींस-शर्ट उतारी और नहाने लगा। रूपेश के साथ भवेश, जयेश और संजेश भी पानी में उतर गए। सभी को मस्ती करते देख वैभव से रुका नहीं गया और वह भी खूब नहाया। लौटते समय बच्चों को सब्जियों के खेत भी दिखाए। कहीं भिंडी, बैंगन, फूल गोभी, बंद गोभी, लौकी, तोरई और करेला सब देखकर बच्चों को मजा आ रहा था। सब्जियों की बेलों पर लटकी तोरई और करेला देखना उनके लिए बिल्कुल नया अनुभव था। उनको आलू भी खोदकर दिखाया गया।

उसे देखकर वंशिका ने कहा, "अरे, जमीन से ऐसे निकलता है आलू। वाव ग्रेट। मैं तो घर जाकर कैबेज और लेडी फिंगर लगाऊँगी।"

संजेश ने कहा, "नहीं बेटा, हमारे यहाँ जगह नहीं है। इसलिए तुम ये सब नहीं लगा सकोगी। फ्लैट में पहली बात तो जगह ही नहीं होती और फिर धूप भी नहीं मिलती। इसलिए ये सब देखने के लिए तुम्हें यहीं आना होगा।"

"तो फिर ठीक है, मैं विंटर वैकेशन में गाँव दोबारा आऊँगी।" वंशिका ने कहा।

लौटते-लौटते वैभव को छींकें आनी शुरू हो गई थीं। उसने कहा, "पापा, लगता है, मुझे सर्दी हो गई।" उसकी हालत देखकर सब हँसने लगे।

भवेश ने कहा, "ये है हमारा शहरी पहलवान। जरा सा खुले में नहाया और लगा छींकने। तुमसे ज्यादा इम्युनिटी पावर यहाँ के बच्चों की है। तुमने देखा न कि कितने लोग वहाँ नहा रहे थे और वे पहली बार नहीं, अकसर यहीं नहाते हैं, पर उनको तो जुकाम-बुखार नहीं होता और तुम हो कि थोड़ी देर बाहर पानी में क्या रहे कि जुकाम हो गया। ये अंतर है गाँव के और शहर के बच्चों में। उनकी प्रतिरोधक क्षमता शहरी बच्चों से कहीं ज्यादा होती है। यहाँ वे असली जीवन जीते हैं। यहाँ का जीवन उन्हें मजबूत बनाता है।"

उसकी बात पर संजेश ने कहा, "इसमें बच्चों का कोई दोष नहीं। हम ही उन्हें कमजोर बनाते हैं। जरा सा जुकाम हुआ, लेकर दौड़े डॉक्टर के पास। बच्चा खाना न खाए, छींकें आएँ और जरा सी थकान क्या आई कि आँखों के सामने तुरंत डॉक्टर दिखता है। हर कदम पर इंफेक्शन का खतरा और यहाँ देखो बच्चे रोटी हाथ में लेकर खेलते-खेलते खाते रहते हैं और उनको क्यों देख रहे हैं? हम भी यहीं पले-बढ़े हैं। हम भी ऐसे ही घूमा करते थे। धूल-मिट्टी में खेलकर बड़े हुए। हमें कहाँ कुछ होता था? बच्चों के खान-पान को लेकर माँएँ परेशान रहती हैं। बच्चे हैल्दी डाइट नहीं, बल्कि जंक फूड खाते हैं तो क्या असर होगा? यही होगा कि शारीरिक रूप से वे वीक होंगे। यहाँ का जीवन बच्चों को स्वस्थ बनाता है, क्योंकि यहाँ अब भी प्रदूषण न के बराबर है। धुआँ छोड़ती गाड़ियाँ नहीं हैं। बड़े-बड़े कारखानों का कचरा पानी को प्रदूषित नहीं करता। अभी भी पॉलिथीन और प्लास्टिक का प्रयोग यहाँ बहुत कम है। देखो, शहरों में कितना प्रदूषण है।"

"हाँ, बड़े पापा, आप ठीक कह रहे हैं। यहाँ कितना शुद्ध वातावरण है। मैं सोच रहा था कि मुझे यहाँ अच्छा नहीं लगेगा, लेकिन यहाँ के लोगों में कितना प्यार है। हमारे फ्लैट कल्चर में कोई किसी से मतलब नहीं रखता।

मेरे और मेरे फ्रेंड्स के विचार गाँव के बारे में बहुत गलत थे, लेकिन यहाँ आकर मेरे विचार बदल गए। काश! आप पहले यहाँ लाए होते। यहाँ जब एक-दूसरे से मिलते हैं तो विश करते हैं और हमारी सोसाइटी में कोई किसी को पहचानता ही नहीं। मैं तो छोटा था, जब यहाँ आया था। उस वक्त का मुझे बहुत ज्यादा याद नहीं। मुझे लगता है, हम युवाओं को भी साल-दो साल में किसी गाँव जरूर जाना चाहिए। आखिर हम लोग घूमने जाते ही हैं तो अपने किसी फ्रेंड के गाँव भी जा सकते हैं।"

□

5

कुछ भी बनने से पहले एक अच्छा इनसान बनो

शारदा देवी ने कहा, "ज्ञान के मामले में हमेशा ऊपर देखो और आगे बढ़ने की सोचो, लेकिन जिंदगी में आर्थिक स्थिति और ऐशो-आराम के मामले में नीचे देखो और सोचो, तुम कितने लोगों से बेहतर हो! कितने ऐसे बच्चे हैं, जिन्हें खाने-पहनने को नसीब नहीं होता। जिन्हें दो जून की रोटी नहीं मिलती, वे भरपेट खाने की तो सोच ही नहीं सकते। जिनके पास पहनने को कपड़े नहीं हैं, जो तमाम तरह के खाने के लिए तरसते रहते हैं। वहाँ ऊपर मत देखो, फ्रस्टेशन होगा और किसी भी तरह वे सारी सुख-सुविधाएँ प्राप्त करना चाहोगे, जिसके लिए तुम कोई भी रास्ता अपनाने के लिए तैयार रहोगे। तुम्हें हमेशा दुःख ही रहेगा कि उसके पास फलाँ चीज है, मेरे पास नहीं। तुम्हें कुंठा ही मिलेगी। इसलिए जो है, जितना तुम्हारे पास है, उसमें संतोष करना सीखो। आसमान की तरफ देखो जरूर, मगर अपनी अभिलाषाओं की उड़ान के लिए। याद रहे, तुम जमीन पर खड़े हो। अपने पाँव कभी जमीन से ऊपर मत उठने देना, वरना जब गिरोगे तो जमीन भी नसीब नहीं होगी। उड़ने के लिए आकाश की ऊँचाई है, लेकिन खड़े होने के लिए पाँवों को जमीन ही चाहिए।"

"हम आपकी बात ध्यान में रखेंगे, दादी माँ।" सावनि ने कहा, "एक बात तो माननी ही पड़ेगी कि अभी भी गाँवों में प्रदूषण नहीं है। जहाँ हम गए

थे, वहाँ मुझे बिल्कुल नहीं लगा।"

तभी झरना ने कहा, "देखो पापा, इतने सारे बच्चे आ रहे हैं। लगता है, किसी स्कूल की छुट्टी हुई है, लेकिन स्कूल तो गाँव से बहुत दूर है, तो यहाँ बस क्यों नहीं चलती? कुछ बच्चे साइकिल से, कुछ रिक्शे पर और कुछ पैदल ही जा रहे हैं।"

"झरना बेटी, अभी सावनि दीदी ने कहा न कि यहाँ प्रदूषण नहीं है। अगर यहाँ ढेर सारी गाड़ियाँ चलने लगें तो यहाँ भी प्रदूषण बढ़ जाएगा और यहाँ स्कूल दूर तो हैं, पर फिर भी बहुत दूर नहीं हैं और इससे बच्चों की एक्सरसाइज हो जाती है। पैदल चलने और साइकिल चलाने से बच्चे फिट और हेल्दी रहते हैं। एक तुम लोग हो, जो कहीं बाहर जाना ही नहीं चाहते। न पैदल चलते हो, न साइकिल चलाते हो, न ही बाहर खेलने जाते हो। बस, टी.वी. और कंप्यूटर के अलावा कुछ सूझता ही नहीं। जैसे तुम्हारी दुनिया उसके बाहर है ही नहीं। तुम्हें पता है, अब तो यहाँ इतनी सारी दुकानें खुल गईं और सब चीजें मिलने लगीं। पहले हर चीज के लिए शहर जाना पड़ता था। वहाँ के लिए बस चलती थी। अब तो सबकुछ यहीं मिल जाता है। बस, प्रोफेशनल कॉलेज नहीं हैं।" राशि ने कहा।

"ठीक है ताईजी, अब मैं भी वहाँ खूब साइकिल चलाया करूँगी और जो गेम सीखकर आई हूँ, सबको सिखाऊँगी।"

"ठीक है झरना! जल्दी से अच्छी बच्ची बन जाओ।" राशि बोली।

फिर रिमझिम ने कहा, "दादी माँ! मैंने एक डिसीजन लिया है। इस साल मेरा एम.एस. पूरा हो जाएगा। मैं यहाँ भी महीने में एक बार दो दिन के लिए आऊँगी और फ्री चैकअप करूँगी। इससे गाँव भी आती रहूँगी और इस बहाने मैं कुछ अच्छा काम यानी सोशल सर्विस भी कर लूँगी तथा हम कोर्स कंप्लीट करते वक्त जो ओथ लेते हैं कि सबकी सेवा करेंगे, वह भी पूरी कर सकूँगी। गाँव की महिलाओं को इलाज के लिए इतनी दूर जाने में जो प्रॉब्लम होती है उससे वे बच जाएगीं। दादी माँ, आप कहती हैं न कि कुछ भी बनने से पहले एक अच्छा इनसान बनो और घरवालों का नाम रोशन करो, तो मैं

पूरी कोशिश करूँगी कि मेरी वजह से आपको कभी कोई शर्मिंदगी न उठानी पड़े, बल्कि आपका नाम हो, घर का नाम हो। हम बच्चों को उस जगह के बारे में और वहाँ की भलाई के बारे में सोचना चाहिए, जहाँ से हम और हमारा परिवार जुड़ा है।"

□

6

बड़े छोटों से मान-सम्मान के अलावा कुछ नहीं चाहते

"तुम एकदम सही कह रही हो, रिमझिम बेटा। तुमने आज वाकई मुझे खुश कर दिया तथा मेरे जन्मदिन पर तुम इससे अच्छा कोई और तोहफा दे ही नहीं सकती; बल्कि तुम्हारी दादी और पूरे घर को तुम्हारा ये तोहफा हमेशा याद रहेगा। हमें तुम पर नाज है, बेटा। आज तुमने खुश कर दिया। मैं चाहता था कि तुम अपने गाँव के लिए कुछ करो, मगर मैं कभी कह नहीं सका, क्योंकि मुझे लगता था कि पता नहीं तुम यह बात मानोगी कि नहीं! अपनी जमीन से हमेशा जुड़े रहना चाहिए। पढ़-लिखकर अपनों के लिए भी कुछ न कर पाओ तो ऐसी पढ़ाई से क्या फायदा? तुम नहीं जानती कि तुमने यह फैसला लेकर अपने भाई-बहनों को बहुत अच्छा संदेश दिया है और एक मिसाल बनी हो; क्योंकि घर का बड़ा बच्चा यदि अच्छा निकल जाए तो बाकी सब अपने आप सही रास्ते पर चलते हैं तथा अपने बड़े भाई या बहन जैसा बनने की सोचते हैं। इसलिए घर के सबसे बड़े बच्चे को यह सोचना चाहिए कि उसका एक गलत कदम या फैसला उसके बाकी भाई-बहनों को भी भ्रमित कर सकता है और अकसर बड़े भाई-बहन घर भी सँभालते हैं, क्योंकि बड़े होने के नाते यह जिम्मेदारी भी उनकी है। अब मुझे बाकी बच्चों की चिंता नहीं। हाँ, थोड़ी-बहुत वैभव की है, क्योंकि इसके रंग-ढंग मुझे समझ नहीं आते और पता नहीं यह क्या करेगा?" दीनानाथजी ने कहा।

"बाबा, मैं इतना भी बुरा नहीं हूँ, जितना आप समझते हो।" वैभव ने कहा।

"मतलब तू कुछ तो बुरा है, यह तू खुद एक्सेप्ट कर रहा है।" दीनानाथजी ने हँसते हुए कहा।

"नहीं बाबा, मैं आप सबकी आशाएँ जरूर पूरी करूँगा। आपने जो कुछ मुझे सिखाया है, मैं भूला नहीं हूँ, लेकिन मैं गाँव में क्या कर सकता हूँ? आप ही बताइए, इंजीनियरिंग करने के बाद मैं यहाँ क्या करूँगा?" वैभव ने कहा।

"क्यों, तुम कभी-कभी यहाँ आकर यहाँ के बच्चों को मोटिवेट नहीं कर सकते? कैसे बेहतर तरीके से पढ़ें, कैसे एक्जाम की तैयारी करें, ये सब तुम बता सकते हो। तुम समझते ही हो कि एक्जाम के समय में किसी की गाइडेंस की कितनी जरूरत होती है! तुम उनका हौसला बढ़ा सकते हो, और चूँकि तुमने खुद ये परीक्षा पास कर इंजीनियरिंग की होगी तो तुम्हारी बातें वे समझेंगे एवं उन्हें सही रास्ता भी मिलेगा। तुम उनको सही सलाह दे सकते हो। तुम सब ऐसा कुछ करो कि युवा पीढ़ी की सही सोच और मकसद सामने आए, जिससे हमें अपनी युवा पीढ़ी पर गर्व हो। देखो बातों-बातों में रास्ते का भी पता नहीं चला और घर भी आ गया। मगर इस बार का तुम लोगों का ये गाँव जाने का तोहफा मैं कभी नहीं भूलूँगा और रिमझिम के फैसले ने आज मेरा सीना गर्व से चौड़ा कर दिया। माता-पिता और बड़ों को क्या चाहिए, सिवाय इसके कि उनके बच्चे बड़ों के मान-सम्मान का खयाल रखें! बच्चों की वजह से माता-पिता की आँखें झुकें नहीं, बल्कि गर्व से उनके सिर ऊपर उठें। अगर हमारे देश के बच्चों में किसी भी तरह से समाज की सेवा करने की भावना आ जाए तो हमारा देश वाकई खुशहाल हो जाएगा और समाज में जितना अपराध युवाओं की वजह से बढ़ रहा है, उस पर रोक लगेगी। अगर हमारे देश के युवा सँभल जाएँ और हम अपने बच्चों को सही दिशा, अच्छी सोच के साथ अच्छे संस्कार दें तो आनेवाले समय में हमारे सामने एक स्वस्थ समाज सामने होगा। लेकिन मेरे बच्चो! इसके लिए तुम्हें पढ़ना होगा। तुम लोगों के एक्जाम होनेवाले हैं। बहुत मस्ती हो गई, अब सिर्फ और सिर्फ पढ़ाई पर ध्यान देना।" दीनानाथजी ने कहा।

तभी राशि ने कहा, "आप फिक्र मत करिए बाबूजी, इस बार झरना और वंशिका की जिम्मेदारी मैं लेती हूँ तथा इनके सिलेबस के अनुसार ही इनके लिए टाइम-टेबल बनाऊँगी और उसी के अनुसार पढ़ाई करवाऊँगी।"

"मैं निश्चिंत हुआ राशि बहू, लेकिन मुझे परिणाम अच्छे दिखेंगे, तभी संतुष्टि मिलेगी।" दीनानाथजी ने कहा।

□

7

बच्चों की बात और निर्णय का बड़ों को भी सम्मान करना चाहिए

वंशिका बारहवीं क्लास और झरना दूसरी क्लास में पढ़ती थी। राशि ने वंशिका और झरना से अपना सिलेबस लाने को कहा। दोनों अपना-अपना सिलेबस ले आईं, लेकिन वंशिका ने कहा, "मम्मा, अभी परसों दादी माँ का जन्मदिन है, तो क्यों न हम दादी माँ के जन्मदिन के बाद ही तैयारी शुरू करें?"

"इसका मतलब तुम लोगों का पढ़ने का मन नहीं है?" राशि ने पूछा।

"नहीं ताईजी, ऐसी बात नहीं है।" झरना ने कहा।

"तो क्या बात है मेरी बिटिया रानी?" राशि ने बड़े दुलार से पूछा।

ताईजी वो क्या है कि दादी माँ का हैप्पी बर्थ डे है न, अगर हम पढ़ेंगे तो फिर बर्थ डे की तैयारी कैसे करेंगे?" झरना ने बड़ी मासूमियत से कहा।

"ओह, तो हमारी नन्ही गुड़िया, ये तो बताए कि वो क्या तैयारी करेगी?" राशि ने उसके गालों को थोड़ा खींचते हुए पूछा।

तभी वंशिका ने कहा, ''मम्मा, झरना तो अभी सेकेंड में ही है। इससे क्या तैयारी करवानी? इसको दादी माँ के जन्मदिन के बाद ही पढ़ाना और मैं भी तभी पढ़ पाऊँगी। सारा दिमाग तो जन्मदिन की पूजा में लगा रहेगा तो फिर पढ़ाई में मन कैसे लगेगा? और मम्मा, बड़ी माँ कहती हैं कि जब पढ़ाई में मन न लगे तो नहीं पढ़ना चाहिए। ऐसी पढ़ाई से क्या फायदा कि मैं हाथ में किताब लिये बैठी रहूँ, मन कहीं और हो! आप भी हमेशा यही कहती हो कि

क्वालिटी स्टडी होनी चाहिए। यानी जितनी देर भी पढ़ो, मन लगाकर पढ़ो। आपको दिखाने के लिए फालतू में किताबें खोलकर न बैठूँ।"

तभी वहाँ पायल आ गई और वह बोली, "ऐसा मैं इसलिए कहती हूँ, जिससे तुम सब ईमानदारी से पढ़ाई करो। हम सब तुम बच्चों के पीछे पड़े रहें कि पढ़ाई करो और तुम्हारा मन न हो, तो भी तुम डाँट से बचने के लिए किताब खोलकर बैठो, मगर ध्यान कहीं और हो, ऐसे दिखावे से क्या फायदा? अगर ऐसा करोगे भी तो तुम किसे धोखा दोगे? खुद को ही न? माता-पिता या बड़ों को बेवकूफ बनाने से क्या होगा? नंबर तुम्हारे खराब आएँगे। रिजल्ट तुम्हारा खराब होगा। जीवन भर के लिए कम परसेंटेज के कारण जो भविष्य बिगड़ेगा और रिकॉर्ड खराब होगा, वह हमेशा खलेगा तथा यही सोचते रहोगे कि काश! थोड़ी मेहनत और की होती! और फिर सारा दोष घरवालों के सिर मढ़ोगे कि हम तो बच्चे थे, आपने ही हमें समझाया होता, नहीं मानते तो दो थप्पड़ लगाए होते, कैसे भी करके पढ़ाई करवाई होती तो इतना खराब रिजल्ट न होता। इसीलिए अभी तो समझा रही हूँ और अगर नहीं माने तो सख्ती करूँगी, फिर भी न माने तो थप्पड़ मारने से हिचकूँगी नहीं। तुम्हारी भलाई के लिए मैं सबकुछ करूँगी। इसलिए बार-बार समझाती हूँ। मैं नहीं चाहती कि हम बड़ों से कहीं कोई चूक हो। बच्चों को सही रास्ते पर लाने का, समझाने का बड़ों का फर्ज होता है। बच्चे अपने भविष्य को लेकर इतने गंभीर नहीं होते, लेकिन माता-पिता यह बात अच्छी तरह जानते हैं कि बच्चों के लिए क्या जरूरी है और क्या नहीं। बड़ों को अपनी तरफ से बच्चों को समझाने का पूरा प्रयास करना चाहिए, ताकि मन में कभी 'काश!' जैसे शब्द के लिए जगह न रहे। इसीलिए तुम सबसे भी कहती हूँ, पूरा प्रयास करो, जिससे यह कहने की जरूरत न पड़े कि काश! हमने पढ़ाई की होती या काश! बड़ों की बात मानी होती!"

"बड़ी माँ, मैं प्रॉमिस करती हूँ कि दो दिन बाद अच्छी तरह पढ़ाई करूँगी और जैसे आप कहेंगी, वैसे ही पढ़ूँगी, मगर दादी माँ के जन्मदिन के बाद।" वंशिका ने कहा।

"ठीक है बेटा। तुम दो दिन बाद ही पढ़ाई शुरू करना। राशि उन्हें दो दिन का समय दे दो। वैसे भी जब बच्चे अपने पर विश्वास करने को कहें तो उन पर विश्वास करना चाहिए। वे हमारी बात मानते हैं तो हमें भी उनकी बात माननी चाहिए। बच्चों को कभी यह नहीं लगना चाहिए कि बड़े हम पर हमेशा अपनी बात थोपते हैं। बच्चों को हमेशा यह लगना चाहिए कि उनकी बात हमारे लिए महत्त्वपूर्ण है। अगर वे बड़ों की बात मानते हैं या हमारा सम्मान करते हैं तो बड़ों को भी उनकी भावनाओं का, उनके निर्णय का सम्मान करना चाहिए। इससे बच्चों व बड़ों के बीच आपसी समझदारी पनपेगी, साथ ही एक-दूसरे पर विश्वास बढ़ेगा और बच्चे बेहिचक अपनी बात एवं अपनी समस्या बड़ों से शेयर कर सकेंगे।" पायल ने राशि को समझाते हुए कहा।

□

8

बच्चों में डालें बचाने की आदत

दो दिन बाद शारदा देवी का जन्मदिन भी धूमधाम से मनाया गया। मंदिर में पूजा हुई और फिर शाम को पार्टी। बच्चों ने जमकर मस्ती की। रिमझिम ने हर साल की तरह इस बार भी दादी माँ को एक शॉल गिफ्ट किया। रिमझिम द्वारा लाए शॉल शारदा देवी को बहुत पसंद आते थे और बदले में वे रिमझिम की पाँच हजार की एफ.डी. करवाती थीं। वर्ष भर में जिस बच्चे को कहीं से भी कुछ भी रुपए मिलते थे, उसमें अपनी तरफ से रुपए मिलाकर शारदा देवी सब बच्चों के नाम पाँच-पाँच हजार रुपए की एफ.डी. करवाती थीं। पहले यह राशि एक हजार थी, फिर दो हजार हुई और बढ़ते-बढ़ते यह पाँच हजार हो गई। उनका जन्मदिन बैंककर्मियों को भी याद था, क्योंकि उस दिन घर के सब बच्चों के नाम से रुपए जमा होते थे। रिमझिम की पढ़ाई के लिए जब एकमुश्त रुपयों की जरूरत पड़ी थी तो शारदा देवी की इस योजना ने उन्हें बहुत सहायता की थी।

दरअसल शारदा देवी ने एक नियम बनाया था कि बच्चों को कोई भी रुपए देकर जाएगा, वे खर्च नहीं होंगे और फिर उनके खुद के जन्मदिन पर वे तय राशि में जितने भी रुपए कम पड़ेंगे, वे खुद उतनी राशि जमा रुपयों में मिलाकर सब बच्चों के नाम से एफ.डी. करवाएँगी। पहले एक साल के लिए फिक्स करवातीं और जब रुपए ज्यादा हो जाते तो पाँच साल के लिए फिक्स करवा देतीं। इस तरह घर के सब बच्चों के लिए प्रत्येक वर्ष वे रुपए जमा करवातीं और इसी तरह उनके बेटे-बहू यानी बच्चों के माता-पिता भी

अपनी विवाह की वर्षगाँठ पर अपने बच्चों के लिए कुछ रुपए जरूर जमा करवाते। यह बचत उनकी बेटियाँ भी करतीं और यह नियम घर का कानून बन चुका था।

इसी तरह बचत करना उन्होंने अपने बच्चों के बच्चों यानी अपने पोते-पोतियों और नाती-नातिनों को भी सिखाया था। वे दस वर्ष से ऊपर के सभी बच्चों को जेब खर्च देती थीं। ज्यादा नहीं, पचास रुपए। उम्र के साथ ही यह राशि भी बढ़ जाती। बच्चों को यह भी हिदायत थी कि उसमें से कुछ रुपए जरूर बचाएँ, जिससे कभी किसी को गिफ्ट देना हो, खासकर घर के किसी सदस्य को, उस वक्त वे अपनी पॉकेट मनी के पैसों से, चाहे एक टॉफी या एक गुलाब का फूल ही दें, लेकिन अपने रुपयों से ही दें। यह आदत घर के सभी लोगों ने मिलकर बच्चों में डाली थी। इसके पीछे शारदा देवी का मानना था कि इसके चलते बच्चे अनावश्यक खर्च नहीं करते और उनको रुपयों की अहमियत भी मालूम होती है। साथ ही दूसरे भाई-बहनों से अच्छा गिफ्ट देने के चक्कर में बचत करना सीख जाते हैं। बच्चों में यह भावना पनपती है कि वे खुद के रुपयों से बड़ों के लिए गिफ्ट लाए हैं। साथ ही यह भी विश्वास होता है कि उन्हें रिटर्न गिफ्ट भी मिलेगा। छोटे बच्चों की भावनाएँ बहुत कोमल होती हैं। उन्हें इतनी समझ नहीं होती कि हमेशा रिटर्न गिफ्ट नहीं मिलता, मगर बच्चों को तो इसी तरह समझाया जा सकता है। बच्चों को जिस तरह और जो भी समझाया जाएगा, उसी तरह समझेंगे। फिर बड़े होकर उन्हें वास्तविकता समझ आने लगती है और उनमें वे आदतें पड़ चुकी होती हैं, जो माता-पिता उनमें डालना चाहते हैं। इसलिए बचपन में माता-पिता को बहुत सतर्कता से काम लेना चाहिए, ताकि बच्चे में अच्छी आदतें पड़ें।

आज भी बच्चों के नाम से रुपए फिक्स किए गए। रिमझिम ने कहा, "इस स्कीम का सबसे ज्यादा फायदा शांतनु और फलित को मिलेगा, क्योंकि दोनों अभी एक साल के भी नहीं हैं। उन्हें 18 साल से पहले तो जरूरत पड़ेगी नहीं। अगर केवल हर साल के पाँच हजार ही जोड़े जाएँ तो नब्बे हजार हो जाएँगे। फिर उस पर ब्याज और आनेवाले समय में ये रुपए पाँच हजार से

ज्यादा ही होंगे। इसके अलावा चाचू भी अपनी मैरिज एनिवर्सरी पर कुछ-न-कुछ उनके लिए जमा करवाएँगे तो कुल मिलाकर शांतनु और फलित के बड़े होने तक काफी बर्डन कम हो जाएगा। यानी हमारे ये हीरो बहुत पैसेवाले हो जाएँगे। सच में दादी माँ, आपने ऐसी परंपरा चलाकर बहुत अच्छा किया है और हम सबमें बहुत अच्छी आदत डाली है। मुझे लगता है कि सभी माता-पिता को इस तरह की आदत अपने बच्चों में डालनी चाहिए और हर साल उनके नाम से कुछ रुपए जरूर जमा करवाने चाहिए, जिससे बड़े होने पर बच्चों की पढ़ाई में कोई रुकावट न आए। साथ ही बड़े-छोटे सभी में प्यार की भावना पनपती है। जब बच्चे बड़ों को मान-सम्मान देंगे तो छोटों को भरपूर प्यार मिलेगा।"

□

9

छोटे बच्चे को पढ़ाना-समझाना है बहुत मुश्किल

शारदा देवी का जन्मदिवस भी धूमधाम से मनाया गया। राशि ने वंशिका और झरना को याद दिलाया कि अब माँजी का जन्मदिन भी हो चुका और अब वे अपनी पढ़ाई शुरू करें। दोनों ने कहा कि उन्हें याद है कि अब पढ़ना है। दोनों अपनी-अपनी किताबें लेकर आ गईं। राशि ने दोनों का सिलेबस देखा और परीक्षा की तारीखें देखीं। 20 दिन बाद परीक्षा शुरू होने वाली थी। पहले तो उसने सभी विषयों का पाठ्यक्रम देखकर उनसे सवाल पूछे, जिससे राशि को उनके सभी सब्जेक्ट की तैयारी के बारे में पता चल सके। फिर उसने सारे विषयों के लिए दिन निर्धारित किए। जिस विषय में वंशिका कमजोर थी, उसके लिए ज्यादा दिन रखे और जो विषय उसका तैयार था या जिसमें वह सहज महसूस करती थी, उनके लिए कम समय रखा। राशि ने परीक्षाओं के बीच मिलने वाले अंतराल का भी ध्यान रखा। जिसमें दो परीक्षाओं के बीच कम गैप था, उसकी तैयारी के लिए राशि ने ज्यादा दिन तय किए। इस तरह उसने प्रत्येक विषय के लिए दिन निर्धारित कर दिए। अब वंशिका को उसी के अनुरूप पढ़ना था। साथ ही राशि ने यह भी कहा कि वह जिस विषय की तैयारी करवाएगी, उस विषय का टेस्ट चार दिन बाद लेगी। वंशिका ने कहा, "ये तो अनफेयर है। जिस-जिस विषय को हम तैयार करें, आप उसका टेस्ट लेते रहिए।"

इस पर राशि ने कहा, "मैं चार दिन बाद टेस्ट इसलिए लूँगी, ताकि मैं

जान सकूँ कि दूसरा सब्जेक्ट पढ़ने के बाद तुम्हें पहले वाला विषय कितना याद है! अगर तुमने रटकर याद किया होगा तो सब दिमाग से निकल जाएगा और समझकर याद करोगी तो तुमसे मैं कभी भी, कोई भी प्रश्न पूछूँ, तुम सही उत्तर दोगी। इसलिए मैं तुम्हें समझाकर ही पढ़ाऊँगी। वैसे भी अगर तुमने अभी कोई विषय तैयार किया है और मैं इसी समय तुम्हारा टेस्ट लेती हूँ तो तुम्हें सब याद होगा। असली परीक्षा तो तब है, जब अचानक से तुमसे पूछा जाए। तब पता लगेगा कि तुम्हें वाकई याद है या नहीं।"

"लेकिन मम्मा एक्जाम में हमें रिवीजन के लिए समय मिलता है न!" वंशिका ने कहा।

"हाँ, लेकिन उसे बोनस समझो। मैं तो तुम्हें इसी तरह पढ़ाकर तुम्हारा एक्जाम लूँगी और तुम्हें बात माननी होगी। ताकि मैं जान सकूँ कि तुम्हें बिना रिवीजन के कितना याद है और जब तुम रिवीजन करके परीक्षा दोगी तो बिल्कुल सही उत्तर लिखकर आओगी। इसलिए कोई भी विषय तैयार करो तो एक हफ्ते बाद उसके उत्तर लिखो, तुम्हें अपने आप समझ आ जाएगा कि तुम्हें कितना याद है। इस सिस्टम से पढ़ोगी तो कभी भूलोगी नहीं। कुछ समझ आया?" राशि ने पूछा।

"ठीक है, समझ गई।" वंशिका ने कहा। उसने आगे कहा, "ये तो मेरी पढ़ाई की बात हुई। झरना को क्या पढ़ाओगी? इसके सिलेबस में तो कुछ खास है नहीं।"

"तुम्हें क्या पता सेकेंड स्टेंडर्ड में भी कितनी टफ पढ़ाई हो गई है। उसको हिंदी और अंग्रेजी दोनों विषय की ग्रामर पढ़ानी है। उसके एक्जाम में अनसीन पैसेज भी आएगा, जिसकी तैयारी के लिए बहुत सारे पैसेज पढ़वाकर प्रैक्टिस करवानी होगी। तुम्हें शायद अपने सेकेंड स्टेंडर्ड के एक्जाम के बारे में याद नहीं है। तुमने तो अनसीन पैसेज का केवल एक ही उत्तर सही दिया था, बाकी गलत हो गए थे। उसके साथ मैं कोई रिस्क नहीं लेना चाहती। साथ ही मैथ्स में जोड़, घटाना और गुणा सभी आएँगे। उस पर सोशल साइंस। बहुत ज्यादा पढ़ाना है उसे और छोटे बच्चे को पढ़ाना-समझाना बहुत

मुश्किल होता है।" राशि ने कहा।

तभी माधुरी वहाँ आई और बोली, "दीदी, यह तो बच्चों के साथ ज्यादती है। इतनी सी उम्र में बच्चा भला अनसीन पैसेज के जवाब खुद ढूँढ़कर कैसे देगा?"

राशि ने कहा, "माधुरी, अब इस तरह की दलीलों से क्या बच्चों के प्रश्न-पत्र आसान हो जाएँगे? हमारी मजबूरी है, उन्हें इसी सिस्टम के तरह पढ़ाना, वरना बच्चे पीछे रह जाएँगे। हमने तो ग्रामर छठे क्लास से पढ़ी थी, मगर आज समय बदल गया है और ये हमारे जमाने के नहीं, आज के समय के बच्चे हैं। वह समय गया, जब पाँच साल का बच्चा स्कूल जाकर ककहरा सीखता था। अब दो-ढाई साल के बच्चे प्ले स्कूल जाकर बहुत कुछ सीख जाते हैं। यह पीढ़ी अपनी उम्र से ज्यादा तेज और बुद्धिमान है। अगर उन्हें इस तरह पढ़ाया जा रहा है तो वे यह सब पढ़ भी रहे हैं। इसलिए इनको लेकर कोई तनाव मत लो। ये आज के हिसाब से बिल्कुल फिट हैं। हमें ही इस मन:स्थिति में ढलकर उनका साथ देना होगा। वरना हम और हमारे बच्चे दोनों ही पीछे छूट जाएँगे, जो किसी भी तरह से हमारे और हमारे बच्चों के लिए ठीक नहीं होगा।"

□

10

बच्चों में जो अच्छी आदतें डालनी हैं, पहले खुद में डालें

"आज सोमवार है। चलो सारे बच्चे अपने-अपने दाँत और नाखून चैक कराओ, जिसके दाँत गंदे और नाखून बढ़े हुए मिले, उसको सजा याद है न?"

सब बच्चे एक साथ बोले, "याद है, दादी माँ।"

फिर घर की बहुओं और बेटों ने कहा, "हमें भी याद है, माँ।"

शारदा देवी ने सबको हिदायत दी थी कि सभी लोग रोज दो बार दाँत साफ करेंगे, जिससे किसी के मुँह से बदबू न आए और रविवार को घर के सारे सदस्य नाखून काटेंगे। सोमवार को वे सबके नाखून व दाँत देखेंगी, जिससे बच्चों में नाखून काटने और रोज दो बार ब्रश करने की आदत बनी रहे। वे शरीर की सफाई को लेकर सतर्क रहें। इसके लिए उन्होंने सजा भी तय कर रखी थी। जिस बच्चे के भी मुँह से बदबू आती या नाखून बढ़े मिलते, उन्हें उस सप्ताह मिलने वाले चिप्स और कोल्ड ड्रिंक वगैरह नहीं दिए जाते। साथ ही जिस दिन कोई भी बच्चा ठीक से खाना नहीं खाता, उसे उस दिन निर्धारित समय का कार्टून नहीं देखने दिया जाता और इन सब बातों को सभी को मानना पड़ता। बहुओं को भी नाखून बढ़ाने की अनुमति नहीं थी, क्योंकि उन्हें खाना बनाना होता था और बढ़े नाखूनों के साथ रसोई में जाने की आज्ञा ही नहीं थी, क्योंकि बड़े नाखूनों में गंदगी होती है, जो खाना बनाते समय, खासकर आटा गूँथते समय आटे में जाती है और खाना खाते वक्त मुँह में

जाती है। ऐसी स्थिति में कोई अपने आप चाय भी नहीं बना सकती थी और बेटों के लिए सजा थी कि जिस किसी के भी नाखून बढ़े मिले या जिसके मुँह से दुर्गंध आएगी, वे उससे तीन दिन बात नहीं करेंगी। चाहे जितना भी जरूरी काम क्यों न हो!

हालाँकि उन्हें बेटों के साथ कभी सख्ती नहीं करनी पड़ी, क्योंकि ये आदतें वे उनमें बचपन में डाल चुकी थीं, लेकिन बहुओं के साथ सख्ती करनी पड़ी थी, क्योंकि शादी के बाद जब वे इस घर में आई थीं तो उनके नाखून बढ़े हुए थे और वे नाखून नहीं काटना चाहती थीं। उनकी इच्छा देखते हुए उन्हें बाएँ हाथ के नाखूनों को शेप में रखने की इजाजत दे दी थी, लेकिन दाएँ हाथ के नाखून बढ़ाने के लिए उन्होंने स्पष्ट मना कर दिया था। उन्होंने अपनी बहुओं को समझाया कि जब तक वे अपने मायके में थीं, खाना नहीं बनाती थीं, तब तक ठीक था, लेकिन अब घर सँभालना है, खाना बनाना है और अपने बच्चों में जो अच्छी आदतें डालनी हैं, पहले खुद में डालनी होंगी। अगर बच्चे ये पूछ बैठें कि जब आपने अपने नाखून बढ़ा रखे हैं तो हमें क्यों मना कर रही हैं? तब क्या जवाब होगा तुम सबके पास? अगर बड़े सतर्क रहें तो बचपन से ही ये आदतें बच्चों में डाली जा सकती हैं। एक बार ये आदतें पड़ जाएँ तो कभी नहीं छूटतीं।

उन्हें बच्चों के चॉकलेट खाने पर कोई ऐतराज नहीं था, लेकिन उनकी सख्त हिदायत थी कि सोने से पहले बच्चों के दाँत साफ कराए जाएँ, जिससे दाँतों में कुछ भी चिपका न रहे। अगर दाँतों में कुछ लगा रहा तो कैविटी होने का खतरा हो सकता है, क्योंकि बच्चों की आदत होती है कि वे कुछ भी खाते-खाते सो जाते हैं। मुँह में टॉफी-चॉकलेट होती है, जो दाँतों में चिपकी रहती है या भोजन का कोई रेशा दाँतों के बीच फँसा रह जाता है। ऐसी स्थिति में दाँत में कीड़े लगने की आशंका होती है। चूँकि बच्चे सारा दिन कुछ-न-कुछ खाते रहते हैं तो बढ़े नाखूनों के कारण उनके पेट में गंदगी जा सकती है। इसीलिए उन्होंने इस तरह के कानून बनाए थे। सजा ऐसी रखी, जिससे संबंधित व्यक्ति को फर्क पड़े। यानी पूरी तरह से भावनात्मक सजा। उनका

मानना था कि डाँट-मार से बच्चे बिगड़ जाते हैं। बच्चों को बार-बार समझाना चाहिए और बच्चों को उनकी ही भाषा में समझाया जा सकता है। बड़ी-बड़ी सजा देने का कोई लाभ नहीं। सजा ऐसी होनी चाहिए, जिससे मार भी न पड़े और उस सजा से बच्चे प्रभावित हो। फिर भी न माने तो एकाध थप्पड़ लगाने चाहिए और सबसे अच्छी सजा यही होती है कि बच्चे की मनपसंद चीजें उसे न दी जाएँ तो वे हर काम करने को तैयार हो जाते हैं। उनके अनुसार बच्चों को सजा के तौर पर उन्हें मारने से बेहतर है कि उन्हें उनका मनपसंद कार्टून न देखने दिया जाए। अगर महीने में एक बार बाहर खाना खाने जाते हैं तो उसे कैंसिल कर दिया जाए। उनका मनपसंद खिलौना उनसे ले लिया जाए। ऐसी बहुत सारी चीजें हैं, जिसके द्वारा उन्हें सुधारा जा सकता है।

□

11

अगर बच्चे बात नहीं मानते तो उन्हें प्यार से समझाना चाहिए

शारदा देवी ने सबके नाखून और दाँत चैक किए। सबके नाखून कटे मिले, लेकिन वंशिका के नाखून बढ़े हुए थे। उससे जब पूछा गया कि तुम्हारे नाखून क्यों बढ़े हैं तो उसने कहा, "मेरी क्लास की कई लड़कियों ने नाखून बढ़ा रखे हैं। इसलिए मैं भी बढ़ाऊँगी।"

"नहीं वंशिका, अभी तुम छोटी हो और नाखूनों की अच्छी तरह से सफाई नहीं रख सकती। इसलिए तुम नाखून नहीं बढ़ा सकती। अभी तुरंत काटो इन्हें।" शारदा देवी ने उसे समझाते हुए कहा।

"नहीं दादी माँ, मैं नाखून नहीं काटूँगी। मैं बड़ी हो गई हूँ। 12 साल की हूँ। मेरी फ्रेंड्स मुझे चिढ़ाएँगी और उनकी मम्मा तो उन्हें नहीं मना करतीं। फिर आप क्यों मना कर रही हैं?" वंशिका ने नाखून काटने का विरोध करते हुए कहा।

"वंशिका, दादी माँ से क्या ऐसे बात करते हैं?" जयेश ने उसे डाँटते हुए कहा।

"नहीं जयेश, उसको मत डाँटो। उसे डाँटने की नहीं, समझाने की जरूरत है। देखो वंशिका बेटी, यह जरूरी नहीं है कि सबके घर और सबके मम्मी-पापा एक जैसे हों। तभी तो कुछ बच्चे अच्छे होते हैं और कुछ बदमाश-गंदे। तुम क्या बनना चाहती हो, अच्छा या गंदा?" शारदा देवी ने उसे समझाते हुए पूछा।

"मैं तो अच्छी बनना चाहती हूँ, लेकिन इसका नाखून काटने से क्या लेना-देना?" वंशिका ने पूछा।

"हाँ, है न! सबसे पहली बात, अच्छे बच्चे बड़ों की बात मानते हैं। बड़ों का फर्ज है, उनमें अच्छी आदतें डालना। अच्छे-बुरे का अंतर बताना। अगर वे नहीं बताएँगे तो बच्चों को कैसे पता लगेगा कि क्या अच्छा है और क्या बुरा? यह सब तो बड़ों को ही बताना पड़ेगा। बात रही नाखून काटने पर तुम्हारी फ्रेंड्स के चिढ़ाने की, तो मुझे यह बताओ, क्या तुम चाहती हो कि तुम बीमार पड़ो, और अगर नहीं तो सबसे पहले अपने शरीर को साफ रखो। तुम्हें पता है, न कि बढ़े नाखूनों में गंदगी भरती है और जब हम खाना खाते हैं तो वह गंदगी हमारे पेट में जाकर इंफेक्शन पैदा करती है। तुम्हें यह भी मालूम है कि छोटे बच्चों को बार-बार पेट में इंफेक्शन क्यों होता है?" शारदा देवी ने पूछा।

"हाँ, पता है, क्योंकि वे अपने हाथ बार-बार मुँह में डालते रहते हैं।" उसने बताया।

"हाथ मुँह में डालने से क्या होता है?" शारदा देवी ने पूछा।

वंशिका ने जवाब दिया, "इंफेक्शन।"

"इंफेक्शन किसलिए?" उन्होंने पूछा।

वंशिका ने कहा, "क्योंकि वे बार-बार हाथ नहीं धोते। लेकिन मैं तो हाथ धोती हूँ, दादी माँ। देखो, मेरे हाथ साफ हैं।" कहकर उसने अपने हाथ आगे कर दिए।

शारदा देवी ने कहा, "हाँ, तुम्हारे हाथ साफ हैं, लेकिन जरा अपने नाखून देखो! उसमें गंदगी है कि नहीं?"

"मैं साफ कर लूँगी दादी माँ, प्लीज, नाखून मत कटवाइए।" उसने रिक्वेस्ट करते हुए कहा।

"तुम कितना ही ध्यान रखो, फिर भी तुम अभी छोटी हो और अभी से इन बातों में मत पड़ो। अगर तुम्हारी फ्रेंड्स गलत करें तो क्या जरूरी है कि तुम भी गलत करो और बड़ों की बात न मानो? तुम्हें तो अपने फ्रेंड्स को भी

समझाना चाहिए और गलत करने से रोकना चाहिए। अगर हमारे दोस्त कुछ गलत कर रहे हैं और हमें पता है कि वह गलत है तो सच्चा दोस्त वही है, जो उन्हें गलत करने से रोके। वैसे भी जब बड़े कोई बात समझाएँ तो बच्चों को मानना चाहिए, क्योंकि माता-पिता बच्चों का कभी बुरा नहीं चाहेंगे। जब बड़ी हो जाना, तब अपने नाखून बढ़ाना।" शारदा देवी ने समझाते हुए कहा।

"तो मैं कब बड़ी होऊँगी?" उसने खीझते हुए पूछा।

"जब कॉलेज जाओगी तब, लेकिन अभी नहीं। तुम्हारी दोनों दीदी रिमझिम और सावनी ने भी कॉलेज जाने के बाद ही नाखून बढ़ाए हैं और अब वे उन्हें ठीक से साफ रखती हैं। तुम भी कुछ सालों बाद अपने नाखून बढ़ा सकती हो। अभी अपने नाखून काटो और नीला, तुम आगे से ध्यान रखना। अगर बच्चे कोई बात नहीं मानते तो उन्हें प्यार से समझाना चाहिए। उस बात से होने वाले नुकसान को बताना चाहिए।" शारदा देवी ने कहा।

तभी नीला ने कहा, "माँ, शांतनु नौ महीने का हो गया है, मगर उसके दाँत निकलने शुरू नहीं हुए हैं। लगता है, उसे डॉक्टर को दिखाना पड़ेगा।"

शारदा देवी ने कहा, "हाँ, बच्चे के दाँत सातवें महीने से ही निकलने शुरू हो जाते हैं, लेकिन अब तो दो महीने ऊपर हो गए हैं। कल सुबह ही शांतनु को लेकर डॉक्टर के पास जाना। वैसे भी बच्चों का प्रॉपर चैकअप होते रहना चाहिए।"

□

12

डेंटल ओरल हाइजीन मेंटेन करना माँ का ही फर्ज

अगली सुबह नीला पायल के साथ शांतनु और पराग को लेकर डॉक्टर माथुर के पास गई। शांतनु का चैकअप करने के बाद उन्होंने कहा, "कभी-कभी ऐसा होता है कि बच्चे के दाँत देर से निकलते हैं। इसमें परेशान होने की बात नहीं, लेकिन पैरेंट्स को इस बात का ध्यान रखते हुए बच्चे का प्रॉपर चैकअप करवाते रहना चाहिए। कायदे से बच्चा होने के एक महीने बाद ही उसे लेकर डेंटिस्ट के पास जाना चाहिए। डेंटल ओरल हाईजीन मेंटेन करना माँ का ही फर्ज है।"

पायल ने कहा, "डॉक्टर साहब! कभी जरूरत ही नहीं पड़ी, क्योंकि सब बच्चों के दाँत समय पर ही निकले और आप जानते ही हैं कि सफाई के मामले में माँ सभी का बहुत ध्यान रखती हैं।"

डॉ. माथुर ने कहा, "मैं यह नहीं कह रहा हूँ कि बच्चे की साफ-सफाई न रखने की वजह से दाँत नहीं निकल रहे हैं। मैं केवल यह कह रहा हूँ कि माता-पिता दाँतों के मामले में कभी सीरियस नहीं होते। आपकी बात नहीं कर रहा। एक आम बात है, जब तक बच्चे के दाँत सड़ नहीं जाते, लोग उन्हें लेकर डॉक्टर के पास नहीं जाते। सही वक्त पर इलाज नहीं करवाते। दाँतों के बारे में उनका व्यवहार बड़ा कैजुअल होता है। खुद के दाँतों में भी जब तक ज्यादा परेशानी नहीं होती, वे डॉक्टर के पास जाते ही नहीं हैं। यह जानते हुए भी कि कैविटी है, दाँत बिल्कुल खोखला है, वे उसे न तो निकलवाते हैं

और न ही डॉक्टर से मिलते हैं। जब एक दाँत सड़ता है, उसमें इंफेक्शन होता है तो उसकी वजह से दूसरे दाँत में भी इंफेक्शन होने की आशंका रहती है, लेकिन लोग ध्यान नहीं देते, ठीक से दाँत साफ नहीं करते, भोजन करने के बाद कुल्ला नहीं करते, रात को ब्रश करके नहीं सोते और न ही ये आदतें बच्चों में डालते हैं। मैं तो आपके घर का डॉक्टर हूँ, फिर भी आपकी तरफ से लापरवाही हुई। आप अकेली नहीं हैं लापरवाही करनेवाली। दाँतों के मामले में अकसर ऐसा ही होता है। आपको पता है न कि छठे-सातवें महीने से बच्चे के दाँत निकलने शुरू हो जाते हैं और जब नहीं निकले तो आपको शांतनु को लेकर मेरे पास आना चाहिए था। इसीलिए डॉक्टर यह सलाह देते हैं कि सुबह उठने के बाद और बच्चे को दूध पिलाने के बाद उँगली में गॉज पीस लपेटकर बच्चे के मसूड़ों पर हल्के हाथ से मसाज करते हुए उन्हें साफ करना चाहिए। इससे मुँह भी साफ होता है और मसूड़ों की मालिश भी होती है, जिससे बच्चों के दाँत निकलने में आसानी होती है।"

तभी पायल ने पूछा, "डॉक्टर साहब! सुना है कि बच्चे के मसूड़ों पर केले का छिलका रगड़ने से दाँत जल्दी आते हैं।"

डॉक्टर माथुर ने कहा, "देखिए पायलजी, यह सब देसी और घरेलू नुस्खे हैं। मैं इसके बारे में कुछ नहीं कह सकता और ये तब की बातें हैं, जब डॉक्टर को दिखाने के लिए शहर जाना पड़ता था। आजकल डॉक्टर के पास जाना इतना मुश्किल नहीं। इसलिए डॉक्टर से राय जरूर लेनी चाहिए। अमूमन सामने के दाँत, जिनको सेंट्रल इनसाइजर कहते हैं, वे छह-सात महीने से निकलने शुरू हो जाते हैं। फिर लैटरल इनसाइजर, कैनाइन, फर्स्ट मोलर और फिर सेकेंड मोलर निकलते हैं। ये सारे दाँत छठे महीने से शुरू होकर 33वें महीने तक निकलते हैं। मतलब किसी भी बच्चे के तीन साल का पूरा होने से पहले सारे दाँत निकल जाने चाहिए। पीछे के दाँत दूध के दाँत नहीं होते, इसलिए वे नहीं टूटते। इसी तरह दूध के दाँत टूटने का भी समय होता है। अमूमन छह से सात साल के बीच बच्चे के दूध के दाँत टूटने शुरू होते हैं और दाँत टूटने की यह प्रक्रिया बारह साल तक चलती है। इसमें थोड़ा समय

आगे-पीछे हो जाता है, जिसे लेकर घबराना नहीं चाहिए। साथ ही दाँत टूटने के बाद बच्चे को समझाना चाहिए कि टूटे दाँत की जगह पर ज्यादा जीभ न लगाए या बार-बार वहाँ हाथ न लगाए, क्योंकि बार-बार वहाँ छेड़छाड़ करने से दाँत टेढ़े-मेढ़े या आगे-पीछे हो सकते हैं।"

फिर पायल ने कहा कि डॉक्टर साहब, पराग के दाँतों में स्टेन क्यों है? तो उन्होंने बताया कि प्रेग्नेंसी के दौरान टेट्रासाइक्लीन ग्रुप की दवाएँ खाने से बच्चों के दाँतों में स्टेन आ जाते हैं। इसलिए गर्भवती महिलाओं को इस ग्रुप की दवाएँ नहीं खानी चाहिए। यहाँ तक कि बच्चे के जन्म के बाद भी कुछ समय तक इस ग्रुप की दवाओं को नहीं खाना चाहिए। सबसे बड़ी बात है, बच्चे को माँ के करीब ही रखा जाए, क्योंकि बच्चे को माँ से दूर रखने पर उसके सारे अवयवों का विकास देर से होगा।

☐

13

जब भी कुछ खाओ तो कुल्ला जरूर करो

पायल ने डॉक्टर माथुर से कहा, "हम बच्चों को इतना समझाते हैं कि चॉकलेट मत खाओ, ठीक से ब्रश करो, लेकिन ये मानते ही नहीं। ऐसा करिए, एक बार आप घर आ जाइए, हो सके तो कल शाम को ही, तो बच्चों को आप ही समझा दीजिए। हम ऐसा करते हैं कि आस-पास के बच्चों को भी बुला लेंगे, जिससे उनको भी जानकारी मिल सके। वैसे भी बच्चे घरवालों की बात कम सुनते हैं। यह समस्या सभी पैरेंट्स की है। जब डॉक्टर खुद बताएँगे तो बच्चों को अच्छी तरह समझ आएगा।"

इस पर डॉक्टर माथुर ने कहा, "इसीलिए हम कहते हैं कि बच्चों को हमारे पास केवल तब ही लेकर मत आइए, जब उन्हें दाँतों में कोई समस्या हो, बल्कि अगर आप साल-छह महीने में डॉक्टर के पास जाएँगे तो यह निश्चित है कि आपके बच्चे के दाँत में कोई प्रॉब्लम नहीं होगी और अगर होगी तो वह समय पर पता चल जाएगी। वैसे आपसे तो घरेलू संबंध हैं। मैं जरूर आऊँगा।"

अगले दिन डॉक्टर माथुर शारदा देवी के यहाँ पहुँच गए। पायल ने भी आस-पास के सभी बच्चों और उनके पैरेंट्स को घर पर बुला लिया था। पायल ने बच्चों से कहा, "जब हम तुमको बताते हैं कि क्या खाना चाहिए और क्या नहीं, दाँतों को ब्रश कैसे करना चाहिए तो तुम नहीं मानते। आज डॉक्टर माथुर तुम्हें इस बारे में बताएँगे।"

डॉक्टर माथुर ने कहा, "बच्चो! आज मैं आपको बताऊँगा कि दाँतों पर

ब्रश कैसे किया जाना चाहिए? सबसे पहली बात, आपके टूथ ब्रश के ब्रिसल सॉफ्ट यानी मुलायम होने चाहिए और हर तीन महीने बाद ब्रश को बदल देना चाहिए, क्योंकि उसके ब्रिसल मुड़ जाते हैं, जिसकी वजह से वे दाँतों के बीच फँसी गंदगी नहीं निकाल पाते। जब तक वे सीधे रहते हैं, तभी तक दाँतों के बीच की गंदगी बेहतर तरीके से निकाल पाते हैं। दूसरी बात, ब्रश को दाएँ से बाएँ और बाएँ से दाएँ ओर ले जाकर दाँत साफ नहीं करने चाहिए, बल्कि ब्रश को नीचे से ऊपर और ऊपर से नीचे लाते हुए दाँत साफ करने चाहिए। इसी तरह से बाहर की तरफ से साफ करने के बाद दाँतों को अंदर की तरफ से साफ करना चाहिए और सामने के दाँतों से शुरू करके बाएँ तरफ के और फिर दाएँ तरफ के दाँतों को, यानी पीछे तक के सारे दाँतों को साफ करना चाहिए। अंदर-बाहर से साफ करने के बाद दाँतों का वह हिस्सा साफ करना चाहिए, जिससे हम भोजन चबाते हैं। वहाँ भी खाने के रेशे फँसे होते हैं। अगर हम दाँत ठीक से साफ न करें और ज्यादा समय तक दाँत में खाना फँसा रहे तो वहाँ सड़न शुरू हो जाती है। बैक्टीरिया हो जाते हैं, जिससे दाँत खराब होते हैं। जब दाँत खराब हो जाते हैं तो उन्हें निकलवाना पड़ता है। तुम्हें पता है न, दूध के दाँत टूटने के बाद जो दाँत आते हैं, अगर वे टूट जाएँ तो दाँत दोबारा नहीं निकलते। इसलिए तुम्हें इनका विशेष खयाल रखना चाहिए। तीसरी बात, दाँत साफ करने के बाद अपनी जीभ को भी अच्छी तरह से साफ करना चाहिए, क्योंकि अगर जीभ गंदी रहेगी तो वहाँ कीटाणु पनपेंगे, जो दाँतों के साथ पेट में जाकर इंफेक्शन पैदा करेंगे। इसके साथ ही दाँतों की फ्लॉसिंग भी करते रहना चाहिए।"

फ्लॉसिंग शब्द सुनते ही एक बच्चे ने पूछा, "वो क्या होता है डॉक्टर अंकल?"

डॉ. माथुर ने कहा, "बेटा, फ्लॉस से हम दो दाँतों के बीच की जगह को साफ करते हैं। यह एक तरह का पतला और फाइन टेप होता है, जिसे दो उँगलियों में लपेटकर दो दाँतों के बीच ले जाकर ऊपर-नीचे करते हुए बीच की जगह साफ करते हैं। इससे दाँतों के बीच फँसी गंदगी निकल जाती है और

दाँत सड़ने से बच जाते हैं। इसे डॉक्टर से जरूर सीखें। चौथी बात, सोने से पहले ब्रश करना चाहिए। सबसे बड़ी बात, जब भी आप कुछ खाएँ तो कुल्ला अवश्य करें। यानी मुँह में पानी भरें और फिर मुँह बंद करके पानी मुँह में सब तरफ घुमाकर मुँह से निकाल दें। ऐसा तीन-चार बार करना चाहिए। इससे भी मुँह और दाँत साफ हो जाएँगे।" फिर उन्होंने बच्चों से पूछा, "क्या आप सबको चॉकलेट खाना पसंद है?"

सबने कहा, "हाँ, लेकिन मम्मा मना करती हैं।"

इस पर डॉक्टर माथुर ने कहा, "मम्मा इसलिए मना करती हैं, क्योंकि आप सब टॉफी-चॉकलेट खाने के बाद कुल्ला नहीं करते और वह दाँतों में चिपकी रह जाती है, जिससे दाँत सड़ने का डर होता है। आप सब प्रॉमिस करो कि जब भी कुछ खाओगे तो कुल्ला करोगे। सोने से पहले ब्रश करोगे। अगर ये प्रॉमिस करोगे तो मम्मा तुम्हें चॉकलेट खाने से नहीं रोकेंगी। यह मेरा प्रॉमिस है।"

सब बच्चों ने खुश होकर कहा, "प्रॉमिस, डॉक्टर अंकल!"

□

14

बच्चों को सिखाएँ सेफ्टी के तरीके

अनहोनी की आशंका से डरे लोग किशू को पाकर जहाँ एक तरफ खुश थे, वहीं दूसरी ओर सोसाइटी की सुरक्षा व्यवस्था पर भी प्रश्नचिह्न लगा रहे थे। जिन हालातों में अभी किशू मिली है, उन हालातों में कल कोई और बच्ची हो सकती है। आज तो किसी तरह से बच गई, लेकिन क्या कल कोई दूसरी बच्ची बच पाएगी ? यही सवाल सभी माता-पिता को परेशान कर रहे थे। घर आकर जयेश ने कहा कि हमें तुरंत बिल्डिंग के सभी लोगों की मीटिंग बुलानी चाहिए। हमें इस मुद्दे पर गंभीरता से विचार करना होगा, ताकि कल कोई और बच्ची या बच्चा इस तरह से गायब न हो पाए।

अगले दिन सभी सोसाइटी के हॉल में एकत्र हुए। सभी इस घटना के बाद अपने-अपने बच्चों की सुरक्षा को लेकर चिंतित थे। सबसे अहम सवाल था सोसाइटी की सुरक्षा का। जब बच्चे अपने ही अपार्टमेंट में सुरक्षित नहीं, वह भी सोसाइटी के ही कर्मचारियों के बीच, तो बाहर के बारे में तो कुछ कहा ही नहीं जा सकता। इस पर सबने अपनी-अपनी राय दी और फिर निर्णय लिये गए। सुरक्षा के लिए जरूरत होती है गार्डों की तैनाती की। अभी तक सिफारिश पर गार्ड रख लिये जाते थे, लेकिन सबकी राय के अनुसार आगे से सभी गार्ड प्लेसमेंट एजेंसी के द्वारा रखने की बात पर मुहर लगी। अभी तक सोसाइटी के सभी कर्मचारियों के मिलने-जुलनेवालों के प्रवेश पर कोई रोक नहीं थी, लेकिन बैठक में यह फैसला लिया गया कि आगे से किसी भी गार्ड, प्लंबर, इलेक्ट्रीशियन, माली या सफाईकर्मी से मिलने कोई भी नहीं आ सकेगा। जरूरी

काम हो तो वह बाहर से ही मिलकर चला जाएगा। दस साल तक के बच्चों को गार्ड अकेले गेट से बाहर नहीं जाने देगा। सभी के ड्राइवर केवल पार्किंग एरिया में ही रहेंगे या गेट पर रहेंगे, किसी भी पार्क में उनका जमावड़ा नहीं लगेगा। विजिटर की गाड़ियाँ और उनके ड्राइवर गेट के बाहर ही रहेंगे। किसी भी हालत में उनका प्रवेश अंदर नहीं होगा। सबने यह भी तय किया कि बच्चों को भी बुलाकर उनको भी समझाया जाए।

अगले दिन छुट्टी थी। सभी शाम को अपने-अपने बच्चों को लेकर कम्युनिटी हॉल पहुँचे। शारदा देवी ने पायल और अन्य महिलाओं से मिलकर बच्चों को समझाने के लिए कुछ प्वाइंट्स बनाए थे, जो उन्होंने सबके सामने रखे। सबसे पहली बात थी कि कोई भी बच्चा किसी अजनबी के साथ कहीं नहीं जाएगा। चाहे वो अजनबी अंकल या आंटी बच्चों को टॉफी-चॉकलेट देने की कितनी भी कोशिश करें, लेकिन कोई भी बच्चा बिना अपने मम्मी-पापा के गेट के बाहर नहीं जाएगा। इसके साथ ही किसी भी गार्ड, माली या प्लंबर अंकल के साथ भी बच्चे नहीं जाएँगे। अगर कोई ये कहे कि तुम्हारी मम्मी या पापा का एक्सीडेंट हो गया है और उन्होंने तुमको बुलाया है तो भी किसी के साथ नहीं जाना। पहले घर आना और सही बात मालूम करना। लिफ्ट में छोटे बच्चे अकेले न जाएँ। पैरेंट्स को भी ध्यान रखना पड़ेगा कि वे खेलने के लिए बच्चों को अकेले न भेजें। उन्हें पार्क में छोड़कर उन पर नजर भी रखें। ऐसा न हो कि बच्चों को पार्क में छोड़कर आप मम्मियाँ निश्चिंत हो जाएँ और अपनी गप-शप में बच्चियों को भूल जाएँ! सभी बच्चों को सख्त हिदायत है कि वे केवल पार्क में रहें। सोसाइटी के पिछले और सुनसान हिस्सों, खाली फ्लैट और छत पर अकेले न जाएँ। किसी के घर भी अगर कोई अपने बच्चे भेज रहा रहा तो वह स्वयं अपने बच्चे का ध्यान रखे। छोटे बच्चों को किशोर बच्चों के साथ अकेले न भेजें। साथ ही जिस घर में पुरुष सदस्य ज्यादा हों, उस घर में अपनी बेटियों को भूलकर भी न भेजें और अगर बच्ची को जाना है तो आप खुद उनके साथ जाएँ। किसी बर्थडे पार्टी में भी आप बच्चों को खुद छोड़ने जाएँ और समय से थोड़ा पहले ही पहुँचकर उन्हें

वापस ले आएँ। इसी तरह अगर आपका बच्चा ट्यूशन पढ़ता है या किसी हॉबी क्लास में जाता है तो भी आप खुद उसे छोड़ने जाएँ और पढ़ाई के बाद उसे लेकर ही वापस आएँ।

शारदा देवी ने छोटे बच्चों से एक बात और कही कि कोई भी अंकल अगर आपको जबरदस्ती पकड़े तो तुरंत शोर मचाना। हमारे शरीर के प्राइवेट पार्ट्स को, जिससे शेम-शेम हो जाती है, किसी को छूने नहीं देना चाहिए, चाहे वे कितने भी बड़े अंकल हों! मम्मी-पापा और अपनी दीदी-भइया के अलावा किसी और की गोदी में नहीं जाना चाहिए। पायल ने कहा, "आप सबसे गुजारिश है कि अपने बच्चों को अपने घर का पता और घर का फोन नंबर जरूर याद कराएँ, जिससे बच्चा किसी मुसीबत में हो तो घरवालों को सूचना दे सके या अगर कोई अन्य या पुलिस बच्चे की मदद करना चाहे तो वह उसकी मदद कर सके।"

□

15

बच्चों को बताएँ सही-गलत में फर्क

शारदा देवी की बात सुनकर छह साल की अनुष्का ने कहा, "अगर कोई अंकल हमें प्यार करते हैं और गोदी में उठाते हैं तो उसमें क्या बुराई है दादीजी और बच्चों को तो बड़े लोग गोदी उठाते ही हैं, जैसे हमें पापा-मम्मा उठाते हैं?"

यह सुनकर शारदा देवी ने कहा, "जैसे हम सबकी अपनी-अपनी प्राइवेट चीजें होती हैं—बच्चों के लिए खिलौने, बड़ों के लिए बहुत सारी जरूरत की चीजें होती हैं, इसी तरह हमारी बॉडी के भी प्राइवेट पार्ट्स होते हैं। इसीलिए हम अकेले नहाते हैं, किसी के भी सामने कपड़े नहीं बदलते। मम्मा भी आपको सबके सामने नहीं नहलातीं, न ही आपके कपड़े बदलती हैं। अगर हमारी शेम-शेम नहीं होती तो ऐसा क्यों होता? सब लोग बाथरूम में जाकर अलग-अलग क्यों नहाते हैं? सबको साथ-साथ नहा लेना चाहिए या नहाते वक्त दरवाजा खुला रहने दें।"

यह सुनते ही आठ वर्ष की सोनम बोली, "नहीं दादीजी, फिर तो सुपर वाली शेम-शेम हो जाएगी। मम्मा मुझे तो बाथरूम में बंद करके नहलाती हैं, लेकिन दादी अगर अंकल या भइया हमें प्यार करें तो इसमें क्या खराबी है?" सोनम ने बड़ी मासूमियत से पूछा।

"कोई खराबी नहीं, बेटा।" सोनम की मम्मी ने कहा। वे बोलीं, "तुम्हारी दादीजी एकदम ठीक कह रही हैं। कोई भी अंकल या भइया तुम्हें प्यार करते हैं तो इसमें कोई खराबी नहीं, लेकिन वे बार-बार तुम्हारे शेम-शेम पार्ट्स को

हाथ लगाएँ तो ये अच्छी बात नहीं है। ऐसा करना बहुत बुरी बात है, लेकिन बच्चे छोटे होते हैं और ये सारी बातें नहीं जानते। इसीलिए वे इस बात का फायदा उठाते हैं। जब भी कोई तुम्हारे शेम-शेम पार्ट को छुए या तुम्हें तुम्हारे पेट से ऊपर की ओर बार-बार हाथ ले जाए तो उनको तुरंत मना करो कि अंकल हाथ हटाइए और फिर भी न मानें तो मम्मा-पापा या किसी भी बड़े को बताओ। कभी भी किसी भी अंकल या भइया के साथ अकेले कहीं नहीं जाना, चाहे तुम उसे जानती ही क्यों न हो! वे तुम्हें कोई भी चीज खिलाने या खरीदने के लिए क्यों न कहें और अगर कोई चीज भी खिलाएँ तो भी नहीं खाना। केवल अपने घर की चीजें ही खाना और किसी भी ऐसे व्यक्ति से कोई भी चीज नहीं लेना, जिसे तुम जानती नहीं हो।"

इस बात पर झरना ने पूछा, "क्यों आंटी? अगर हमें प्यार से कोई पास बुलाए तो हमें तो उसके पास जाना चाहिए! ये क्या बात हुई कि इसके पास मत जाओ, उसके पास मत जाओ! हम तो सब अंकल को जानते हैं तो हम किसी के पास क्यों न जाएँ?"

झरना की बात सुनकर पायल ने कहा, "बेटा, किसी के पास जाने में कोई बुराई नहीं। हम सब आपको यह समझाना चाह रहे हैं कि अगर कोई तुम लोगों के साथ ऐसी हरकत करे, जो हम बता रहे हैं कि नहीं करनी चाहिए तो घरवालों को जरूर बताओ, क्योंकि बच्चों के साथ ऐसा करनेवाले अच्छे नहीं होते। बच्चे छोटे होते हैं, भोले और मासूम होते हैं, कुछ कह नहीं पाते, इसलिए वे बच्चों के साथ गंदी बात करते हैं। अगर कोई आप लोगों को डरा-धमकाकर ऐसी बातें करता है तो डरने की कोई जरूरत नहीं, सबके मम्मी-पापा हैं, घर में और भी बड़े लोग हैं, आप उनसे बिना किसी डर के जरूर बताएँ। अकसर ऐसा भी होता है कि लोग बच्चों को कोई चीज देने के बहाने बुलाते हैं और पकड़कर ले जाते हैं। फिर उनके साथ बहुत बुरा व्यवहार करते हैं। मारते हैं, पीटते हैं, खाना नहीं देते, बच्चों से काम करवाते हैं और भीख भी मँगवाते हैं और जो लोग बच्चों के प्राइवेट पार्ट्स को छूते हैं, वे अंकल या भइया बहुत गंदे होते हैं, वे कुछ भी कर सकते हैं। जान से मार भी सकते

हैं। अभी देखा न वह छोटी बच्ची गायब हो गई थी। इसके अलावा आप सब स्कूल जाते हैं तो वहाँ भी अगर आपके टीचर या आपसे बड़े भइया आपके साथ कुछ गलत करते हैं तो बिना डरे हुए उसकी शिकायत अपनी प्रिंसिपल मैम या सर से जरूर करें और अगर उन्हें न बता पाएँ तो घर आकर अपने पापा–मम्मा को जरूर बताएँ। उनकी किसी भी बात को चुपचाप बरदाश्त नहीं करना। सबसे बड़ी बात तो ये है कि आप सभी बच्चे कोई भी बात अपने पापा–मम्मी से नहीं छुपाएँगे, चाहे आपको डाँट खाने का डर ही क्यों न हो या आपको किसी ने धमकी ही क्यों न दी हो कि अगर पापा या मम्मी को बताया तो मैं तुम्हें या तुम्हारे पापा–मम्मी को मार दूँगा। ऐसी किसी भी बात से डरे बिना घरवालों से सच बात जरूर बताना।"

□

16

हमें ही डालनी होगी बच्चों में जीतने की आदत

शुभांगी से शारदा देवी ने कहा, "बहुत बहस हो गई इस टॉपिक पर। ये बताइए कि गरमी की छुट्टियाँ आनेवाली हैं, क्या प्लान किया है आप सबने? कौन-कौन बाहर जा रहा है और कौन-कौन यहीं रुक रहा है? हमारे घर में तो दो बेटे-बहू एक साथ जा रहे हैं और जब वे वापस आ जाएँगे तो दोनों छोटे वाले जाएँगे, जिससे हम अकेले न रहें। सब घूम आएँगे और बच्चे अपने नाना-नानी से भी मिल आएँगे। जब सब वापस आ जाएँगे तो हम दो दिन आस-पास ही पिकनिक पर जाएँगे। फिर स्कूल खुलने से पहले कुछ दिन बच्चे पढ़ाई करेंगे।"

"अरे, ये पढ़ाई बीच में कहाँ से आ गई? आप भी आंटीजी, बच्चों पर इतना जुल्म मत ढाइए। गरमी की छुट्टियाँ तो होती हैं मस्ती करने के लिए और आप उसमें भी उन बेचारों का हक मार रही हैं। क्यों बच्चो! गरमी की छुट्टियों में नो पढ़ाई, है न?"

सबने कहा, "यस आंटी।"

बच्चों के इस जवाब पर शारदा देवी ने कहा, "छुट्टियाँ अपनी जगह हैं और पढ़ाई अपनी जगह। ऐसी पढ़ाई नहीं, जिसमें बच्चे एक्जाम की तैयारी करें, बल्कि वह पढ़ाई, जिसे बच्चे इन्ज्वॉय करें। सबसे पहले पैरेंट्स को बच्चों का होमवर्क खत्म करवाना चाहिए। स्कूल खुलने से पहले अगली क्लास की किताबों के शुरू के कुछ चैप्टर की एक रीडिंग करवानी चाहिए,

जिससे क्लास में बच्चों को किताबें नई न लगें। साथ ही उन्हें एक-दो अच्छी किताबें पढ़ने को दें, इससे उनमें रीडिंग हैबिट डेवलप होगी और वे अच्छी किताबें भी पढ़ लेंगे। गणित की प्रैक्टिस भी रोज करवानी चाहिए, जिससे वे फॉर्मूले न भूलें। इसके लिए उन्हें रोज दस सवाल जरूर करवाएँ। इससे यह फायदा होगा कि उन्हें फॉर्मूले याद रहेंगे, क्लास में मुश्किल नहीं होगी, उनकी रुचि बनी रहेगी और वे आगे भी रहेंगे। अगर बच्चों को प्यार से समझाया जाए तो वे यह बात जरूर समझेंगे और मानेंगे भी। जरूरत उन्हें समझाने की है। अगर वे हमारी बात नहीं समझ रहे हैं या नहीं मान रहे हैं तो कहीं-न-कहीं कमी हममें है। एक बार बच्चा क्लास के होनहार बच्चों में शामिल हो जाए तो उसे टीचर व बच्चे पहचानने और मानने लगते हैं। किसी भी बच्चे के लिए बहुत गर्व की बात होती है कि उसे उसके टीचर तेज बच्चों में गिनें। ये जीतने और क्लास में आगे रहने की आदत हमें उनमें डालनी होगी। जब उनमें ये आदतें पड़ जाएँगी तो अगर कभी किसी वजह से उनके नंबर कम आए तो उन्हें खुद खराब लगेगा। वे अपना सम्मान नहीं खोना चाहेंगे। हर बार उनकी कोशिश होगी कि वे अपनी पोजीशन बनाकर रखें। इसके लिए जरूरत इस बात की है कि पहली बार उन्हें अच्छी पोजीशन तक पहुँचाने में हम उनकी मदद करें। उन्हें क्लास की अग्रिम पंक्ति में पहुँचाना हमारा काम है, जिसके लिए बच्चों के साथ हमें भी मेहनत करनी होगी। जहाँ तक सवाल रीडिंग हैबिट का है, तो वे भी हमें ही उनमें डालनी होगी। उन्हें अच्छे लेखकों की किताबें पढ़ने को दें। छोटे बच्चों को अच्छी स्टोरी बुक और बड़े बच्चों को महान् लेखकों की ऑटोबायग्राफी या उपन्यास दें। सिर्फ पढ़ने को ही नहीं दें, बल्कि उनसे उस किताब पर चर्चा भी करें और छोटे बच्चों से पढ़ी हुई कहानी सुनें। इससे वे ध्यान से पढ़ेंगे और उनकी रीडिंग स्किल बढ़ेगी। जो माता-पिता पढ़े-लिखे नहीं हैं, वे बच्चों से भले ही डिस्कस न कर पाएँ, लेकिन पढ़ने के लिए किताबें जरूर दें। उनको बताएँ कि किताबें बहुत अच्छी दोस्त भी होती हैं। ये पढ़ाई उन्हें भविष्य में भी काम आएगी।"

शारदा देवी ने आगे कहा, "किसी भी बच्चे को सबसे ज्यादा परेशानी

अगली क्लास में नई किताबों से होती है, लेकिन वही बच्चा जब वे किताबें एक बार सरसरी निगाह से पढ़ लेगा तो उसे समस्या नहीं होगी। मैथ्स जैसा विषय, जिसमें बच्चा रुचि नहीं लेता, उसमें भी वह रुचि लेने लगेगा। मैं सीरियस स्टडी की बात नहीं कर रही, बल्कि ऐसी पढ़ाई की बात कर रही हूँ, जिसे बच्चा इन्ज्वॉय करे और ऐसी पढ़ाई के लिए सबसे अच्छी गरमी की छुट्टियाँ हैं। इसके अलावा यह भी ध्यान रखें कि बच्चे घर में कंप्यूटर पर ही न बैठे रहें, बल्कि बाहरी एक्टिविटी और खेल-कूद में शामिल हों। इसके लिए बच्चों को समर कैंप में जरूर भेजें। लगभग सभी शहरों में समर वेकेशन में ऐसे कैंप व हॉबी क्लासेस चलती हैं। बच्चे का जो भी शौक हो, उसे उसकी मनपसंद क्लास में जरूर भेजें। इससे वह अन्य बच्चों के संपर्क में आएगा, उसकी दोस्ती बढ़ेगी और दायरा भी। हमें उसके अंदर छुपी प्रतिभा का पता चलेगा। हो सकता है, उसका शौक ही उसका भविष्य बन जाए? हमें याद रखना चाहिए कि बच्चे के दिमाग के खाली मैमोरी कार्ड को हमें ज्ञान के उस सागर से भरना है, जहाँ से वह जब चाहे, अपने प्रश्नों के उत्तर खोज सके और अपनी शंकाओं का समाधान निकाल सके।"

□

17

बच्चों को अपनी मिट्‌टी से जुड़ना सिखाता है गाँव

शारदा देवी के दो बेटे छुट्टियों में गाँव जाने के लिए तैयार थे। रिमझिम अपनी फाइनल परीक्षा देकर घर आई थी और उसके ही कहने पर सब लोग गाँव जा रहे थे। रिमझिम ने अपनी दादी और बाबा से प्रॉमिस किया था कि एम.एस. पूरा होने के बाद वह गाँव में प्रैक्टिस करेगी और अपने प्रॉमिस को पूरा करने के लिए वह गाँव जाना चाहती थी, ताकि वह प्लानिंग कर सके कि वहाँ कैसे और क्या इंतजाम करने हैं? गाँव जाने के नाम पर झरना और पराग भी तैयार हो गए। नीला और माधुरी ने बहुत समझाने की कोशिश की, लेकिन इस बात पर सहमति बनी कि सब बच्चे गाँव जाएँगे और नीला व माधुरी को जब अपने-अपने मायके जाना होगा तो वे पहले गाँव जाएँगी, फिर बच्चों को लेकर अपने घर जाएँगी।

सभी गाँव पहुँच गए थे। गाँव पहुँचकर सब बच्चों की दिनचर्या ही बदल गई थी। सब बच्चे सुबह पाँच बजे ही उठ जाते और फिर जो खेल का सिलसिला शुरू होता, वह रात तक चलता रहता, फिर सब थक जाते एवं खाना खाकर नौ बजे तक सो जाते। पायल को बहुत आश्चर्य था कि दिल्ली में सब देर रात तक जगते थे और स्कूल डेज को छोड़कर कोई भी 9 बजे से पहले नहीं उठता था। पायल का मायका जबलपुर था। गाँव आते वक्त उसे खराब लगा कि वह अपनी माँ के घर नहीं जा पा रही है, मगर बच्चों में आए बदलाव से उसका मन खुश हो गया। गाँव के बच्चों से वे इतना घुल-मिल

गए थे कि हरदम साथ रहते। वे ट्यूबवेल पर नहाने लगे थे। खेतों पर जाना, ट्रैक्टर पर बैठना, बकरी, मुरगी, गाय और भैंस के बच्चों के पीछे भागना उनके लिए आम बात हो गई थी।

एक दिन झरना एक छोटा सा कद्दू लेकर आई और बोली, "यह श्यामा चाची ने दिया है। ताईजी, इसे बनाइए न!"

"लेकिन तुम तो कद्दू नहीं खाती।" पायल ने कहा।

झरना बोली, "हाँ, अच्छा नहीं लगता, लेकिन चाची ने कहा कि यह उनके खेत का है और उनके खेत का कद्दू बहुत टेस्टी होता है। चाची ने पालक भी दिया है। उन्होंने कहा कि राघव भइया खूब पालक खाते हैं, इसलिए वे इतने स्ट्रॉग हैं। मुझे भी स्ट्रॉग बनना है।"

"क्या मतलब?" पायल ने पूछा।

वंशिका ने कहा, "ये श्यामा चाची से पूछ रही थी कि राघव भइया इतना स्ट्रॉग कैसे हैं, तो उन्होंने बताया कि वे सब्जी खूब खाते हैं। साथ में खूब सारा पालक और ढेर सारा दूध भी पीते हैं। बस यह भी बोली कि मुझे भी स्ट्रॉग बनना है।"

पायल ने कहा, "झरना बेटा, हमें जो सब्जी खानी होती है, वह तो खेत से ही आती है। फिर तुम क्यों लेकर आई?"

झरना ने कहा, "हम लाए हैं, इसलिए आप यही बनाइए। चाची ने कहा कि यह बहुत टेस्टी है और उन्होंने कहा कि इसे ज्यादा मसाले वाली न बनाएँ, बस हींग से भगार देकर बनाएँ।"

उसके कहने पर पायल हँसने लगी। "आप हँस क्यों रही हैं, ताईजी? इसमें हँसने वाली क्या बात है?"

"अरे बेटा, भगार नहीं, बघार होता है।" पायल ने कहा।

झरना फिर कुछ सोचते हुए बोली, "और हाँ ताईजी, वो जो कॉर्न का आटा होता है न यलो वाला, उसकी रोटी और गार्लिक की चटनी खानी है।"

पायल ने पूछा, "लहसुन की चटनी? लेकिन तुम तो वो भी नहीं खाती?"

वंशिका ने कहा, "राघव भइया खाते हैं, इसलिए हम भी खाएँगे।"

“ठीक है बाबा, मैं सब बनाती हूँ। मुझे तो यही बहुत अच्छा लग रहा है कि तुम सबने सब्जियों में इतना इंट्रेस्ट दिखाया।”

पायल को बच्चों का बदवाल बहुत अच्छा लग रहा था। उसने फोन करके जब बच्चों के बारे में शारदा देवी को बताया तो वे बहुत खुश हुईं। पायल ने कहा, “कुछ देर के लिए मुझे गुस्सा आया कि किसी दूसरे के घर से क्या-क्या सब्जियाँ ले आईं! जैसे हमारे यहाँ कद्दू-पालक नहीं बनता या हम बनाना नहीं जानते! फिर लगा कि राघव की वजह से ही सही, उसने अपने आप सब्जी खाने के लिए कहा तो सही!”

तब शारदा देवी ने कहा, “पायल बहू, यह रिवाज शहर में नहीं है कि यहाँ कोई किसी को कुछ नहीं देता, बस लेने की फिराक में रहता है। उन्हें कहीं भी खाने-पीने के लिए मत टोकना। तुम्हारे बाबूजी की वजह से हम लोगों का बहुत सम्मान है। अगर वे हमें और हमारे बच्चों को सम्मान और प्यार दे रहे हैं तो हमें भी उनकी भावनाओं का मान रखना चाहिए। गाँव में अभी भी अपना-पराए की भावना ने पैर नहीं पसारे हैं। बच्चे एक-दूसरे को देखकर ज्यादा सीखते हैं, जितना वे दूसरे बच्चों के संपर्क में आएँगे, उतना ही कुछ और नया सीखेंगे।”

□

18

बड़ों को भी ध्यान से सुननी चाहिए बच्चों की बातें

शारदा देवी ने कहा कि यहाँ दिल्ली में बच्चे क्या खाना सीखेंगे? सीखेंगे या जानेंगे भी तो यही कि कहाँ का पिज्जा, बर्गर, सॉसेजेस, मोमोज अच्छे मिलते हैं और कहाँ की पेस्ट्री, पैटीज और केक अच्छे होते हैं। यही वे खाना चाहते हैं और इसी खोज में रहते हैं कि कौन सा फूड कहाँ अच्छा मिलता है! सभी बच्चों का कोई न कोई दीदी या भइया रोल मॉडल होता है और वे उसी की तरह करना व दिखना चाहते हैं। पायल बहू, मैं दिल से चाहती थी कि बच्चे गाँव को समझें और जानें। आज मैं बहुत खुश हूँ। देखा संगत का असर? वे पालक और कद्दू खा रहे हैं। देखना, जब लौटेंगे तो उन पर वहाँ का रंग चढ़ा होगा। वहाँ बच्चे सारे बंधन से मुक्त हैं। यहाँ तो हर कदम पर बंदिशें ही हैं। वहाँ उड़ने के लिए उन्मुक्त आसमान, घूमने के लिए पूरा गाँव। खेलने के लिए कंप्यूटर नहीं, हम लोगों के बचपन के गेम। खाने के लिए देसी नाश्ते और सबसे बड़ी बात, वहाँ का अपनापन, जो शहरों में खोता जा रहा है, पर गाँवों और छोटे शहरों में जिंदा है। यहाँ तो बस लोग काम से काम और मतलब से मतलब रखते हैं। अभी भी वहाँ अपने-पराए सबको वो प्यार, वो दुलार मिलता है, जो यहाँ शहर के लोग अपने बच्चों के अलावा किसी को नहीं देते।

पायल शारदा देवी से बात करके खुश थी। बच्चों ने वे सारे खेल खेले और मजे किए, जो शहरी बच्चों के नसीब में नहीं होते। बच्चे पेड़ पर चढ़े।

पेड़ों पर पड़े झूलों में झूले। पींग बढ़ाना किसे कहते हैं, वे जानते ही नहीं थे। उन्होंने कंचे और गुल्ली-डंडा भी खेला। स्वीमिंग पूल में तैरनेवाले बच्चे जब गाँव के पास से बहती गंगा के किनारे पहुँचे तो उनकी खुशी का ठिकाना नहीं रहा। अभी तक वे क्लब के स्वीमिंग पूल में तैरते थे। आज उन्हें दूर तक फैली गंगा मिली तो वे नदी में नहाने के लिए मचल गए। पहले थोड़ा डरे, लेकिन कुछ देर में ही उनका डर खत्म हो गया। हालाँकि रिमझिम के कहने पर वे गहरे पानी में नहीं गए। तभी वंशिका ने कहा, "बड़ी दीदी, देखिए, यहाँ कितना साफ पानी है और आस-पास गंदगी भी नहीं है। दिल्ली में जो हमारे घर के पास नाला है, उसमें कितना कचरा रहता है और कितनी बैड स्मेल आती है! अब से प्रॉमिस, मैं भी कभी कूड़ा इधर-उधर नहीं फेंकूँगी और सभी फ्रेंड्स को मना करूँगी कि वे कुरकुरे-चिप्स खाकर आस-पास खाली पैकेट न फेंकें। हमारा पार्क कितना गंदा रहता है और यहाँ देखो, सबके घर के आगे कितनी सफाई है!"

शुरू में बच्चे कहीं पानी नहीं पीते थे। मगर जब कुएँ का पानी पिया तो झरना ने पूछा, "राघव भइया, कुएँ के अंदर फ्रिज लगा है क्या, जो पानी इतना ठंडा है?"

"हाँ, लगा है न! हमारे यहाँ सबके घर में फ्रिज नहीं है, इसलिए भगवानजी की कृपा से गाँव में रहनेवालों के लिए यहाँ के कुएँ में बहुत बड़े नैचुरल आइस बॉक्स हैं, जिसमें ढेर सारी बर्फ रहती है।"

"सच्ची, राघव भइया।" झरना ने बड़ी मासूमियत से पूछा।

राघव हँसने लगा फिर बोला, "नहीं झरना, कुएँ में कोई आइस बॉक्स या फ्रिज नहीं है। पानी के ठंडा होने की वजह है कि जमीन के ऊपर का तापमान, यानी टेंप्रेचर मौसम के अनुसार बदलता रहता है, लेकिन पृथ्वी के अंदर का तापमान एक जैसा रहता है, इसलिए गरमी में हमें ठंडा और सर्दियों में गरम पानी मिलता है। अभी यहाँ के मौसम में बहुत गरमी है, लेकिन अंदर का तापमान नहीं बदला, इसलिए इतनी गरमी में हमें पानी ठंडा लग रहा है। ऐसे ही जब बहुत सर्दी होती है तो अंदर का पानी हमें गरम लगता है। इसलिए

पानी का टेंप्रेचर नहीं बदलता, बल्कि वैदर चेंज होता है।"

घर आकर झरना सावनी को बताने लगी कि दीदी आपको पता है कि कुएँ का पानी क्यों ठंडा होता है? सावनी ने उसे डाँटते हुए कहा, "झरना बोर मत कर। मुझे तेरी फालतू की बात नहीं सुननी।"

इस पर झरना रोने लगी। राशि ने समझाया, "सावनी, बच्चों से ऐसे बात नहीं करते। उसने कुछ सीखना है, कुछ जानना है तो हमें उनकी बात सुननी चाहिए। बच्चों को जो भी नई बातें पता चलती हैं, वे उसे अपने घर में बताते हैं। उनके लिए उनकी थोड़ी सी जानकारी ही बहुत बड़ी होती है। उनकी बातें ध्यान से सुनोगी तो उनकी हौसलाअफजाही होगी, उनका उत्साह बढ़ेगा। अगर उनकी जानकारी में कहीं कमी होगी तो वह भी बता सकोगी। तुम उनकी बात प्यार से सुनोगी तो वे भी तुम्हारी बात प्यार से सुनेंगे और मानेंगे। बड़ों को बच्चों की बातें ध्यान से सुननी चाहिए।"

□

19

खुल ही जाती है झूठ की पोल

वंशिका ने कहा, "हाँ चाची, हमेशा सच बोलना चाहिए, क्योंकि झूठ बोलने पर बहुत डाँट पड़ती है, मम्मा और दादी माँ कितना गुस्सा करती हैं, पर क्या करूँ, डाँट पड़ने के डर से कुछ भी बोल देती हूँ। लेकिन चाची, आपको या बड़ों को कैसे पता चल जाता है कि हम बच्चे झूठ बोल रहे हैं? हमारी बात पर आपको विश्वास क्यों नहीं होता?"

नीला ने कहा, "बेटा, हम भी कभी बच्चे थे और ऐसे ही बातें और बहाने बनाते थे और हमारी माँ भी हमें पकड़ लेती थीं। बच्चों के रिएक्शन और उनके एक्सप्रेशन, ये सब बड़ों को बता देते हैं कि हमारा बच्चा हमसे झूठ बोल रहा है और यहाँ झूठ पकड़ा जाता है। अच्छा बताओ, सच बोलने से क्या होता है और उसके क्या फायदे हैं?"

झरना ने तुरंत मुँह बनाकर कहा, "कोई फायदा नहीं, डाँट ही पड़ती है।"

नीला ने उसे प्यार से सीने से लगा लिया, फिर उसको प्यार करके बोली, "अले मेला प्याला बच्चा, हमेशा डाँट नहीं पड़ती, बल्कि बच्चे की रेप्यूटेशन बनती है कि हमारा बच्चा कभी झूठ नहीं बोलता। हमेशा सच बोलता है। उस पर सब विश्वास करते हैं। यहाँ तक कि किसी बात का सच जानने के लिए उसी बच्चे को बुलाया जाता है, जो सच बोलता है और फिर उस बच्चे की बात मान ली जाती है। कितनी भी बड़ी गलती हो जाए, बच्चों को माता-पिता से कुछ नहीं छुपाना चाहिए या घर में जिससे भी बच्चा ज्यादा घुला-मिला हो, उसे अपनी हर बात बतानी चाहिए। वैसे भी सच हमेशा सच

रहता है और झूठ पकड़ा जाता है। झूठ जब पकड़ा जाता है तो उसको छुपाने के लिए फिर एक और झूठ बोलना पड़ता है, वह भी पकड़ा गया तो फिर झूठ, बार-बार झूठ! फिर यह होता है कि हमने कहाँ, किससे क्या कहा था, वह याद ही नहीं रहता और हमारी पूरी पोल खुल जाती है। हमारी बहुत बुरी वाली इंसल्ट होती है। पता है, सच बोलने से क्या होता है?"

"क्या होता है, मम्मा?"

"बस एक बार डाँट पड़ती है। अगर हमसे गलती हुई और हमने उसे स्वीकार कर लिया तो मम्मा-पापा या कोई भी बड़ा व्यक्ति एक बार गुस्सा होगा, फिर बात खत्म। लेकिन अगर झूठ बोला तो पता नहीं एक झूठ के लिए कितनी बार झूठ बोलना पड़े! फिर भी क्या गारंटी कि बड़ों को सच नहीं पता चलेगा? अच्छा, यह बताओ, तुम्हें मेडिसिन खाना अच्छा लगता है?"

"छिः मम्मा! एकदम नहीं, और वे गंदे टेस्ट वाले सीरप तो बिल्कुल भी नहीं।" झरना ने कहा।

"बेटा, लेकिन वहीं सीरप फायदा करते हैं। एक बार खराब लगता है, फिर हम ठीक होने लगते हैं। इसलिए ठीक होने के लिए हमें कड़वी दवाएँ खानी पड़ती हैं। ठीक ऐसे ही सच बात कितनी भी खराब क्यों न लगे, हमें छुपाना नहीं चाहिए और न ही झूठ बोलना चाहिए। अकसर ऐसा होता है कि गलती हम करते हैं और सजा दूसरे को मिलती है।"

"वो कैसे मम्मा?" झरना ने पूछा।

"वो ऐसे, जैसे तुम पापा का मोबाइल गेम खेलने के लिए चुपचाप ले जाओ और खेलते-खेलते तुमसे गिरकर टूट जाए और तुम इस डर से कि अब डाँट पड़ेगी, वापस वहीं रख दो, जहाँ से उठाया था। पापा का इतना महँगा मोबाइल टूटेगा तो पापा गुस्सा होंगे ही। तुमसे पूछा जाए और तुम झूठ बोल दो कि मैंने नहीं तोड़ा, लेकिन वंशिका दीदी बहुत शरारती है, इसलिए पापा समझें कि मोबाइल वंशिका ने ही तोड़ा होगा और वंशिका को खूब डाँट पड़े। दीदी रो-रोकर कहे कि उसने नहीं तोड़ा, लेकिन उसकी बात का कोई विश्वास ही न करे, क्योंकि उसकी रेप्यूटेशन ही शरारती बच्चे और झूठ बोलने की है,

क्योंकि वह हमेशा ही शरारत करती है और झूठ बोलती है, मगर जब इस बार वह सच बोल रही है कि उसने मोबाइल नहीं तोड़ा, फिर भी उसकी बात कोई मानने को तैयार नहीं। ये होती है रेप्यूटेशन! अब यह बताओ कि सच बोलने के बाद भी वंशिका को डाँट पड़े और दीदी खूब रोए तो क्या तुमको अच्छा लगेगा कि तुम्हारी गलती की सजा उसे मिल रही है? तुम्हारी जगह उसको डाँट पड़ रही है?" नीला ने पूछा।

"नहीं मम्मा, मुझे बिल्कुल भी नहीं अच्छा लगेगा कि मेरी वजह से दीदी को डाँट पड़े।" झरना ने कहा।

"लेकिन चाची, ये क्यों कहती हैं कि ऐसा झूठ, जिससे किसी को परेशानी न हो, किसी को फायदा मिले, वह गलत नहीं है। वह कैसे मम्मा?" वंशिका ने पूछा।

नीला ने कहा, "ये बात तुमने ठीक पूछी। जैसे रिमझिम दीदी दादी माँ के लिए गिफ्ट खरीदने जाए, उसे देर हो जाए और वह झूठ बोले कि उसे फ्रेंड के यहाँ देर हो गई, क्योंकि वह दादी माँ को सरप्राइज देना चाहती थी। गिफ्ट देने के बाद वह खुद बता देगी कि कल उसे गिफ्ट खरीदने में देर हो गई थी और इसके लिए वह सॉरी बोलती है तो उसे डाँट नहीं पड़ेगी। बस यही कहा जाएगा कि आगे से ज्यादा देर तक बिना बताए, अकेले घर से बाहर न रहे।"

□

20

अच्छी नीयत से बोला झूठ गलत नहीं

वंशिका ने कहा, "मम्मा, झूठ तो आखिर झूठ है। तब हमें कभी-कभी क्यों झूठ बोलना चाहिए? जो गलत है, वह हमेशा गलत रहेगा। सही कैसे हो सकता है?"

राशि ने कहा, "हाँ बेटा, जो गलत है, वह गलत ही रहेगा, सही नहीं होगा। फिर भी एक बात का जवाब सोच-समझकर देना। अगर घर में कोई बुजुर्ग या हार्ट पेशेंट है और डॉक्टर मना करें कि उसके सामने ऐसी कोई बात न की जाए, जिससे उन्हें कोई शॉक लगे या उनकी तकलीफ बढ़े। ऐसे में घर के किसी सदस्य की एक्सीडेंट में मृत्यु हो जाए तो क्या करना चाहिए? क्या जाकर सीधे बोल देना चाहिए कि आपके बेटे, पति या किसी अपने का एक्सीडेंट हो गया और ऑन स्पॉट ही वह गुजर गया? तुम्हें अंदाजा भी है कि यह खबर सुनकर घर के लोगों, खासकर बुजुर्गों का क्या होगा? ऐसे समय पर उनसे सीधे शब्दों में न कहकर धीरे-धीरे बताया जाता है। एक्सीडेंट के बारे में तो बताते हैं, लेकिन यह कहते हैं कि चोट थोड़ी ज्यादा लगी है, इसलिए अस्पताल में भरती है, लेकिन मृत्यु के बारे में नहीं बताते। फिर कुछ समय बाद कहा जाता है कि अस्पताल में मृत्यु हो गई, ताकि तब तक वे कुछ सँभल जाएँ। किसी अनहोनी की आशंका के लिए अपने को तैयार रखें।

"तुम्हें पता है, जब बड़े मामा मेडिकल की पढ़ाई कर रहे थे और उनके फाइनल सेमिस्टर के एक्जाम हो रहे थे, उस समय नाना का देहांत

हुआ, लेकिन उन्हें किसी ने नहीं बताया और ये फैसला सबने मिलकर लिया, क्योंकि उनके भविष्य का सवाल था और नाना का सपना था कि वे बड़े मामा को डॉक्टर बनते देखें! अगर वे घर आते तो एक्जाम नहीं दे पाते और उनका एक साल बरबाद हो जाता। यह तो कोई नहीं चाहता था। मामा बहुत रोए, बहुत दु:खी हुए और उन्हें अब भी इस बात का अफसोस है कि वे बाबूजी के अंतिम दर्शन नहीं कर पाए, मगर जब एम.एस. की डिग्री मिली तो उन्होंने सबसे पहले बाबूजी की तसवीर के आगे रखी। अब बताओ, इस झूठ को क्या कहोगी? मैं मानती हूँ, झूठ नहीं बोलना चाहिए और झूठ तो झूठ ही होता है, मगर कई बार सिचुएशन ऐसी हो जाती है, जिसके कारण झूठ बोलना पड़ता है। लेकिन कभी भी किसी दूसरे को धोखा देने या उसे नुकसान पहुँचाने के लिए हरगिज झूठ नहीं बोलना चाहिए। इस तरह की बातों का फैसला बड़े होकर ही कर सकोगी। अभी तो बस ये जानो कि कभी भी झूठ नहीं बोलना है। कोई बहाना नहीं बनाना है। कोई गलती हो भी गई हो या कोई काम भूल गई हो तो उसे एक्सेप्ट करने की हिम्मत रखो, न कि झूठ बोलो या बहाने बनाओ; और सच बोलने का सबसे बड़ा फायदा यह है कि याद नहीं रखना पड़ता कि कब, कहाँ! क्या कहा। झूठ बोलकर तो इनसान फँस जाता है। उसे याद भी नहीं रहता कि कहाँ, क्या कहा था? तो अब प्रॉमिस करो कि आगे से झूठ नहीं बोलोगी। प्रॉमिस बेटा?"

राशि ने उसकी तरफ अपनी हथेली बढ़ाते हुए कहा, "हाँ, मम्मा प्रॉमिस, वो भी पक्का वाला।" वंशिका और झरना ने कहा।

"मम्मा, चाचीजी जो कह रही थीं कि हम जिसे जानते हों या न जानते हों, सबके लिए दुआ माँगनी चाहिए कि सब खुश रहें, ऐसा क्यों कहा उन्होंने? पहली बात तो यह कि जिसे हम जानते ही नहीं, उसके लिए दुआ क्यों माँगे? अगर भगवानजी से ज्यादा माँगेगे तो वे तो यही समझेंगे कि ये हमेशा माँगते रहते हैं। फिर जब हमें जरूरत होगी तो वे हमारी जेनुइन बात भी नहीं सुनेंगे!" वंशिका ने पूछा।

राशि ने जवाब दिया, "ऐसी बात नहीं है। ईश्वर, भगवान्, अल्लाह या

गॉड कभी भेदभाव नहीं करते और न ही भेदभाव करनेवाले को पसंद करते हैं। हम अखबारों में कितने दर्दनाक हादसे पढ़ते हैं, वे पढ़कर हमें खराब लगता है, दुःख होता है न? तुम्हें याद है, तुम्हारे स्कूल में तुम्हारी सीनियर की जब एक्सीडेंट में डेथ के बाद छुट्टी हो गई थी तो तुम दुःखी थी। है न?"

"हाँ, मम्मा मुझे बहुत खराब लगा था।" वंशिका ने कहा।

"क्या तुम उसे जानती थी?" राशि ने पूछा।

"नहीं मम्मा, बट वे हमारे स्कूल की थीं।" उसने जवाब दिया।

"एक्जेक्टली। जरूरी नहीं है, जिसके साथ दुर्घटना हो, गलत हो, हम उसे जानते ही हों, लेकिन जब कुछ ऐसा सुनते हैं तो हमें खराब लगता है, इसीलिए किसी के साथ बुरा न हो, यही ईश्वर से माँगना चाहिए। हमारे आस-पास सब खुश रहेंगे तो हम भी खुश रहेंगे। जिसे हम जानते हैं, उसका तो बुरा हम कभी भी नहीं चाहेंगे। तुम्हारी कोई दोस्त या रिलेटिव परेशान हो या बीमार हो तो क्या तुम्हें अच्छा लगेगा? क्या तुम खुश रह पाओगी? इसलिए ईश्वर से माँगो कि वे सबकी विश पूरी करें, सबको खुश रखें। मतलबी नहीं होना चाहिए। सबसे मिलकर रहेंगे तो खुद को अच्छा लगेगा।"

□

21

अपने जन्मदिन की तरह मनाएँ आजादी की वर्षगाँठ

शारदा देवी बच्चों की बातें सुन रही थीं। वे बोलीं, "मुझे अब पक्का यकीन है कि तुम सभी बहुएँ बच्चों को गलत रास्ते पर नहीं चलने दोगी। तन के साथ उन्हें स्वस्थ मन भी दोगी, ताकि उसके मन में कलुषता, खोट, ईर्ष्या-द्वेष, लालच, झूठ और बेईमानी घर न कर सके। मैं चाहती हूँ कि मेरे पोते-पोती और नाती-नातिन सभी अपने घर के संस्कारों को जिंदा रखें और कुछ भी बनें, लेकिन पहले एक अच्छा इनसान बनें, जिनमें सोचने-समझने की शक्ति, प्यार-संवेदनाएँ, दूसरों के लिए सम्मान, परेशानियों से लड़ने व संघर्ष करने की हिम्मत हो। मुझे भरोसा है, मेरे ये प्यारे बच्चे कभी गलत रास्ते पर नहीं चलेंगे।"

तभी वंशिका ने कहा, "दादी माँ, हम अच्छे बच्चे हैं तो हमारे लिए पार्टी तो बनती है। क्यों न हम लोग कहीं बाहर घूमकर आएँ?"

"लेकिन बेटा अभी तुम्हारी छुट्टियाँ तो हैं नहीं, फिर बाहर कैसे जाएँगे?" शारदा देवी ने पूछा।

"क्यों दादी माँ, अभी 15 अगस्त जो आ रहा है, वह फ्राइडे को है। 16 को छुट्टी ले लूँगी और फिर 17 को संडे मिल जाएगा। थर्सडे को स्कूल के बाद चलते हैं और संडे नाइट वापस। है न मजेदार प्लानिंग?" वंशिका ने अपना प्लान बताया।

"क्यों? 15 अगस्त को स्कूल नहीं जाना क्या?" शारदा देवी ने फिर पूछा।

"नहीं दादी माँ, पढ़ाई तो होगी नहीं। वही बोरिंग फ्लैग होस्टिंग, नेशनल एंथम, फिर प्रिंसिपल सर का एकदम बोरिंग लेक्चर। इससे अच्छा है हम कहीं जाकर घूम आएँ।" वंशिका ने कहा।

"लो गई भैंस पानी में! सारे किए-कराए पर पानी फेर दिया तुमने! इतनी तारीफ की तुम लोगों की, लेकिन तुम फिर नासमझी की बातें कर रही हो।" शारदा देवी ने थोड़ा मजाकिया लहजे में कहा। फिर गंभीर होते हुए सख्त स्वर में कहा, "मैं कभी आगे से ये नहीं सुनना चाहती कि 15 अगस्त या 26 जनवरी को घर का कोई बच्चा स्कूल नहीं जाएगा। ये हमारे राष्ट्रीय पर्व हैं। 15 अगस्त को देश आजाद हुआ था। आज तुम जिस खुली, आजाद हवा में साँस ले रही हो, उसे पाने के लिए जाने कितनों ने खुद को शहीद कर दिया। कितनी औरतों ने अपने पति, बच्चे, भाई और बेटे खोए। आजादी में केवल पुरुष ही नहीं, महिलाओं और बच्चों ने भी शहादतें दीं। 15 अगस्त देश की आजादी की सालगिरह है। हम आजाद हैं, इसीलिए हमारा तिरंगा लहरा रहा है। सदियों की गुलामी के बाद हमें घूमने के लिए आजाद धरती और उड़ने के लिए आजाद गगन मिला। उसका सम्मान करना सीखो। जब तक हमारा तिरंगा लहराएगा, हम भी आजाद रहेंगे। बेटा, तिरंगा हमारी जान है, शान है और पहचान है। जैसे अपना जन्मदिन मनाती हो, उसी तरह से अपने देश की आजादी की सालगिरह मनानी चाहिए। मैंने देखा है आजादी का जश्न, गुलामी का वह दौर और हमारे देशवासियों का भारत को आजाद कराने का जज्बा। जब तुम्हारे पापा छोटे थे तो उस समय स्कूल में एक महीना पहले से ही फंक्शन की तैयारियाँ शुरू हो जाती थीं।"

तभी पायल ने कहा, "हाँ माँ, मुझे भी याद है। हम अपनी यूनीफार्म को बढ़िया से कलफ लगाते थे। जूते खूब चमकाते थे और प्रभात फेरी भी लगाई जाती थी। हमारा स्कूल 'भारत माता की जय' के नारे से गूँज उठता था। स्कूल में कितने कॉम्पिटीशन होते थे। हम देशभक्ति के गीत गाते थे। हर जगह देशभक्ति के गाने बजते थे। सारा माहौल देशभक्ति के रंग में रँगा होता था। हम अपने तिरंगे को शान से पकड़कर चलते थे। जहाँ भी राष्ट्रीय गान होता

था, वहाँ तिरंगे के सम्मान में खड़े हो जाते थे। यहाँ तक कि उस समय की फिल्मों में भी अंत में पिक्चर हॉल में राष्ट्रीय गान बजता था और सब लोग राष्ट्रीय गान खत्म होने के बाद ही हॉल से निकलते थे। अब आज का समय देखो, तुम लोगों को फ्लैग होस्टिंग बोरिंग लग रही है! आज की जेनरेशन को स्वतंत्रता या गणतंत्र दिवस से कुछ मतलब ही नहीं। स्वतंत्रता दिवस पर कुछ कार्यक्रम करना तो दूर, स्कूल भी नहीं जाना चाह रही हो! कुछ तो स्कूल ही बंद रहते हैं और जो खुलते हैं, जहाँ फ्लैग होस्टिंग होती भी है, वहाँ बच्चों पर कंपलशन नहीं होता कि वे स्कूल जाएँ और माता-पिता भी इसी फिराक में रहते हैं कि कैसे एक-दो छुट्टियाँ साथ मिलें तो कहीं बाहर घूम आएँ! हमें अपने बच्चों को देश का, अपने राष्ट्रीय ध्वज का सम्मान करना सिखाना होगा, जिससे उनके मन में देश के लिए, समाज के लिए, साथ ही अपनों के लिए कुछ कर गुजरने का जज्बा पैदा हो और हम अपने देश को बेहतर नागरिक दें सकें। अगर सभी इन बातों का ध्यान रखेंगे तो मुझे पूरा विश्वास है कि जब ये बच्चे बड़े होंगे तो हमारा भारत इन प्यारी बुलबुलों से चहचहा रहा होगा और हम गर्व से कह सकेंगे, 'सारे जहाँ से अच्छा हिंदोस्ताँ हमारा, हम बुलबुले हैं इसकी, यह गुलिस्ताँ हमारा।' जय हिंद!"

□

22

काम छोटा हो या बड़ा, मिल-बाँटकर करना चाहिए

सब लोग शाम को चाय पी रहे थे। बच्चे भी घर में खेल रहे थे। तभी रूपेश ने कहा, "आप सब लोग कुछ भूल रहे हैं।"

जयेश ने कहा, "ऐसा कुछ स्पेशल तो है नहीं भइया, जिसे हम भूलें। अगस्त में तो किसी का जन्मदिन भी नहीं और सारे त्योहार भी हो गए। जन्माष्टमी भी मना ली। वैसे यह महीना बहुत अच्छा गया। देखो न, शुरुआत ईद से हुई, फिर रक्षा बंधन और श्रीकृष्ण जन्मोत्सव। हाँ, कल तीज जरूर है तो वे हमारे घर की महिलाएँ पूजा करेंगी। हमें तो बढ़िया-बढ़िया पक्वान्न मिलेंगे। अब क्या बचा है, जो हमें याद नहीं है?"

यह सुनकर शारदा देवी ने कहा, "मैं बताती हूँ, रूपेश क्या कहना चाह रहा है, लेकिन तुम लोग जो भूल रहे हो तो इसमें तुम लोगों का दोष नहीं, क्योंकि हमारे यहाँ वह त्योहार पिछले वर्ष से ही मना।"

आगे कुछ भी कहने से पहले माधुरी ने कहा, "माँ, आप गणेश चतुर्थी की बात कर रही हैं न?"

"हाँ, तुमने ठीक सोचा माधुरी बहू। मैं गणेश चतुर्थी के बारे में ही कह रही हूँ।" उन्होंने कहा, "पिछली बार बच्चों का बहुत मन था और हम पूरे समय के लिए गणपति की स्थापना नहीं कर पाए थे, मगर इस बार पूरा समय है। हम बप्पा को लाएँगे भी और उनकी बहुत अच्छी तरह से सेवा भी करेंगे।"

तभी उन्होंने सभी बच्चों को बुलाकर गणेश उत्सव के बारे में बताया तो

सभी बच्चे जोर-जोर से उछलने लगे। उनकी खुशी का ठिकाना नहीं रहा और सबने एक साथ कहा, "वी ऑल लव यू दादी माँ।" सब बच्चे शारदा देवी से लिपट गए और कहा, "यू आर वर्ल्ड्स बेस्ट दादी माँ। आप हमारा कितना खयाल रखती हैं! हमारी सारी विश पूरी करती हैं।"

उनको खुश देखकर शारदा देवी ने कहा, "जैसे आसमान में ढेर सारे तारे हैं, वैसे ही मेरे तारे तुम बच्चे हो तो तुम्हारी विश पूरी करना कैसे भूलूँगी? दादी माँ तो पापा की माँ होती है और माँ का काम ही बच्चों को उनकी खुशियाँ देना है। उनकी डिमांड पूरी करना है, लेकिन जायज डिमांड और साथ ही हर कदम पर बच्चों को सही-गलत का फर्क भी समझाना।"

"अच्छा, अब बताओ तैयारी कैसे होगी? परसों यानी शुक्रवार को ही चतुर्थी है, कल तीज भी। ऐसा करो कल दोनों बड़ी बहुएँ रसोई सँभालेगी और परसों दोनों छोटी बहुएँ। माधुरी और नीला, तुम दोनों देख लेना कि तुम दोनों कैसे मैनेज करोगी! माधुरी, अगर संभव हो तो परसों ऑफिस से छुट्टी ले लेना और न मिले तो नीला के साथ मैं मदद करा दूँगी। गणपति बप्पा को सुबह-शाम भोग लगेगा। परसों के बाद तो केवल भोग ही बनेगा, मगर कल और परसों ज्यादा काम होगा। कल बड़ी बहुएँ इसलिए सँभालेंगी, क्योंकि दोनों के बच्चे बड़े हैं तो उन्हें कोई परेशानी नहीं होगी।"

पायल ने कहा, "माँ, आप टेंशन बिल्कुल मत लीजिए, हम सब मिलकर पूरा काम सँभाल लेंगे और माधुरी को छुट्टी नहीं भी मिलेगी तो मैं नीला की हेल्प करवा दूँगी।"

शारदा देवी ने कहा, "जानती हूँ, तुम अच्छी तरह से मैनेज करोगी, लेकिन मैं ये नहीं चाहती कि किसी भी फंक्शन या पूजा में कोई एक लगा रहे और बाकी एन्जॉय करें। मैं चाहती हूँ कि हर फंक्शन में सब बराबर से एनज्वॉय करें। इसलिए काम बाँटकर करना चाहिए, जिससे किसी एक पर काम का अतिरिक्त बोझ न पड़े और सब फ्रेश रहकर पूजा या किसी भी अवसर पर शामिल हों। डेकोरेशन का काम भवेश और जयेश देखेंगे। रही बात पंडितजी को समय पर लाने की और पूजा करवाने की, तो संजेश और

रूपेश हैं। पूजा शुरू होने से खत्म होने तक दोनों की जिम्मेदारी।"

शारदा देवी ने जैसे ही बात खत्म की, वंशिका बोली, "दादी माँ, आपने सबको इतने सारे काम क्यों बताए? इससे तो सब बिजी रहेंगे। एक-दो लोग काम करते तो बाकी लोग तो फ्री रहते और हम लोगों को कुछ बताया ही नहीं।"

शारदा देवी ने बड़े प्यार से उसे देखा, फिर कहा, "बेटा, यही तो फर्क है बच्चों और बड़ों में। तुम अपनी तरफ से ठीक सोच रही हो, लेकिन मैं सबके एन्जॉयमेंट के बारे में सोच रही हूँ। देखो बेटा, हमेशा काम बाँटकर करना चाहिए। घर के सारे सदस्य बराबर से काम सँभालेंगे तो काम जल्दी खत्म होगा, किसी एक-दो को सारी टेंशन नहीं होगी। कोई भी काम पूरी प्लानिंग से होगा तो मैनेज भी आसानी से होगा। सबके हिस्से थोड़ा-थोड़ा काम आएगा। हड़बड़ाहट नहीं होगी और सभी फंक्शन को एन्जॉय कर सकेंगे। अगर पायल और राशि ही सारा काम देखेंगी तो उन्हें कब समय मिलेगा रेस्ट करने का, तैयार होने का? उनका भी तो मन होगा न कि वे भी पूजा में बैठें। ये थोड़े ही कि वे सारे दिन खाना बनाती रहें। फिर डेकोरेशन और पूजा की तैयारी घर के जेंट्स देखेंगे, इससे वे भी इनवॉल्व होंगे और काम का बोझ भी कम हो जाएगा और तुम लोग डेकोरेशन में हेल्प कराना। बेटा, हमेशा याद रखो, बड़े-से-बड़ा काम योजनाबद्ध तरीके से मिल-बाँटकर करने से आसानी से हो जाता है।"

□

23

माँ और अपने टीचर्स का हमेशा सम्मान करो

झरना ने बड़े प्यार से पूछा, "दादी माँ, क्या फास्ट फूड शॉप, होटल रेस्टोरेंट में भी डिफरेंट प्रिपेरेशन डिफरेंट-डिफरेंट शेफ करते हैं?"

शारदा देवी ने कहा, "हाँ बेटा, तभी तो ढेर सारे कस्टमर के मनपसंद फूड आइटम वे समय से सर्व कर पाते हैं। नहीं तो अगर कोई एक-दो लोग बनाएँगे तो होटल कैसे चलेगा? होटल-रेस्त्राँ ही क्यों, सारे ऑफिस इसी तरह से चलते हैं।"

तभी राशि ने कहा, "खाने की चटोरी ने सबसे पहले होटल और फूड शॉप के बारे में ही पूछा।" इस पर सब हँसने लगे।

तभी जयेश ने कहा, "बेटा, स्कूल का ही एक्जाम्पल दे देती।" सब फिर हँसने लगे।

सबको हँसता देख झरना नाराज हो गई और बोली, "मुझे पता है, स्कूल में एक मैम एक सब्जेक्ट ही सभी क्लास में पढ़ाती हैं। इतनी भी बुद्धू नहीं हूँ।" झरना ने मुँह फुलाते हुए कहा।

तभी संजेश ने कहा, "कौन हमारी प्यारी गोलू-मोलू बेटी को बुद्धू समझ रहा है? वह बड़ी वाली बुद्धू नहीं, पर छोटी वाली तो है, है न?"

"दादी माँ, ताऊजी गंदे हैं। मुझे किसी से बात नहीं करनी।"

रोते हुए वह जाने लगी तो शारदा देवी ने उसे रोक लिया और सबसे कहा, "खबरदार! अब किसी ने भी मेरी लाड़ली पोती को चिढ़ाया तो मैं

उसकी खूब पिटाई करूँगी। यहाँ आओ झरना। तुम्हें अपने नाम का मतलब पता है ना?"

"हाँ दादी माँ, पता है। वॉटर फॉल।" उसने बताया।

शारदा देवी ने कहा, "मतलब ऊँची जगह से लगातार गिरने वाला पानी। बड़े-बड़े वॉटर फॉल कभी सूखते नहीं। हमेशा पानी बहता रहता है और तुम इतनी जल्दी गुस्सा हो गई, हिम्मत हार गई! अरे तुम्हें तो अपने नाम के अनुसार हिम्मत दिखानी चाहिए। तुम्हें कहना चाहिए, बच्चों का तो काम ही यही है खूब खाना, खूब खेलना। साथ में पढ़ाई भी करना। जो चिढ़ाए, उसे वैसे ही जवाब दो। जितना चिढ़ोगी, सब तुम्हें उतना ही चिढ़ाएँगे। समझी झरना रानी!"

तभी वंशिका ने कहा, "दादी माँ, अपने नाम के अनुसार ही तो कर रही है। झरना गिरता रहता है और इसकी आँखों से भी झरने की तरह आँसू गिर रहे हैं। झरने की तरह रोना नहीं, बल्कि हँसना सीख। तुझे पता है दुनिया का सबसे ऊँचा वॉटर फॉल कहाँ है?" वंशिका ने पूछा।

झरना ने कहा, "मुझे क्या पता? अपनी मैम से पूछकर बताऊँगी। अच्छा दीदी, मैम कह रही थीं कि 'टीचर्स डे' आने वाला है। 'टीचर्स डे' पर क्या होता है और हम क्यों मनाते हैं?"

शारदा देवी ने कहा, "मैं बताती हूँ। 5 सितंबर को डॉ. सर्वपल्ली राधाकृष्णन का जन्म दिवस होता है, क्योंकि वे एक बहुत महान् दार्शनिक, शिक्षाविद्, जाने-माने राजनीतिज्ञ और हमारे देश के पहले उप-राष्ट्रपति और दूसरे राष्ट्रपति थे। जब कुछ स्टूडेंट्स और उनके फ्रेंड्स ने उनसे कहा कि वे उनका जन्मदिन मनाना चाहते हैं तो उन्होंने कहा, 5 सितंबर को मेरा जन्मदिन अलग से मनाने की बजाय अगर 'शिक्षक दिवस' के रूप में मनाया जाएगा तो उन्हें गर्व होगा। एक बार एक स्पीच में उनके घनिष्ठ मित्र पंडित जवाहर लाल नेहरू, जो हमारे देश के पहले प्रधानमंत्री थे, ने कहा था कि डॉ. राधाकृष्णन ने देश की बहुत सेवा की। वे बहुमुखी प्रतिभा के धनी थे, लेकिन इन सबसे ऊपर पहले वे एक अध्यापक थे, जिनसे हमने बहुत कुछ सीखा है और आगे भी सीखते रहेंगे। उनका जन्मदिन मनाकर हम सभी शिक्षकों का सम्मान

करते हैं, क्योंकि बेहतर समाज बनाने में शिक्षक बहुत ही महत्त्वपूर्ण भूमिका निभाते हैं। बच्चों को पढ़ाकर उनका भविष्य अध्यापक ही बनाते हैं और 5 सितंबर को 'शिक्षक दिवस' मनाकर हम सभी शिक्षकों का सम्मान करते हैं और उन सभी शिक्षकों को श्रद्धांजलि देते हैं, जिन्होंने बेहतर समाज गढ़ने में अपना योगदान दिया। झरना बेटी, बच्चे की पहली शिक्षक तो माँ होती है, जो बच्चे को सबसे पहले बोलना, चलना सिखाती है। बच्चे में अच्छे संस्कार डालती है। बच्चे में ज्ञान का बीज वही डालती है और फिर बच्चा जैसे-जैसे बड़ा होता है, वैसे-वैसे टीचर उसे सँवारते-निखारते जाते हैं। जैसे माली छोटे से पौधे को निराई, गुड़ाई करके, काँट-छाँटकर सही शेप देकर सुंदर सा पेड़ बनाता है, उसी तरह टीचर्स भी बच्चे का भविष्य बनाने में उसकी मदद करते हैं। इसी सँवरने की स्टेज में बच्चा स्कूल, कॉलेज और फिर प्रोफेशनल कॉलेज जाता है। इसलिए माँ और अपने टीचर्स का हमेशा सम्मान करो। हम जो कुछ सीखते हैं, पढ़ते हैं, वह पढ़ानेवाले हमारे टीचर ही तो हैं। इसलिए हम 'शिक्षक दिवस' मनाते हैं। तुम भी मैम के लिए अच्छा सा कार्ड बनाकर ले जाना। तुम्हें पता है, तुम्हारे ताऊजी, बड़े पापा, पापा और चाचा आज भी 5 सितंबर को 'टीचर्स डे' पर अपने-अपने अध्यापकों को फोन करके उन्हें विश जरूर करते हैं। यह सम्मान देने का तरीका है और ये बताने का कि उनके विद्यार्थी उन्हें भूले नहीं हैं और न ही उनकी शिक्षा को। इसलिए हमारे जीवन में, हमारा भविष्य बनाने में हमारे अध्यापकों का बहुत बड़ा योगदान होता है। हर कदम पर हमें गाइडेंस की जरूरत होती है, जो हमें हमारे टीचर देते हैं। अगर बच्चे देश का भविष्य हैं तो अध्यापक उस भविष्य को सँवारनेवाले ऐसे योद्धा हैं, जो देश गढ़ते हैं।"

□

24

काश! हम बच्चों को नेक इनसान बना पाते

शिक्षक की इतनी प्रशंसा सुनने के बाद झरना बोली, "मैं बड़ी होकर टीचर बनूँगी, सबको खूब अच्छी तरह से पढ़ाऊँगी और पढ़ाने का पैसा भी नहीं लूँगी।"

राशि ने कहा, "बड़ी जल्दी समझ आ गया और तुरंत निर्णय भी ले लिया! इसे तो सेना में होना चाहिए, जहाँ किसी भी कंडीशन में फटाफट निर्णय ले सके।"

तभी वंशिका ने कहा, "अगर तू पढ़ाने के पैसे नहीं लेगी तो तेरा खर्च कैसे चलेगा? वो कहावत है न 'घोड़ा घास से यारी करेगा तो खाएगा क्या'?"

"क्या मतलब?" झरना ने पलटकर सवाल किया।

वंशिका ने कहा, "मतलब ये कि अगर घोड़ा घास से दोस्ती कर लेगा तो खाएगा क्या? जब घास से दोस्ती हो जाएगी तो वह अपने ही दोस्त को कैसे खाएगा और जब खाना नहीं खाएगा तो भूखा मर जाएगा। इसलिए वह घास से दोस्ती नहीं कर सकता। इस तरह जब तू पढ़ाएगी, लेकिन पैसे नहीं लेगी तो तू अपना खर्चा कैसे चलाएगी?"

झरना ने कहा, "तो यह कौन सी प्रॉब्लम है। पापा, चाचा, ताऊजी और बाबा हैं न! वे मुझे देंगे पैसे खर्च करने के लिए।"

नीला ने कहा, "यानी जिंदगी भर का ठेका…!" और सब हँस पड़े।

झरना को फिर लगा कि उसका मजाक बनाया जा रहा है। वह चिढ़कर बोली, "आप सब लोग मेरी हर बात का मजाक क्यों उड़ाते हैं? बच्चों के

साथ कोई ऐसा करता है क्या? वैरी बैड मम्मा।"

"अरे बेटा, तुम तो हमारा प्यारा-सा खिलौना हो, वॉकी-टॉकी।" नीला ने कहा।

तभी चार साल का पराग आया। उसे देखते ही भवेश ने पूछा, "छोटे नवाब बड़े होकर आप क्या बनेंगे?"

पराग ने बड़े जोश के साथ कहा, "मैं मोहम्मद साहब जैसा बनूँगा।"

"क्या?" सब उसका मुँह देखते रह गए। भवेश ने पूछा, "क्या कहा बेटा, मोहम्मद साहब?"

पराग ने कहा, "वो था न एक-सच्चा बालक। मैं वैसा ही सच्चा बालक बनूँगा।"

"कौन सच्चा बालक?" भवेश ने फिर पूछा।

तब माधुरी ने कहा, "कुछ दिन पहले मैंने पराग को एक कहानी सुनाई थी। पैगंबर मोहम्मद साहब के बारे में। मेरे पापा ने मुझे सुनाई थी, वहीं मैंने इसे सुनाई।"

शारदा देवी ने कहा, "मैंने बहुत अच्छी-अच्छी प्रेरणादायक कहानियाँ सुनी हैं, लेकिन मोहम्मद साहब की कहानी नहीं सुनी। हमें भी सुनाओ वह कहानी।"

माधुरी ने कहा, "एक बार एक बालक को अपनी नानी के घर जाना था। उस समय लोग काफिले में सफर करते थे और खाने-पीने का पर्याप्त सामान रखकर काफिलों के साथ दूर-दूर तक निकल जाते थे। इसलिए उस बालक की माँ ने बालक के साथ खूब सारा खाने का सामान बाँध दिया और कुछ सोने की अशर्फियाँ दीं, लेकिन वह बहुत छोटा बच्चा था, इसलिए उसकी माँ ने अशर्फियाँ बच्चे की सदरी में अंदर की तरफ रखकर सिल दीं। उस समय डाकू-लुटेरे होते थे, जो काफिलों को लूटते थे। बच्चा काफिले के साथ चल दिया। एक जगह रात में काफिला रुका तो सब अपना-अपना खाने का सामान निकालकर खाने लगे। बच्चे ने भी खाने का सामान निकाला और खाने लगा। तभी लुटेरों ने हमला बोल दिया और सबका सामान लूट

लिया। लूटपाट करते-करते कुछ लुटेरे उस बच्चे के पास भी पहुँचे और पूछा, तुम्हारे पास कुछ दौलत हो तो निकालो। उस बच्चे ने कहा, हाँ है। लुटेरों ने पूछा, कहाँ है? तब उस बच्चे ने अपनी सदरी फाड़कर सोने की अशर्फियाँ निकालकर उन लुटेरों को दे दीं। उसे इतनी सुरक्षित जगह से अशर्फियाँ निकालकर देने पर लुटेरों ने उस बच्चे से पूछा कि जब तुम्हारी माँ ने इतनी सुरक्षित जगह अशर्फियाँ छुपाई थीं, जिसे हम कभी भी नहीं ढूँढ़ पाते तो फिर तुमने हमें क्यों बताया कि अशर्फियाँ तुम्हारी सदरी के अंदर सिली हुई हैं? मैंने आपको इसलिए बताया कि माँ ने मुझसे कहा था कि बेटा, कभी झूठ नहीं बोलना। मैं भला झूठ कैसे बोल सकता था कि मेरे पास धन नहीं है? मैंने तो वहीं किया, जो माँ ने कहा। आपको भी तो आपकी माँ ने कहा होगा कि मुसाफिरों को लूटो। आप भी तो अपनी माँ का कहना मान रहे हो तो मैं भी वही कर रहा हूँ, जो माँ ने कहा। उस छोटे से बच्चे की बात से वे लुटेरे इतना शर्मिंदा हुए कि उन्होंने उसकी अशर्फी के साथ सभी मुसाफिरों को लूटा हुआ धन वापस कर दिया और कहा, 'बेटा, हमारी माँ ने हमसे ये सब करने को नहीं कहा। कोई माँ अपने बच्चे को गलत रास्ते पर नहीं डालना चाहती। हम आगे से लूटपाट नहीं करेंगे।' पता है वह बालक कौन था? वे थे पैगंबर मोहम्मद साहब, जिन्होंने बाद में इसलाम धर्म की स्थापना की।"

तभी शारदा देवी ने कहा, "बेटा, कोई भी मोहम्मद साहब नहीं बन सकता। हाँ, उनकी जैसी सच्चाई और उनके दिखाए रास्ते पर चलकर एक अच्छा समाज जरूर बना सकते हैं। काश! हर बच्चा उनकी तरह माँ की बात का, सच का महत्त्व समझता और सच के रास्ते पर चलता! काश! हम अपने बच्चों को सच्चा और अच्छा इनसान बना पाते, क्योंकि अगर हम उनको अच्छे संस्कार नहीं दे पा रहे हैं तो ये हमारी कमी है, बच्चों की नहीं।"

□

25

बच्चों को भी अपनी मम्मा का ध्यान रखना चाहिए

शाम के समय सब लोग चाय पी रहे थे। अकसर शाम का और उससे ज्यादा रात के खाने का समय मुफीद होता है, सबके साथ मिलकर बैठने, दिन भर की बातों एवं प्रॉब्लम को डिस्कस करने तथा अगले दिन के कामों की प्लानिंग करने के साथ कामों की लिस्ट बनाने का। काफी देर तक बातें होती रहीं, लेकिन चाय के कप वहीं पड़े रहे। तभी कुछ मिलने वाले आ गए और राशि व माधुरी ने मिलकर वहाँ से चाय के कप हटाए। गेस्ट के जाने के बाद शारदा देवी ने वंशिका को आवाज लगाई और उसके आने पर वंशिका से कहा, "बेटा, क्या तुम्हें याद है कि तुम्हें कुछ जिम्मेदारी दी गई है? ड्राइंग और डाइनिंग रूम में कहीं से भी बरतन उठाने की जिम्मेदारी तुम्हारी है। तुम्हें दोनों जगह की टेबल साफ रखनी है तो तुम अपने काम पर ध्यान क्यों नहीं दे रही? तुम्हारे तो एक्जाम भी खत्म हो चुके हैं। एक्जाम के समय तुम्हें छूट होती है, क्योंकि पढ़ाई पहले है, मगर बाकी दिनों में यह तुम्हारी ही रेस्पॉन्सिबिलिटी है कि घर में, खासकर डाइनिंग और ड्राइंग रूम में झूठे बरतन न पड़े रहें।"

"सॉरी दादी माँ!" वंशिका ने कहा।

वंशिका को समझाते हुए उन्होंने कहा, "ठीक है, लेकिन आगे से ध्यान रखना। ये तुमसे इसीलिए कहा गया है कि तुम भी घर की जिम्मेदार सदस्य बनो। तुम्हें भी लगे कि घर हमारा है, हम सब मिलकर घर को सजाते-सँवारते

हैं और चलाते हैं। घर बनाना किसी एक का काम नहीं और न ही घर चलाना। अपनी उम्र के अनुसार सभी की भागीदारी होती है। तुमसे इसलिए नहीं कहा जाता कि हमें कप-गिलास उठाने में कोई परेशानी है, बल्कि इसलिए कि तुम भी घर के प्रति जिम्मेदारी महसूस करो। ऐसा करने पर या कोई भी हेल्प करने पर मम्मा को, चाची या ताईजी को कितना अच्छा लगता है, ये बात उनसे जरूर पूछना। देखो बेटा, छोटे-छोटे काम बच्चों को इसलिए दिए गए हैं, ताकि घर के कामों में उनका भी इन्वॉल्वमेंट हो। घर की महिलाओं को ये लगता है कि वे पूरे परिवार के लिए इतना कुछ करती हैं, सबके खाने-पीने की पसंद का ध्यान रखती हैं, सबकी जरूरतों का ध्यान रखती हैं, यदि कोई भी उनके लिए थोड़ा सा करेगा तो उन्हें ये सोचकर अच्छा लगेगा कि उनके बच्चे अपनी मम्मा से बहुत प्यार करते हैं। मम्मा की फिक्र भी करते है, इसीलिए वे उनकी हेल्प कर रहे हैं। इससे मम्मा को गुड फील होगा। साथ ही तुम्हारा इस तरह का प्यार और सहयोग उनमें खूब सारी ताकत भर देगा। पता है संडे को चाय बनाने का काम पापा, ताऊजी, चाचा और बड़े पापा का क्यों है? वह इसलिए कि कम-से-कम एक दिन घर की बहुओं को बनी-बनाई चाय मिले। चाय बनाकर देना कोई बड़ी बात नहीं, लेकिन उसमें प्यार दिखेगा और घर की लेडीज के लिए जेंट्स की फिक्र दिखाई देगी। इसलिए संडे को सब बारी-बारी से चाय बनाते हैं। एक छोटा सा काम कितनी बड़ी खुशी देता है, इसकी तुम कल्पना भी नहीं कर सकती।

"सारे ऑफिस और स्कूल सप्ताह में एक दिन बंद होते हैं, जो ऑफिस बंद नहीं होते, वहाँ भी काम करनेवालों के ऑफ अलग-अलग दिन होते हैं। जाने-आने का समय निर्धारित होता है। एक्सट्रा काम पर ओवर टाइम मिलता है, लेकिन घर की महिलाओं का क्या? उनका तो कोई समय ही नहीं है। पाँच-छह बजे उठना। पूरे दिन घर मैनेज करना। रात में सबके सोने के बाद रसोई सँभालकर और अगले दिन की तैयारी करके सोना और सबसे पहले उठकर सबको चाय और बच्चों को दूध देना। सबके लिए टिफिन तैयार करना और सबके जाने के बाद ही वे नाश्ता कर पाती हैं। अरे बेटा,

उनकी तो कोई छुट्टी भी नहीं होती और जब स्कूल और ऑफिस की छुट्टी होती है तो उनका काम और बढ़ जाता है। सबकी अलग-अलग खाने की फरमाइश होती है। अगर कोई त्योहार है, तब तो और मुसीबत। त्योहार के विशेष पकवान, फिर पूजा की तैयारी। उफ कितना काम होता है और कोई ओवरटाइम भी नहीं। सप्ताह के सातों दिन और 24 घंटे किसी भी समय वे हमारे लिए काम करती हैं। साथ ही बाजार से सामान व सब्जी लाना, बच्चों को पढ़ाना, बुजुर्गों का भी ध्यान रखना, समय पर दवाई देना, खुद अपनी दवाई खाना भूल जाती हैं, लेकिन जिसको जरूरत होती है, उसे समय पर दवा देना कभी नहीं भूलतीं। ऐसे में महिलाओं की थोड़ी सी हेल्प उनमें ये सुकून और चौगुना जोश भर देती है कि बच्चों और अन्य सदस्यों को उनकी फिक्र है। किसी मशीन को भी ठीक रखने के लिए उसकी सर्विसिंग करानी पड़ती है, रेस्ट देना पड़ता है। फिर माँ और घर की अन्य महिलाएँ तो इनसान हैं। क्या हम उनके लिए इतना भी नहीं कर सकते? उनके प्रति हमारा प्यार और थोड़ा सा सहयोग ही उनकी सर्विसिंग और ओवर टाइम है। इसलिए बच्चों को अपनी मम्मा का ध्यान रखना चाहिए। इससे मम्मा भी खुश और बच्चों को भी अपनी जिम्मेदारी का आभास होता है। है न एक पंथ दो काज?"

□

26

बच्चे के गलत शौक को न दें बढ़ावा

शारदा देवी ने एक कहानी सुनाई, "एक लड़का था। उसे फाँसी की सजा सुनाई गई, क्योंकि उस पर डकैती-चोरी के साथ मर्डर का इल्जाम था। बच्चो! जिसको फाँसी की सजा सुनाई जाती है, उसको फाँसी देने से पहले उसकी अंतिम इच्छा पूछी जाती है। इसलिए उस लड़के से भी पूछा गया कि उसकी अंतिम इच्छा क्या है? उस लड़के ने कहा कि मैं अंतिम बार अपनी माँ से मिलना चाहता हूँ। उसकी इच्छा मान ली गई। उसकी माँ को बुलाया गया। माँ उससे मिलने आई। माँ अपने बेटे से गले मिलकर खूब रोई। उसने अपने बेटे को खूब प्यार किया और बोलती रही कि अब तेरे जाने के बाद मेरा क्या होगा? कैसे अपने जवान बेटे को मरता देखूँगी? कुछ देर तक तो वह माँ को देखता रहा, फिर उसने चाकू निकाला और माँ के पेट में घोंप दिया। माँ ने अपने बेटे को ऐसी नजरों से देखा, जैसे वह पूछ रही हो, तुमने ऐसा क्यों किया? मगर उस वक्त उसके बेटे की आँखों में नफरत और गुस्सा भरा था। माँ खून से लथ-पथ थी। उसकी माँ को तुरंत अस्पताल ले जाया गया, लेकिन कुछ समय बाद उसने दम तोड़ दिया। उस लड़के की जेल में ही खूब पिटाई की गई। जब उससे पूछा गया तो उस लड़के ने कहा कि जेलर साहब, आज अगर मैं अपराधी बना, जेल में बंद हुआ, तीन-तीन मर्डर किए, जिसकी वजह से मुझे फाँसी की सजा सुनाई गई तो उसके पीछे मेरी माँ है। मेरी माँ की ही वजह से मेरी आपराधिक भावना इतनी बढ़ गई कि मैंने मर्डर करने से पहले एक सेकंड के लिए भी नहीं सोचा।

"आज मैं आपको बताता हूँ कि मैं कैसे चोर बना, डाकू बना और फिर हत्यारा बना। जब मैं छोटा था तो स्कूल जाता था। उस समय मैं कभी किसी बच्चे की पेंसिल, कभी रबड़ या कभी कुछ उठा लेता था और घर ले आता था। जब माँ ने देखा तो खुश होकर बोली, 'अच्छा किया। तुझे अगले सप्ताह के लिए पेंसिल मिल गई।' वह पेंसिल तो मैंने गलती से उठाई थी। मगर उसके बाद मैं दूसरे बच्चों के पेंसिल बॉक्स से पेंसिल, रबड़, स्कैल और पेन चुराने लगा, जब मैं घर आता तो माँ घर में घुसते ही पूछती कि आज क्या लाया है मोहन? मैं बहुत खुश होकर, हुलसकर बताता था कि आज मैं फलाँ चीज लाया हूँ। धीरे-धीरे मैं घरों में चोरी करने लगा। चोरी का सामान देखकर माँ खुश होती। मैं उसे और खुश करने के लिए बड़ी-बड़ी चोरियाँ करने लगा। गोपी सेठ की पत्नी के हाथ के कंगन माँ को बहुत पसंद थे और माँ की प्रत्येक खुशी को पूरा करना मेरा धर्म बन गया था। कंगन के लिए मैंने पहली बार डकैती की और गोपी सेठ को इतना डराया कि वह पुलिस तक नहीं पहुँचा। मेरे लिए मेरी भगवान् मेरी माँ थी। उसकी खुशी, उसकी आँखों की खिलती चमक देखने के लिए मैं डकैती करने लगा। दो बार पकड़ा गया और सजा भी काटी। मैं जेल में रहा, लेकिन माँ ने कभी नहीं कहा कि चोरी-डकैती छोड़ दे। वह तो ये कहती थी कि जेल में ऐसे लोगों से संपर्क करना, जो तुझसे भी तेज दिमागवाले हों और उनसे सीखना कि कैसे पुलिस से बचा जाता है और कैसे उसकी आँखों में धूल झोंकी जाती है! कैसे एक बार में बड़ा हाथ साफ किया जाता है! मेरी माँ ने हर चोरी के बाद मेरा हौसला बढ़ाया। वह हमेशा कहती थी कि चोरी तो तब मानी जाती है, जब पुलिस की नाक के नीचे से चोरी का माल लेकर निकला जाए। आज अगर मैं इस हद तक गिर गया कि खून करने लगा तो वह माँ की गलत सीख का नतीजा है। चोर हूँ, अपराधी हूँ और हत्यारा भी तो केवल और केवल अपनी माँ की आपराधिक सोच के कारण। इसीलिए मैंने उसे मार डाला। मैं नहीं चाहता, मेरे मरने के बाद वह अपना जीवन गुजारने के लिए दिलीप यानी मेरे छोटे भाई को दूसरा मोहन बना दे। पता नहीं वह किस-किसका जीवन बिगाड़ती! खुद तो कुछ करती नहीं

थी, बैठे-बैठे खाने और ऐशो-आराम से जीने की उसकी आदत हो गई थी। फिर किसी बच्चे को गलत रास्ते पर डालती! पाप की कमाई ज्यादा दिन तक सुख नहीं देती। मैं नहीं चाहता कि मेरा भाई भी पढ़ाई छोड़कर चोरी-चकारी करे। मैंने तो भुगत लिया। बहुत गलत काम किए, लेकिन जिस भाई को पढ़ाने के लिए मैं गलत कामों की राह पर चल पड़ा, उसका जीवन बरबाद नहीं होने दे सकता। मैंने उस कँटीले पेड़ को जड़ से ही उखाड़ डाला, जिससे दूसरे पौधों को नुकसान हो सकता था। इसलिए उसे मारना जरूरी था। अब आप मुझे जो चाहे सजा दीजिए। मुझे सुकून रहेगा कि मुझे बिगाड़ने वाली औरत को मैंने दूसरों का जीवन बरबाद करने के लिए जिंदा नहीं छोड़ा। बच्चों को सही-गलत का फर्क माता-पिता ही बताते हैं। मेरे पिता तो बचपन में ही मर गए थे, अगर माँ चाहती तो हमें इज्जत से जीना सिखाती, लेकिन उसने ऐसा न करके मेरा जीवन बरबाद कर दिया। अगर मैं एक बार न समझता तो बार-बार समझाती। फिर भी न मानता तो मेरी पिटाई करती, मगर गलत कामों को बढ़ावा नहीं देती।

"इसलिए एशले तुम भी अपने बच्चे पर ध्यान दो। नहीं तो कहीं ऐसा न हो उसकी आज की नादानी कल का शौक बन जाए, आदत बन जाए, फिर उसे कोई नहीं रोक सकेगा। मैं जानती हूँ, आम तौर पर एक माँ कभी नहीं चाहती कि उसका बेटा चोर बने।"

□

27

उत्सव की ख़ुशी में बीमार पड़ोसी का भी रखें ध्यान

"दादी माँ अनुभव कैसे आते हैं?" इस बार वंशिका का सवाल था।

शारदा देवी ने कहा, "जैसे परीक्षा में किसी सब्जेक्ट में तुम्हारे नंबर कम आए। तुम्हें समझ आया कि अगर हमने थोड़ा सा और पढ़ा होता या परीक्षा देने जाते समय अगर एक बार पूरा रिवीजन कर लिया होता तो जिस प्रश्न का उत्तर तुम ठीक से नहीं लिख पाईं, वो तुम लिख सकती थीं और तुम्हारे नंबर कटने की वजह से क्लास में तुम्हारी जो थर्ड पोजीशन आई, वो हो सकता है, फर्स्ट या सेकेंड होती। ये तुम्हारा अनुभव हुआ और अपने इस अनुभव से मिली सीख को नजरअंदाज करते हुए फाइनल एक्जाम में भी तुम न पढ़ो, तो ये गलती नहीं है, लापरवाही है। गलती अनजाने में और इनसान से ही होती है। गलतियों से हमें सबक मिलता है। हमारे जो अनुभव होते हैं, वे हमें भविष्य में गलती न करने की सीख देते हैं। उनसे हमें सीखना चाहिए। बड़ों की उम्र ज्यादा होती है। उन्होंने स्कूल, कॉलेज और प्रोफेशनल कॉलेज की पढ़ाई की होती है और इस पीरियड में कैसी-कैसी समस्याएँ आती हैं और उनका हल कैसे किया जाता है, वे बेहतर रूप से जानते हैं। अगर हम तुम्हें ये बताएँ कि तुम पीछे वाले रास्ते से मत जाओ, क्योंकि वहाँ बहुत बड़े गड्ढे हैं। उनमें कीचड़ भरा है। उधर से जाओगी तो फँस जाओगी और वापस आकर दूसरे रास्ते से जाने में बहुत समय बरबाद होगा। फिर भी तुम गड्ढे वाले रास्ते से जाकर परेशान होती हो तो उस परेशानी के लिए तुम खुद जिम्मेदार हो।

बड़े लोग इसलिए ही तो बताते हैं, क्योंकि वे उस रास्ते पर चल चुके होते हैं। उन्हें पता है कि वे कितना परेशान हुए थे। वे नहीं चाहते कि उनके बच्चे किसी परेशानी में पड़ें।"

शारदा देवी ने पूछा, "ये बताओ कि तुम ट्रेन में जा रही हो। तुम्हारे पास पर्स है और जाहिर सी बात है, उसमें रुपए भी होंगे। तुम्हारे साथ कोई और अनजान आंटी या अंकल बैठे हैं और उस समय तुम्हें वॉशरूम जाना पड़े तो तुम क्या करोगी? पर्स साथ लेकर जाओगी, बर्थ पर छोड़कर जाओगी या आंटी से बोलोगी कि आप पर्स देखिए, मैं अभी आती हूँ?"

वंशिका ने कहा, "मैं पर्स अपनी बर्थ पर रखूँगी और आंटी को बोलूँगी कि आप प्लीज ध्यान रखिए, मैं अभी आती हूँ।"

शारदा देवी ने कहा, "तुम अननोन पर कैसे विश्वास कर लोगी कि वह तुम्हारे पर्स से रुपए नहीं निकालेंगी?"

"दादी माँ, सब चोर तो होते नहीं और चोर लोकल ट्रेन में या प्लेटफॉर्म पर होते हैं। वे जर्नी थोड़े ही करेंगे।" वंशिका ने कहा।

"नहीं बेटा, यह बात तुम्हें बड़े होकर समझ आएगी। किसी के चेहरे पर नहीं लिखा होता कि वह चोर है। सूटेड-बूटेड होने का मतलब यह नहीं कि वह कोई चोर नहीं हो सकता। सबसे बड़ी बात यह है कि अपने सामान की हिफाजत खुद करनी चाहिए। लोग इतने बड़े-बड़े फ्रॉड करते हैं, ठगते हैं और उनके झाँसे में तो बड़े भी आ जाते हैं तो बच्चे तो बच्चे हैं। तुम्हें एक किस्सा सुनाऊँ। तुम्हारे बाबा एक बार दिल्ली जा रहे थे। 'शताब्दी' में बैठे। तभी दो लोग बातें करते-करते आए और अपने-अपने बैग रखकर बाहर चले गए। पाँच मिनट बाद उनमें से एक वापस आया और दोनों बैग उठाकर निकल गया। ट्रेन जब चलने लगी तो दूसरे सज्जन आए। अपना बैग न देखकर शॉक्ड हो गए और घबराकर पूछने लगे, मेरा बैग कहाँ हैं? तुम्हारे बाबा ने कहा, जो आपके साथ थे, वे आकर ले गए। तब उन्होंने कहा कि मेरे साथ कोई नहीं था, वह तो इसी बोगी के बाहर मिला और बर्थ पूछ रहा था। अब क्या हो सकता था? उनका बैग तो चोरी हो चुका था। दूसरा

व्यक्ति बहुत चालाक था। वह ऐसे बातें करता हुआ आया कि सबको लगा कि वे दोनों साथ हैं। इसीलिए जब वह सामान लेने आया तो किसी को शक ही नहीं हुआ। इसलिए कह रही हूँ कि बहुत सारी बातें, लोगों को समझने-परखने की शक्ति हमें समय के साथ आती है और हमारे अनुभवों का अहम रोल होता है। इसीलिए बच्चों को बड़ों द्वारा बताई गई, समझाई गई बातों को मानना चाहिए।"

वंशिका ने कहा, "दादी माँ, मैं प्रॉमिस करती हूँ, आप लोग जो बातें बताएँगे, मैं ध्यान से सुनूँगी और मानूँगी भी।"

झरना ने कहा, "मैं भी गुड गर्ल बनूँगी और आपकी सारी बातें मानूँगी।"

शारदा देवी ने दोनों को प्यार करते हुए कहा, "तुमसे यही उम्मीद थी।" फिर उन्होंने कहा, "कल दीवाली है। बड़े बच्चे तो समझदार हैं। उन्हें पता है पटाखों से प्रदूषण बढ़ता है। इसलिए वे पटाखे नहीं फोड़ेंगे, लेकिन ये दोनों, जो हमारी नासमझ, प्यारी-सी बेटियाँ हैं, ये नहीं मानेंगी और पटाखे जरूर फोड़ेंगी। तुम दोनों ध्यान से सुनो, याद रहे, जब तक कोई बड़ा साथ में न हो, तुम दोनों में से कोई भी अकेले पटाखे नहीं छुड़ाएगा। तेज आवाज वाले बम भी नहीं लाएगा। तुम्हें पता है न कि पड़ोस में जो यादवजी हैं, वे बीमार हैं। तेज आवाज से उन्हें परेशानी होगी। हम सबका कर्तव्य है कि घर में, पड़ोस में जो बुजुर्ग और बीमार हैं, उनका ध्यान रखें। हमारे पटाखों की तेज आवाज से किसी को परेशानी नहीं होनी चाहिए। देर रात तक भी कोई पटाखे नहीं छुड़ाएगा। हमें सबके आराम का भी खयाल रखना चाहिए।"

□

28

बच्चों को सिखाएँ, हमेशा निभाएँ अपना फर्ज

रिमझिम का एम.एस. पूरा हो गया था और उसने सप्ताह में दो दिन गाँव जाना शुरू कर दिया था। वह शुक्रवार की शाम को जाती और रविवार की रात तक वापस आती। भाई दूज शनिवार को थी और उसको शुक्रवार को जाना था। सबने घर में रोका, लेकिन रिमझिम ने कहा, "मेरे पेशेंट्स को मेरी ज्यादा जरूरत है और मेरी एक पेशेंट की हालत बहुत सीरियस है। डिलीवरी में प्रॉब्लम हो रही है। शनिवार को कभी भी उसका ऑपरेशन करना पड़ सकता है। मुझे जाना ही होगा। अगर मेरे सारे मरीज ठीक रहे और कोई इमरजेंसी न हुई तो कोशिश करूँगी कि मैं रात में आकर अपने प्यारे भाइयों को टीका करूँ, लेकिन दादी माँ, मैं रुक नहीं पाऊँगी। आप ही कहती हैं न कि अपने फर्ज पहले निभाओ। मैं डॉक्टर हूँ। हमें यह ओथ भी दिलाई जाती है कि समाज की सेवा, मरीजों की देखभाल पहले करनी है तो क्या मैं अपनी ओथ तोड़ दूँ?"

इस पर पायल ने कहा, "त्योहार भी साल में एक बार आता है और बड़ी बहन के हाथ से ही भाइयों को टीका न हो, ये भी तो ठीक नहीं।"

रिमझिम ने कहा, "लेकिन माँ, किसी की जान से बढ़कर कुछ नहीं हो सकता। आप सबने ही हमेशा मेरा हौसला बढ़ाया है। त्योहार हर साल आएगा, मगर मेरी वजह से या मेरी लापरवाही के चलते किसी की जान गई तो मैं खुद को कभी माफ नहीं कर पाऊँगी। मैं कल रात तक पक्का आ जाऊँगी।"

शारदा देवी ने कहा, "पायल बहू, रिमझिम को जाने दो। उसका फैसला गलत नहीं है। तुम माँ हो, इसलिए तुम ऐसा सोच रही हो। हमने ही अपने बच्चों को सिखाया है कि फर्ज को प्राथमिकता दो और जब आज वो समय आया है तो हमें उसे भावनाओं की जंजीरों में नहीं बाँधना चाहिए।"

तभी वैभव आया और बोला, "दीदी, तुम जाओ। हम सब भाई कल रात में तुमसे टीका लगवाएँगे। मुझे गर्व है अपनी दीदी पर, जो सबके बारे में इतना सोचती हैं। तुम्हारा तो प्रोफेशन ही ऐसा है और अपने गाँव जाकर उनकी सेवा करना तुम्हारा पहला उद्‌देश्य होना चाहिए।" रिमझिम गाँव चली गई।

अगले दिन सभी बहनों ने भाइयों को टीका लगाया, लेकिन पायल को बार-बार रिमझिम की कमी खल रही थी। उसे रिमझिम के आने का इंतजार था। शाम हो गई थी, लेकिन वह नहीं लौटी थी। तभी उसका फोन आया कि वह रात साढ़े दस बजे तक पहुँच जाएगी, लेकिन वह साढ़े ग्यारह के बाद घर पहुँची। घर पहुँचते ही उसने सब भाइयों को पहले रुचना लगाया। तभी पायल ने कहा, "ये कोई समय होता है? रुचना करना सुबह ही शुभ होता है।"

इस पर रिमझिम ने कहा, "आपको क्या हो गया है, माँ? बहन जब भी टीका करे, शुभ ही होता है और अगर आप देखें तो हिंदी कलेंडर के अनुसार तो सूरज निकलने के बाद दिन बदलता है और इंगलिश कलेंडर के हिसाब से रात के बारह बजे के बाद दिन बदलता है और दोनों के अनुसार अभी समय है। इसलिए माँ प्लीज, अब गुस्सा मत हो।"

पायल ने कहा, "मैं गुस्सा नहीं हूँ।"

रिमझिम ने कहा, "आप दुःखी भी मत होइए। आपको पता है, जिसका ऑपरेशन किया है, उसके घर कौन आया है? उनके यहाँ लक्ष्मी-सरस्वती आई है। आप ही कहती हैं न कि बेटी लक्ष्मी होती है और मैं कह रही हूँ, सरस्वती क्योंकि पढ़-लिखकर वह माँ-पिता का नाम रोशन करेगी। उसका एक बेटा है, आठ साल का। आठ साल बाद उनके यहाँ भाई को राखी बाँधनेवाली बहन आई है। वे कितना खुश थे और वह बच्चा भी कितना खुश था! आपने उसके चेहरे की खुशी देखी होती तो आपको अपना ये दुःख बहुत

छोटा लगता। मुझे तो बहुत खुशी हुई कि आज के दिन भाई के लिए बहन आई। सच माँ, उसका ऑपरेशन जरूरी हो गया था, वरना कुछ भी हो सकता था और कुछ गलत होता, तो मैं खुद को कभी माफ नहीं कर पाती। मेरे लिए वह अशुभ होता, माँ।"

शारदा देवी ने कहा, "पायल बहू, दु:खी होने की बात नहीं है। हमने अपने बच्चों को हमेशा अच्छे संस्कार दिए हैं। दूसरों की भावनाओं और खुशियों का सम्मान करना सिखाया है। हमें तो गर्व होना चाहिए कि अपना पहला फर्ज उसने जिम्मेदारी से निभाया। उनके घर की खुशियाँ देखकर मेरी खुशी तो कई गुना बढ़ गई। हमें बच्चों को यही सिखाना चाहिए कि कभी भी अपने फर्ज में कोताही नहीं बरतें। दूसरे की खुशियों में खुश हों। देखो रिमझिम के चेहरे पर कितनी खुशी है! साथ ही अपने हाथ से कुछ अच्छा होने पर जो संतुष्टि मिलती है, उसकी तुलना किसी भी चीज से नहीं की जा सकती। ये जो तुम शुभ-अशुभ की बात कर रही हो, वह कुछ नहीं है। समय पर टीका हो गया ना! ये महत्त्वपूर्ण है। जो बहनें दूर हैं, वे क्या करें? ऐसा सोचेंगी तो आधी से ज्यादा बहनें तो रोती ही रहेंगी, लेकिन वे बहनें भी तो अपने भाइयों को डाक से रोली भेजती हैं। तुम भी हर वर्ष अपने घर नहीं जा पातीं, इसीलिए भाइयों को रुचना भेजती हो ना! इसलिए अब दु:खी नहीं, बल्कि अपनी बेटी पर गर्व करो, क्योंकि हमने जो उसे सिखाया, वह उस पर अमल कर रही है। हमारे लिए यही महत्त्वपूर्ण होना चाहिए।"

□

29

सूप के जैसा हो हमारा व्यवहार

छठ पूजा के लिए शारदा देवी के घर उनकी बेटियाँ आई हुई थीं। शादी के बाद भी छठ पूजा के लिए उनकी बेटियाँ अपने मायके ही आती थीं। घर के छोटे बच्चों के साथ बड़ी बेटी के तीन बच्चे और छोटी बेटी के दो बच्चे और मिल गए थे। घर में सबने खूब हल्ला-गुल्ला मचा रखा था। उनकी बदमाशियाँ कम करने के लिए राशि ने कहा, "चलो बच्चो! अब ज्यादा शरारतें नहीं, थोड़ी पढ़ाई भी करनी चाहिए, वैसे भी तुम लोग इतना शोर मचा रहे हो, जिससे बहुत डिस्टरबेंस हो रहा है।"

सभी बोलने लगे, "हमारा पढ़ाई करने का मूड बिल्कुल भी नहीं है। हम बिना शोरगुल के ही खेलेंगे।"

राशि ने कहा, "देखा आप सबने, पढ़ाई के नाम से ही सब खामोश हो गए! इनसे कोई काम करवाना हो तो बस पढ़ाई करने की बात कह दो, सब बातें मान जाएँगे, इतना पढ़ने से जी चुराते हैं।"

इस पर माधुरी ने डायलॉग मारते हुए देवदास के अंदाज में कहा, "कौन कम्बख्त मन से पढ़ाई करना चाहता है?" सब हँस दिए। फिर माधुरी ने कहा, "हम छोटे थे तो हम भी पढ़ाई से ऐसे ही जी चुराते थे।"

तभी शारदा देवी ने कहा, ''पूजा के सामान में सूप तो है ही नहीं। भवेश, तुम जाकर सूप ले आओ।''

भवेश ने अपनी छोटी बहन के बेटे अक्षत से कहा, "जाओ, तुम ही सूप लेकर आ जाओ। कुछ काम भी करना चाहिए और साथ ही सबके लिए आइसक्रीम भी ले आना।"

अक्षत ने कहा, "आइसक्रीम तो ठीक है मामाजी, लेकिन सूप क्या होता है?"

भवेश ने हँसते हुए कहा, "घर में पहले ही क्या कम थे अंग्रेजीदाँ बच्चे, जो ये और आ गए! इन्हें यह भी नहीं पता कि सूप क्या होता है? बेटे थोड़ा मम्मा के साथ घर में भी ध्यान दिया करो। तुम 14 साल के हो और तुम सूप ही नहीं जानते? कमाल है! मुझे लगता है, हमारे घर में ही हिंदी की टाँग तोड़ने की बयार बह रही है। हिंदी भाषा बेचारी अपनी दुर्दशा पर आँसू बहा रही है। बट आइ वाज रॉन्ग। बयार है तो वह हमारे घर तक ही थोड़े ही सीमित रहेगी। यहाँ-वहाँ सब जगह जाएगी। पूरे देश में ऐसी ही बयार बहेगी, जिसमें हिंदी भाषा की महक नहीं होगी।" भवेश ने कहा, "सूप वह होता है, जिसमें अनाज फटका जाता है, यानी अनाज से भूसा और तिनके अलग किए जाते हैं। उसे साफ किया जाता है।" फिर भवेश ने पूछा, "क्या ये दोहा याद है तुम्हें? तुमने पढ़ा जरूर होगा! 'साधु ऐसा चाहिए जैसा सूप सुभाय, सार-सार को गहि रहे, थोथा देय उड़ाय।'"

अक्षत ने धीरे से कहा, "पता नहीं मामाजी, याद ही नहीं आ रहा, पढ़ा है भी कि नहीं!" उसने कहा, "पहली लाइन तो समझ आ रही है कि हमारा नेचर साधु जैसा होना चाहिए, लेकिन दूसरी लाइन में तोता देय उड़ाय। कुछ तोता उड़ाने से मतलब होगा!" वहाँ जितने लोग बैठे थे, सब हँसने लगे।

भवेश ने सिर पकड़ लिया और बोला, "क्या होगा हमारे देश का? कुछ नहीं हो सकता, न देश का और न ही हमारे बच्चों का।" भवेश ने कहा, "साधु का मतलब कोई साधु बाबा नहीं, बल्कि अच्छे व्यक्ति से है और तोता शब्द नहीं है थोथा है। व्यक्ति का स्वभाव ऐसा होना चाहिए, जैसा कि सूप का होता है। जब उसमें अनाज फटकते हैं तो वह अनाज में से भूसा-तिनके अलग करके उसको साफ कर देता है। उसी तरह इनसान को भी अच्छी बातों को ग्रहण करके बुरी बातें छोड़ देनी चाहिए।"

इस पर अक्षत ने तुरंत कहा, "समझ गया मामा, आप डस्ट प्लेट के बिग वर्जन की बात कर रहे हैं न?" यह सुनते ही सबने हँसते-हँसते पेट

पकड़ लिये। इस बार शारदा देवी चुप नहीं रह पाईं।

उन्होंने कहा, "भवेश, तू इसे भी साथ ले जा और जाकर दिखा दे कि सूप क्या होता है ? फिर उन्होंने कहा, "मेरे बेटे, सूप कूड़ा उठाने वाली प्लेट नहीं होती है। उससे अनाज साफ करते हैं।"

अक्षत ने कहा, "नानी, बात तो एक ही हुई। एक से कूड़ा उठाकर जगह साफ करते हैं और दूसरे से कूड़ा अलग करते हैं और इसलिए ये डस्ट प्लेट का बिग वर्जन ही तो हुआ! देखने में भी वैसा ही दिखता है।"

तभी राशि ने कहा, "यह प्रॉब्लम केवल अक्षत की नहीं, बल्कि आज के सभी बच्चों की है। सभी इंगलिश स्कूल में पढ़ते-पढ़ते इंगलिश के ही होकर रह जाते हैं, लेकिन हम जिस भाषा में बात करते हैं, जो हमारी अपनी भाषा है, उसी में बच्चे कमजोर रह जाते हैं।" राशि ने फिर कहा, "वैभव ने भी ऑप्शनल लैंग्वेज में फ्रैंच ली थी। सिर्फ उसने ही नहीं, घर के सभी बच्चों ने या तो जर्मन भाषा पढ़ी या फिर फ्रैंच। उसके पीछे एक कारण ये भी था कि भविष्य में कहीं हमारे काम आएगी, देश से बाहर जाने पर या फिर ट्रांसलेटर के रूप में हम कुछ कर सकते हैं। हमारे घर के बच्चों ने भी हिंदी या संस्कृत नहीं पढ़ी। हमने भी फोर्स नहीं किया। ये स्थिति हमारे घर की नहीं, बल्कि अमूमन सभी घरों की है। कोई बच्चा हिंदी पढ़ना ही नहीं चाहता। हिंदी समझता ही नहीं।" फिर राशि ने अपनी ननद से कहा, "आप भी अक्षत पर ध्यान दीजिए। हमें बच्चों के इस हिंदी ज्ञान पर केवल हँसी-ठिठोली ही नहीं करनी चाहिए, बल्कि इसे गंभीरता से लेना होगा।"

☐

30

अपनी परेशानी को दोस्त से जरूर करें शेयर

शुभांगी ने कहा, "अच्छा हुआ तुम आ गईं माधुरी। मुझे कितना टेंशन था, लेकिन तुमसे और भाभीजी से बातें करके मन हल्का हुआ और टेंशन भी खत्म हो गया।"

माधुरी हँसते हुए बोली, "इसीलिए कहती हूँ डियर, दोस्तों से मिलते-जुलते रहना चाहिए। दोस्त तो एंजिल होते हैं। कोई भी मुसीबत, कैसा भी टेंशन और कैसी भी समस्या हो, दोस्त से बात करो और वो सॉल्व्ड!"

नीला ने कहा, "इसलिए हमें अपनी सारी प्रॉब्लम अपने दोस्तों से शेयर करनी चाहिए। कुछ दोस्त बहुत खास होते हैं, जिनसे हम सभी तरह की समस्याएँ शेयर कर सकते हैं। हम किसी मुसीबत में कोई गलत कदम न उठा लें, कोई गलत सोच न बना लें, इसलिए बस अपने मित्रों से बात करो, टेंशन फ्री हो जाओ और साथ ही प्रॉब्लम सॉल्व! जैसे किसी बड़ी बीमारी में हम किसी एक डॉक्टर के भरोसे नहीं रहते, बल्कि सेकेंड और थर्ड ओपीनियन भी लेते हैं, ताकि हमें बीमारी की गंभीरता के बारे में पता लग सके और हम सही कदम उठाकर सही इलाज भी करवा सकें। इसी तरह जब हम परेशान होते हैं और कोई निर्णय नहीं कर पाते, तब हमें अपने किसी मित्र से बात करनी चाहिए, जिससे हम उसकी भी राय जान सकें और जो बातें हम सैंटी होकर, बायस्ड होकर या किसी प्रेशर में आकर सोच रहे हैं, उन समस्याओं का समाधान निष्पक्ष रूप से निकले और सारा तनाव खत्म हो जाए। चीजें हमेशा एक ही नजरिए से नहीं देखी जातीं। सबसे बड़ी बात, दोस्तों को आपसे

कुछ नहीं चाहिए होता। उन्हें आपसे कोई लालच नहीं होता, कोई गर्ज नहीं होती। वे केवल अपने दोस्तों की खुशी चाहते हैं। वे चाहे हमसे कितना भी लड़ें-झगड़ें, लेकिन हम जब मुसीबत में होते हैं तो सबसे पहले हमारे दोस्त ही काम आते हैं, रिश्तेदार नहीं। रिश्तेदार मदद करने से पहले सौ बार सोचेंगे, मगर दोस्त बिना सोचे आपकी मदद करने पहुँच जाएँगे। वे दिन-रात और दूरी नहीं देखते। एक बार को वे हमारे लिए अपना नुकसान भी बरदाश्त कर लेंगे, मगर दोस्त के साथ उसकी परेशानी में खड़े रहेंगे। कई बार तो अपने दोस्त की खातिर दूसरा दोस्त झूठ बोलकर भी उसे बचाता है, मगर उसकी सहायता करता है। सही राय देता है। दोस्तों के साथ मिलकर ही हम नई ऊँचाइयों को छूते हैं। दोस्तों से बात करने में हमें हिचक भी नहीं होती। रिश्तेदारों से बात करने पर हम दस बार सोचते हैं कि वे हमारे बारे में क्या सोचेंगे? उनके सामने उनकी सोच और तमाम मानदंड होंगे। तमाम सवाल वे हमसे ही करेंगे और सबसे बड़ी बात, कुछ अच्छा करने पर, आगे बढ़ने पर, कामयाब होने पर सबसे पहले हमारे रिश्तेदार ही हमसे कुढ़ते हैं। मैं ये नहीं कह रही कि वे बुरे होते हैं, लेकिन सबके अपने परिवार और अपनी परेशानियाँ होती हैं। नो डाउट, दोस्तों की भी परेशानियाँ व परिवार होते हैं। फिर भी किसी मुसीबत में होने पर रिश्तेदार अपनी समस्या, अपना भला पहले देखेंगे, अपनी परवाह पहले करेंगे, मगर दोस्त अपनी चिंता न करके अपने दोस्त की परेशानी को ऊपर रखेंगे। ये एक आम सच है। बहुत लकी होते हैं वे, जिनके रिश्तेदार उनकी कामयाबी और आगे बढ़ने पर खुश होते हैं। जैसे हम तो लकी हैं, हमारा परिवार हर मुसीबत में एक साथ रहता है। फिर भी कुछ दूर के रिश्तेदार ऐसे हैं कि उन्हें लगता है, ये कैसे आगे बढ़ गए? इनके सारे बच्चे कैसे अच्छे निकल गए? उनकी परेशानियाँ उनकी चिंता का कारण नहीं, बल्कि उनकी चिंता का कारण हमारी खुशहाली है। यह कोई नई बात नहीं, बल्कि अमूमन हर परिवार, हर कुनबे की सच्चाई है। इसलिए जो आपके दोस्त हैं, उन्हें सहेजकर रखें। उनमें लाख कमियाँ हों, लेकिन वे दोस्त की मदद करते हैं। उनके लिए जान दे सकते हैं।"

दोनों नीला की तरफ ध्यानमग्न होकर देख रही थीं। नीला ने उन्हें इस तरह देखते हुए कहा, "क्या मेरा लेक्चर ज्यादा बोरिंग हो गया या ज्यादा लंबा?" फिर सब हँस पड़ीं। नीला ने कहा, "चलो माधुरी, बहुत देर हो गई, वरना अपनी क्लास लग जाएगी।"

दोनों शुभांगी के घर से निकलीं तो रास्ते में हर जगह चुनावों का शोर और जोर दिखा। तभी माधुरी ने कहा, "भाभी, अगले सप्ताह वोटिंग है। हमारे दो बड़े बच्चे बाहर हैं। वैभव तो ज्यादा दूर नहीं है, वह आ सकता है। हाँ, सावनी का आना मुश्किल होगा। हमें बड़ी भाभी को याद दिलाना होगा कि वैभव को बुला लें।"

घर पहुँचते ही उन्होंने राशि से कहा, "भाभी, वोटिंग के लिए हमें वैभव को बुला लेना चाहिए।"

राशि ने कहा, "जब तक हमारी माँ हमारे साथ हैं, हमें किसी भी बात की चिंता नहीं होनी चाहिए। उन्होंने पहले ही उसे फोन कर दिया है, लेकिन वैभव तो पहले ही तैयार बैठा है आने के लिए। एक तो उसे घर आने का मौका मिलेगा और सबसे बड़ी बात, वह पहली बार वोट डालेगा, इसलिए उसमें ज्यादा उत्साह है और होना भी चाहिए। हमारे प्रदेश की सरकार का जो सवाल है। अपनी पसंद के उम्मीदवार को चुनने का जो हमारा अधिकार है, उसका सही इस्तेमाल करना चाहिए। इसलिए हमें अपने अठारह वर्ष के बच्चों को वोट डालने के लिए प्रेरित करना चाहिए। हमारे देश के युवाओं को और सभी को अपने मताधिकार का प्रयोग जरूर करना चाहिए। ये नहीं सोचना चाहिए कि हमारे एक वोट से क्या होगा? अगर सभी ऐसा सोचेंगे तो वोटिंग कम हो जाएगी और हो सकता है, हमारा मनपसंद प्रत्याशी हार जाए! इसलिए हम सब वोट जरूर देंगे। यही लोकतंत्र है और लोकतंत्र की ताकत भी। जय हिंद!"

□

31

जीवन में कुछ करने का सपना जरूर देखें

वंशिका ने जल्दी से कपड़े बदले और दीनानाथजी के साथ बाजार चली गई। झरना भी उनके साथ गई। दोनों ने अपनी पसंद की सारी चीजें खरीदीं। सड़क पर एक सूरदास व्यक्ति (जिसकी आँखें न हों) खड़ा था और लोगों से कह रहा था, "भइया, कोई मुझे सड़क पार करा दो। अल्लाह आपका भला करेगा। आपकी दुआ कुबूल करेगा। आपकी सारी मुरादें और ख्वाब पूरे करेगा।"

ये सुनकर झरना ने पूछा, "बाबा, ये ख्वाब क्या होते हैं?"

दीनानाथजी ने कहा, "ख्वाब यानी सपने, मतलब वे अंकल कह रहे हैं, जो भी उन्हें सड़क पार कराएगा, भगवान् उसकी इच्छाएँ और सपने पूरे करेंगे, क्योंकि जो दूसरों का भला करते हैं, मदद करते हैं, भगवान् भी हमेशा उनका अच्छा करते हैं। इसीलिए कहा जाता है, हमेशा दूसरों की हेल्प करो। एक कहावत भी है, 'कर भला सो हो भला।' अगर हम किसी के साथ कुछ अच्छा करते हैं तो उसका फल कभी-न-कभी हमें जरूर मिलता है। अगर न भी मिले तो हमें अंदर से बहुत अच्छा फील होता है। आत्म-संतुष्टि मिलती है कि आज हमने किसी की सहायता की। जरूरत पर हम किसी के काम आए। ये संतोष यानी सेटिस्फैक्शन बहुत बड़ी चीज है। जब हमारे अंदर संतोष आ जाता है तो हमें बहुत अच्छा लगता है। सुकून मिलता है। मन खुश होता है। जब मन खुश हो, तो सारे काम अच्छे होते हैं। जब मदद करने से हमें इतने फायदे होते हैं तो हमें दूसरों की मदद के लिए हमेशा आगे रहना चाहिए। जब

कोई हमें दुआ देता है, मतलब अपनी ब्लेसिंग्स देकर कहता है कि खुश रहो, भगवान् तुम्हारा भला करे, तुम्हारी इच्छाएँ पूरी हों तो मन में यही आता है कि काश! भगवान् इसी व्यक्ति की दुआ सुन ले और हमारे काम बन जाएँ, क्योंकि जब समय हमारा साथ नहीं देता या हम परेशानी में होते हैं तो दूसरों की दुआएँ ही काम आती हैं।"

झरना ने पूछा, "बाबा, लोग अपना काम करवाने के बाद ही दुआएँ क्यों देते हैं, बिना काम के भी तो दे सकते हैं? वे क्या काम पूरा होने का इंतजार करते हैं कि जो हमारा काम करेगा, उसको हम दुआ देंगे और भगवान् उनकी बात क्यों सुनेंगे? मैं दुआ दूँगी तो क्या भगवान् नहीं सुनेंगे?"

दीनानाथजी ने कहा, "बेटी, लोग सोचकर दुआएँ नहीं देते। वे तो मन से निकली हुई भावनाएँ हैं। जब इनसान किसी परेशानी में होता है तो वह यही मनाता है कि जल्द-से-जल्द, कैसे भी उसका काम बन जाए, पूरा हो जाए। ऐसे में कोई उसकी सहायता कर देता है तो मन से निकलता है कि जैसे हमारा काम बना, उसका भी काम बन जाए। जब वह परेशानी में हो तो ईश्वर उसका साथ दे। उसकी भी मदद करनेवाला कोई मिल जाए। ये बात भी सच है, जब हम सबके साथ अच्छा करते हैं, सबके लिए अच्छा सोचते हैं, किसी का भी बुरा नहीं चाहते तो हमारा बुरा कभी नहीं होगा। ये विश्वास हमेशा मन में रखो, हमें शक्ति मिलती है। कभी-कभी ऐसा लगता है कि अब सबकुछ खत्म हो जाएगा, मगर फिर भी सबकुछ ठीक हो जाता है। इसकी वजह है, हमने किसी का भी बुरा नहीं किया, बुरा नहीं सोचा तो हमारा बुरा कैसे होगा? इसके लिए हमें अपने विश्वास को मजबूत बनाए रखना होगा।"

वंशिका ने पूछा, "बाबा, वे अंकल दूसरों के सपने पूरे होने की दुआ कर रहे थे, मगर उन्हें खराब लगता होगा कि वे सपने नहीं देख सकते, क्योंकि उनकी तो आँखें ही नहीं हैं!"

दीनानाथजी ने कहा, "पता नहीं बेटी, जन्म से ही उनकी आँखें नहीं हैं या बाद में किसी वजह से नहीं रहीं। जन्म से जो सूरदास होते हैं, वे सपने नहीं देख पाते, लेकिन जिनकी आँखें किसी वजह से बाद में न रही हों, वे देख

सकते हैं। सपने बंद आँख और खुली आँखों दोनों से देखे जाते हैं। बंद आँखों के सपने सोने के बाद आते हैं और खुली आँखों के सपने हमारी सफलता और भविष्य के लिए होते हैं। जैसे हम कुछ बनना चाहें। अकसर ख्वाहिशें ही हमारा सपना होती हैं, वही हमें मोटिवेट करती हैं, हिम्मत देती हैं और आगे बढ़ने का हौसला भी। सपने इसलिए भी जरूरी हैं, क्योंकि जब तक सपने नहीं होंगे, हम आगे कैसे बढ़ेंगे? जब तक अपनी मंजिल को पाने का सपना हम नहीं देखेंगे, तब तक हम उसे साकार कैसे करेंगे? जीवन में आगे बढ़ने, सफल होने के सपने देखने के लिए आँखों की नहीं, हौसलों की और दृढ़ इच्छा की जरूरत होती है। सिर्फ सपने देखने से कुछ नहीं होता। जरूरत इस बात की है कि हमारे अंदर उन्हें पूरा करने की हिम्मत हो, साहस हो, क्षमता हो और लगन हो। इसलिए यह बेहद जरूरी है कि हम अपने जीवन में कुछ करने का सपना जरूर देखें। जो बड़े-बड़े सपने देखते हैं और लगन व ईमानदारी के साथ उन्हें पूरा करने में जुट जाते हैं, उन्हीं के सपने पूरे होते हैं।"

□

32

आपके खुले मजाक-व्यवहार से ही गलत बातें सीखते हैं बच्चे

माँ बच्चों की पहली गुरु होती है। बच्चों की छोटी-छोटी बातों पर गौर माँ ही करती है। परिवार बच्चों का पहला स्कूल होता है, जहाँ वे बचपन से ही अपने घर में एक मुकम्मल दुनिया देखते हैं। रिश्तों को जानते हैं। रिश्तों में मर्यादा की क्या अहमियत है, ये बच्चे बिना बताए आपके व्यवहार से सीखते हैं। आपके आपसी हँसी-मजाक, ईर्ष्या-द्वेष, झगड़े, नफरत, कानाफूसी, चुगली, सम्मान, प्यार सबकुछ बिना बताए उनके दिमाग की हार्ड डिस्क में फीड होते रहते हैं। किसी भी मुद्दे पर आप अपने रिएक्शन को भूल सकते हैं, मगर बच्चों के दिमाग में वह फीड रहेगा और जब कभी उनके सामने कोई ऐसा वाकया आएगा तो उनके अवचेतन मन में वह प्रतिक्रिया, जो सुषुप्तावस्था में है, जाग जाएगी और उनके शब्दों में, उसी सोच के साथ बाहर आएगी। आप ये नहीं जानते कि आपके बच्चे क्या सोच रहे हैं और आपकी बातों को वे किस तरह ले रहे हैं, लेकिन कहीं-न-कहीं उनके खयालात परिवारजन से ही प्रभावित होते हैं। जहाँ हर तरह के अध्यापक होते हैं, जिनसे बच्चे बहुत कुछ सीखते हैं। मतलब कुछ सख्त मिजाज, कुछ नरम, सहनशील, गुस्सैल, सभी तरह के व्यक्तित्व उनके सामने होते हैं। घर का माहौल कैसा है, इसका प्रभाव उन पर सबसे ज्यादा पड़ता है। क्या घर में पुरुषवादी सोच हावी है ? घर में क्या पिता, चाचा या बाबा डॉमिनेट करते हैं और घर की महिलाएँ केवल सबकी बातें मानने को बाध्य हैं ? वे केवल

घर के काम में ही उलझी रहती हैं या उनका भी अपना भविष्य है? क्या वे कामकाजी हैं? आप घर में किस तरह की भाषा बोलते हैं? क्या गालियाँ आपकी जबान पर रहती हैं? घर में काम करनेवालों से आपका व्यवहार कैसा है? काम करनेवाले जो बुजुर्ग हैं, उन्हें आप सम्मान देते हैं या नहीं? जो छोटी लड़कियाँ काम करती हैं, उनके साथ घर के सदस्यों का व्यवहार कैसा है? महिला सहयोगियों को लेकर घर में क्या माता-पिता के बीच कहा-सुनी, लड़ाई-झगड़ा होता है? पति-पत्नी एक-दूसरे पर भरोसा करते हैं या शक? उस शक और लड़ाई के चलते आपके बच्चे कितना प्रभावित होते हैं? क्या आप शराब, सिगरेट या अन्य किसी नशे के आदी हैं? आप नशे में आकर घर में मारपीट या गाली-गलौज करते हैं? महिलाएँ घर में किस तरह की बातें करती हैं? क्या खाली वक्त में आस--पड़ोस की मित्रों के साथ इकट्ठा होकर दूसरे घरों की बुराई करती हैं? क्या दूसरों के घरों की बातों को चटखारे के साथ बताती हैं? आप बच्चों पर कितना नियंत्रण रखते हैं? ज्यादा सख्त हैं या कुछ ज्यादा ही लाड़-प्यार दे रहे हैं? आप किस तरह की किताबें, पत्रिका पढ़ते हैं? घर में छुपाकर कुछ आपत्तिजनक मैगजीन तो नहीं पढ़ते, क्योंकि अगर एक बार बच्चों को शक हो जाए तो आपकी अनुपस्थिति में वे पत्रिका खोजकर देखेंगे जरूर। आप अपने रिश्तेदारों से किस तरह का मजाक करते हैं? कुछ लोग रिश्तों की आड़ में बहुत अश्लील मजाक करते हैं। ये रिश्तों का कुसूर नहीं, व्यक्तिगत रूप से आप पर निर्भर करता है कि आप किस तरह का मजाक करते हैं या महिलाएँ घटिया मजाक करती हैं और दूसरे के मजाक पर ऐतराज नहीं करतीं! जीजा-साली, देवर-भाभी और भी ऐसे कई रिश्ते हैं, जिनमें अकसर मजाक हदों को पार कर जाते हैं।

ये सारी बातें जिनका जिक्र किया है—सोचकर देखिएगा! आप जैसे भी हैं, जिस तरह का भी व्यवहार करते हैं, बच्चों पर असर पड़ना ही है। बहुत कम बच्चे होते हैं, जो सब बातों से अलग होते हैं। जैसे अकसर ही हम सब कहते हैं—'क्या करें, बचपन से ऐसा ही खाना खाया तो आदत पड़ गई, अब क्या सुधरेगी?', 'क्या करें, हम इसी माहौल में पले-बढ़े तो अब

तो आदी हो गए, ऐसे जीवन के।' जब इस तरह की बातें होती हैं तो आप ये क्यों नहीं सोचते कि जैसा व्यवहार आप घर में करेंगे, बच्चे वही तो सीखेंगे? आप अपनी पत्नी की बहन से 'साली आधी घरवाली' टाइप मजाक करेंगे, छेड़छाड़ करेंगे तो क्या इसका असर बच्चों पर नहीं पड़ेगा? आप संबंधों को लेकर खुला मजाक करेंगे तो क्या आपके बच्चों के मन में कुछ विचार कहीं गहरे नहीं पैठेंगे? क्या किशोर, युवाओं को इस तरह की बातें करने का मन नहीं होगा? क्या वे ऐसी बातें जानना नहीं चाहेंगे? आज दसवीं-बारहवीं के बच्चों को छोड़ दीजिए—छठीं, सातवीं कक्षा से बच्चे ऐसी गालियाँ देते हैं, जिन्हें सुनकर आपके होश उड़ जाएँगे। हर वाक्य के आगे-पीछे गाली होती है। क्या आपने उन्हें चैक किया, टोका? उनको बताया कि ऐसी भाषा का इस्तेमाल न करें? कैसे बताएँगे, जब आप खुद ही कहीं भी किसी से झगड़ा होने, कर्मचारियों की गलती, सड़क पर विवाद होने, रिक्शे, साइकिल या स्कूटर-बाइकवालों की गलतियों पर सिर्फ और सिर्फ गालियों की ही बौछार करते हैं? आप मुँह बाद में खोलते हैं, पहले केवल गालियाँ निकलती हैं, तो आप कैसे उम्मीद करेंगे कि आपके बच्चों के मुँह से फूल झड़ेंगे? बच्चे गालियाँ ही नहीं सीखते, बल्कि कहीं-न-कहीं आपके बच्चों में एक-दूसरे का सम्मान करने की भावना भी खत्म हो जाती है। आपके बच्चे नारी में माँ, बहन, चाची-ताई नहीं देखते, बल्कि उसे उपभोग की वस्तु समझते हैं। माँ-बहन से संबंधित गालियाँ क्या हैं? आप ऐसी भाषा बोलकर क्या बच्चों को गलत रास्ते पर नहीं डाल रहे? जब आप ही इस तरह की भाषा बोलेंगे तो क्या बच्चों को रोक पाएँगे? अगर महिलाएँ दूसरे घरों की बुराइयाँ ही खोजती रहेंगी तो अपने घर पर कितना ध्यान दे पाएँगी?

□

33

संस्कार किताबी शिक्षा नहीं, हमारे आचरण हैं, जो हमें मानव से इनसान बनाते हैं

पिछली बार जो मैंने बातें लिखीं, उसके पीछे केवल एक मकसद था कि हम अपने आचरण, अपने व्यवहार में बदलाव लाकर परोक्ष रूप से बच्चों को संस्कारित कर सकते हैं। प्रत्यक्ष रूप से तो करते ही हैं, मगर परोक्ष रूप से इसलिए कहा, क्योंकि कई बार जो बातें बताने से, समझाने से नहीं आतीं, वे दूसरे के आचरण को देखकर आती हैं और हम भी वैसा ही करने लगते हैं। किसी की कोई आदत अच्छी लगी तो उसे बिना किसी संकोच के हम अपना लेते हैं। हमारे बच्चे जिस राह भी जाते हैं, उसमें कहीं-न-कहीं परिवार का हाथ होता है। हम हर बार ये समझकर चुप हो जाते हैं, अनदेखा करते हैं, बच्चों की तरफ ध्यान नहीं देते कि वे बच्चे हैं! यहीं हम भूल करते हैं। अगर हमारे बच्चे गलत रास्ते पर जा रहे हैं तो हम उन पर सारा दोष कैसे मढ़ सकते हैं? बच्चे छुटपन से ही जो कुछ व्यावहारिक रूप में सीखते हैं, वे घर-परिवार के सदस्यों द्वारा ही सीखते हैं। जैसे बारिश हो रही हो और उस समय वहाँ पत्थर पड़ा हो, रुई का बोरा हो, रेशमी कपड़ा हो, कागज हो, ऊनी कपड़ा हो तो उन सब पर बारिश का अलग-अलग असर होगा। बारिश सब पर समान रूप से पड़ी, मगर हर वस्तु की अपनी अलग प्रकृति-प्रवृत्ति है। उसके अनुसार ही उसने बारिश को ग्रहण किया। कोई पूरी तरह बरबाद हो गया, कुछ कम और कुछ आंशिक रूप से। इसी तरह परिवार में होने वाले व्यवहार, आचार का सब बच्चों पर अलग-अलग तरह से प्रभाव

पड़ता है। जैसे अगर हमें बारिश का अंदेशा होता है या हो रही होती है तो तुरंत हम भीगनेवाला सारा सामान अंदर कर देते हैं। इसी तरह जब परिवार के बड़े लोगों के बीच कोई मतभेद की बातें हों, लड़ाई-झगड़े हों, मन-मुटाव हों तो उस समय बच्चों को वहाँ से हटा दें, बच्चों के आने पर उनके सामने कटुता की बातें न करें। उनसे किसी दूसरे सदस्य की बुराई न करें। उन्हें किसी अन्य सदस्य के प्रति न भड़काएँ। ये आपसी द्वेष की बातें आप अपने तक ही सीमित रखिए। उनके सामने किसी महिला की खिल्ली न उड़ाएँ। महिलाओं के प्रति कोई असम्मानजनक बात न कहें, घर में जितनी भी बड़ी महिला सदस्य हैं, उनके प्रति सम्मान करना सिखाएँ और खुद भी करें। बच्चों में बड़ों के पैर छूने, हाथ जोड़कर नमस्ते करने की आदत डालिए। अपनी संस्कृति के अनुसार अभिवादन करना सिखाएँ। हाथ जोड़कर नमस्ते करने से विनम्रता आती है। घर के सभी सदस्य अगर महिलाओं का सम्मान करते हैं तो बड़े होने के बाद बच्चों में भी ये एहसास रहेगा कि महिलाओं का सम्मान करना है। उनमें छोटे-बड़े के लिए समान रूप में प्यार बाँटने और सम्मान देने की आदत डालें। आजकल तो मेहमान आने पर बच्चे 'हैलो आंटी, हैलो अंकल' कहकर निकल जाते हैं और जाते समय 'बाय' कर देते हैं। जब शिशु बोलना शुरू करते हैं, तभी से अगर आप उन्हें 'सॉरी' और 'धन्यवाद' कहना सिखाते हैं तो यह एक बेहतर शुरुआत होगी। आपसे भी कोई गलती होती है तो तुरंत बच्चे से सॉरी बोलिए, ऐसा करने से उन्हें सॉरी कहने में न शर्म आएगी, न हिचकेंगे और न ही बेइज्जती महसूस होगी। उन्हें लगेगा कि गलती होने पर सॉरी बोला जाना चाहिए। मम्मा-पापा और घर के सभी बड़े गलती होने पर उसे स्वीकार कर क्षमा माँगते हैं। इसलिए उन्हें भी क्षमा माँगनी चाहिए। वे गलती महसूस भी करेंगे। ये ऐसी आदतें हैं, जो आप एक बार बच्चों में डाल देंगी, तो वे ताउम्र उनमें रहेंगी।

बच्चे जब बदतमीजी करते हैं तो उनको पहले समझाइए, एक नहीं, कई बार समझाइए। नहीं समझते हैं तो डाँटिए। बार-बार डाँटिए। फिर भी न समझें तो पिटाई की धमकी दीजिए। पिटाई नहीं, पर पिटाई का डर जरूर होना

चाहिए और फिर भी न सुनें तो हल्की सी चपत जरूर लगाइए, ताकि उसको ये आभास हो कि मम्मा-पापा गुस्सा होंगे तो पिटाई भी कर सकते हैं। पिटाई लाठी-डंडों से नहीं, बल्कि आपकी आवाज में वो कड़ाई और डाँट होनी चाहिए। कई बार ऐसा होता है कि बच्चे जबरन गलतियाँ करते हैं। अगर उनसे कहो कि हम आपकी शिकायत कर देंगे तो पिटाई होगी। इस पर वे जवाब देते हैं कि 'हमें' पता है, हमारी मम्मा कभी पिटाई नहीं करतीं। अगर अभिभावकों की ऐसी छवि बन जाए तो निश्चित रूप से यह बच्चों के लिए अच्छी नहीं है। अगर आप उसे गुस्से में मारती भी हैं तो कुछ देर बाद उसे अपने सीने से लगाकर कहें कि तुम गलती करते हो, बदमाशी करते हो तो मम्मा गुस्सा होती है और मार देती है और फिर मारने के बाद मम्मा को भी रोना आता है, मम्मा को अच्छा नहीं लगता। क्या आप चाहते हो मम्मा दु:खी हो ? तो उसको लगेगा कि गलती पर आप मार सकती हैं, लेकिन मारने के बाद मम्मा को भी दु:ख होता है। बच्चे बहुत कोमल होते हैं। उनकी भावनाएँ भी कोमल होती हैं। अगर शुरू से आप उन्हें हर बात प्यार से बताती रहेंगी तो मुझे विश्वास है कि आपको उन्हें अलग से कुछ सिखाने की जरूरत नहीं पड़ेगी। संस्कार तो वो प्रक्रिया है, जो एक पीढ़ी से दूसरी पीढ़ी को स्वयं मिलती है। संस्कार कोई किताबी शिक्षा नहीं, बल्कि वह आचरण है, जो हमें मानव से इनसान बनाता है। इसके लिए किसी पाठशाला में जाने की जरूरत नहीं, बल्कि घर ही संस्कारों का वह मंदिर है, जहाँ सबकुछ व्यवस्थित होता है। जहाँ प्रवेश करते ही सिर झुक जाता है, हाथ जुड़ जाते हैं। जहाँ हम कुछ देर के लिए मन से सच्चे हो जाते हैं। नतमस्तक रहते हैं। घर को भी वैसा ही बनाइए, जिससे वहाँ रहनेवालों में अच्छे गुण, अच्छी बातें, अच्छे संस्कार आएँ।

□

34

जिसमें बच्चों की भलाई हो वही परंपराएँ निभाएँ

झिलमिल कुहू को लेकर आशु के पास आ चुकी थी। अब वह बहुत व्यस्त हो गई थी। ऑफिस से उसे दो महीने की छुट्टी और मिल गई थी। वह पूरा दिन कुहू के साथ बिताती। उसकी मालिश करना, नहलाना, उसके खाने-पीने का खयाल रखना, सभी बातों का ध्यान रखती, साथ ही आशु का भी खयाल रखती। चलते वक्त उसकी माँ ने काफी सारी हिदायतें दी थीं। उसकी माँ ने कहा कि एक साल तक सारे मौसम बच्चे के लिए पहले मौसम होंगे। इसलिए उसकी खास देखभाल की जरूरत होती है। बच्चा नए मौसम के लिए तैयार नहीं होता। यह काम उसकी माँ ही करती है। झिलमिल की माँ ने कहा कि सर्दी आनेवाली है। इसलिए कुहू का विशेष ध्यान रखना पड़ेगा। उसे ठंड से बचाना होगा। उसे अपने पास अपने सीने से लगाकर सुलाना होगा, क्योंकि जब माँ बच्चे को अपने से चिपकाकर सुलाती है तो माँ के शरीर की गरमी बच्चे को मिलती है और वह सर्दी से बचता है। अगर उसे अलग सुलाया गया, तो वह पैर मारकर कंबल या चादर हटा देगा और सर्दी में ठिठुरता रहेगा, जिससे उसे सर्दी लग जाएगी।

उन्होंने बताया, "अगर कुहू बहुत रोए और सो नहीं रही हो तो उसे कंधे से लगाकर टहलाकर सुलाएँ, तो वह तुरंत सो जाएगी, लेकिन सर्दी में लेकर बाहर न निकले।" उसकी माँ ने यह भी कहा कि उसे गीली नैपी में बिल्कुल न रहने दे। झिलमिल माँ की सारी बातें मान रही थी। अगर कुहू रात में सू-सू

करती तो वह रात में ही उठकर उसकी नैपी बदलती। शाम के बाद उसे पानी और लिक्विड चीजें कम देती।

इसके बावजूद झिलमिल कुछ दिनों से परेशान थी, क्योंकि कुहू को बुखार–खाँसी थी। दवाई देने के बाद बुखार तो उतर गया, लेकिन सर्दी नहीं गई। वह परेशान हो गई थी। सर्दियाँ भी शुरू हो गई थीं और वह उसे ठंड से बचाने का पूरा प्रयास कर रही थी। उसे माँ का खयाल आया और उसने फोन कर माँ को कुहू के बारे में बताया। माँ ने उससे कहा कि वह दवाई के साथ दो–तीन घरेलू नुस्खे भी आजमाए। उन्होंने कहा कि वह कुहू को थोड़ा सा जायफल घिसकर रोज चटाए और साथ ही हल्की आँच पर एक छोटा चम्मच घी गरम कर उसमें दो–तीन किशमिश डाले, जब वह फूल जाए, तो उसमें आधा कप या एक कप दूध उबाले और फिर हल्का गुनगुना होने पर चीनी मिलाकर सोते समय कुहू को पिला दे और किशमिश मसलकर खिला दे। ऐसा पूरी सर्दी करे तो उसे ठंड छू भी नहीं पाएगी। उसकी माँ ने कहा कि कुहू को रात में भी टोपी पहनाकर ही सुलाए और वह खुद भी ठंड से बचे, क्योंकि कुहू अभी अपनी माँ का दूध पीती है और अगर झिलमिल को सर्दी हो जाएगी, तो दूध के साथ वह झिलमिल की सर्दी भी खींच लेगी, जिससे कुहू को सर्दी हो जाएगी। इसलिए माँ को खुद को भी ठंड से बचाना चाहिए। झिलमिल उसे थोड़ा सा जायफल घिसकर चटाने लगी और रोज रात में सोते समय किशमिश वाला दूध पिलाती। कुछ ही दिनों में कुहू ठीक हो गई, लेकिन उसने कुहू को न ही किशमिश वाला दूध देना बंद किया और न ही जायफल घिसकर देना बंद किया।

डॉक्टर ने आते वक्त उससे कहा था, "पाँच महीने के बाद बच्ची को अन्न भी देना शुरू कर दें, क्योंकि केवल माँ का दूध उसके लिए पर्याप्त नहीं होगा।" यह बात उसने अपनी सास को बताई, लेकिन उसकी सास ने यह कहकर मना कर दिया कि उनके यहाँ अन्नप्राशन सात महीने बाद होता है, इसलिए सात महीने तक उसे केवल दूध ही दे। झिलमिल ने यह बात अपनी डॉक्टर को बताई तो उन्होंने कहा, "ये आपके परिवार का मामला है, लेकिन

एक डॉक्टर होने के नाते मैं यही कहूँगी कि 5 महीने बाद बच्चे को थोड़ा-थोड़ा अन्न और जूस देने चाहिए, क्योंकि माँ के दूध के साथ अतिरिक्त पोषण भी मिलना चाहिए। दो-दो चम्मच जूस, तीन-चार चम्मच दाल का पानी आदि देना शुरू कर देना चाहिए।"

इस बार झिलमिल ने अपनी सास की बात नहीं मानी और डॉक्टर के अनुसार उसे दाल का पानी देना शुरू कर दिया, क्योंकि उसे अपने बच्ची के स्वास्थ्य की चिंता थी। परंपराएँ सदैव इसीलिए नहीं माननी चाहिए कि वे हमेशा से चली आ रही हैं। समय बदलता है। जरूरतें बदलती हैं और परंपराओं का बदलना भी स्वाभाविक है। अगर हम अभी तक पुराने नियमों में बँधे होते तो दुनिया में इतना बदलाव नहीं होता। इसीलिए परिवर्तन प्रकृति का भी नियम है। जो परंपराएँ हमें पीछे ले जाएँ, उन्हें तोड़ना ही बेहतर होता है। वैसे भी जिसमें बच्चों की भलाई हो, वही कार्य करने चाहिए।

आशु और झिलमिल मंदिर में गए और वहाँ सूजी की खीर खिलाकर उसका अन्नप्राशन कर दिया। उसके बाद वह समय-समय पर उसे जूस, दाल का पानी, साथ ही सूजी की एकदम पतली-पतली खीर देने लगी। कुहू भी रेस्पॉन्ड करने लगी थी। मतलब देखने पर मुसकराना, हँसना, खिलौनों को इधर-उधर करने पर आँखों को उसी दिशा में ले जाना, जरा सी आवाज पर एकदम आँखें झपकना, ये सारी गतिविधियाँ झिलमिल बड़े ध्यान से देख रही थी। डॉक्टर के अनुसार, "यदि बच्चा आवाज पर कोई प्रतिक्रिया न दे, तीन-चार महीने में आँखों को वस्तुओं पर न केंद्रित करे तो यह बात डॉक्टर को बतानी चाहिए। क्योंकि शुरू में बच्चा किसी भी वस्तु पर आँखें फोकस नहीं कर सकता, इसीलिए वह एक जगह नहीं देख सकता, मगर जैसे-जैसे बच्चा बड़ा होता है, वह चीजों को ध्यान से देखना शुरू करता है और टकटकी लगाकर देख सकता है। अपने हाथों से चीजों को पकड़ना शुरू कर देता है।" झिलमिल उसकी हर गतिविधि ध्यान से देख रही थी। उसने एक डायरी बनाई थी, जिसे वह रोज लिखती थी, ताकि कुहू से जुड़ी यादें और बातें वह उसमें लिख सके। उसके खूब फोटो खींचती और वीडियो बनाती, ताकि उसके बड़े

होने के बाद भी वह उसका बचपन देख सके। कुहू ने पहला शब्द ममम के रूप में बोलना शुरू कर दिया था और झिलमिल ने उसकी पहली आवाज को रिकॉर्ड कर लिया था। यही वह सबसे सुंदर उपहार होगा आपके बच्चे के लिए, जो आप उसे देंगे, उनका बचपन का रूप। उनकी तसवीरें, उनका चलता-फिरता जीवन, वो तो खुश होंगे ही, आप भी जब चाहेंगे अपने-अपने बच्चे के नन्हे रूप को देख सकेंगे। जैसे घोंसले से बच्चा उड़ जाने के बाद वापस नहीं आता। आज की आपाधापी वाली जिंदगी में बच्चे वापस नहीं आ पाते, क्योंकि जहाँ नौकरी, वहीं रहना। इसलिए उनके बचपन को पल-पल जीने की कोशिश करिए।

□

35

एकल परिवार और क्रेच

झिलमिल की बढ़ी हुई छुट्टियाँ खत्म होने वाली थीं। फिर एक बार आशु ने अपनी माँ से उनके पास आकर कुहू को सँभालने के लिए कहा, मगर उसकी माँ ने फिर असमर्थता दिखाई। उनके चले जाने से घर कौन सँभालता। यह भी एक समस्या थी। आशु की बहन भी छुट्टी लेकर नहीं आ सकती थी। ऐसे में किसी का भी आशु के पास जाना संभव नहीं था। अब आशु और झिलमिल के सामने यह समस्या फिर आकर खड़ी हो गई कि कुहू को किसके भरोसे छोड़ा जाए? एक दिन दोनों सुबह से शाम तक आसपास के क्षेत्र में घूमते रहे कि कहीं कोई क्रेच मिल जाए, जिससे उनकी समस्या सुलझ जाए, लेकिन इतनी छोटी बच्ची को कोई भी रखने को तैयार नहीं हुआ। वह हिम्मत हार चुकी थी। मन-ही-मन नौकरी छोड़ने का मन भी उसने बना लिया, क्योंकि उसकी पहली प्राथमिकता कुहू थी, लेकिन आशु ने उसे सांत्वना दी और कहा, "एक बार और कोशिश करेंगे, अगर कोई क्रेच न मिले तो तुम अपने ऑफिस में एक बार बात करके देखना, अगर दो-तीन महीने की और छुट्टी मिल जाए, लीव विदआउट पे ही सही, तो ठीक रहेगा और न मिले तो फिर जॉब छोड़ देना, क्योंकि उसके बाद कोई विकल्प नहीं है और फिर जब कुहू थोड़ी बड़ी हो जाए, तो फिर से जॉब कर सकती हो। इसलिए परेशान होने की जरूरत नहीं है। बी हैप्पी।" आशु की बात से उसका तनाव कुछ कम हो गया था।

झिलमिल को फिर यह बात खली। काश, वह ससुराल छोड़कर न आई

होती तो इतनी समस्या न होती। घर में सबके होते हुए कुहू को बाहर वालों के पास छोड़ना पड़ेगा। उसे कदम-कदम पर घर के महत्त्व का एहसास हो रहा था। मगर अब कुछ भी नहीं हो सकता था। आशु और झिलमिल अपनी मर्जी से ही घर से बाहर आए थे और अब गेंद उनके पाले से निकल चुकी थी। आप सबको चाहिए कि घर से अलग रहने का फैसला आपका अंतिम विकल्प होना चाहिए, क्योंकि आज की भाग-दौड़ भरी जिंदगी में बच्चों को पूरा समय नहीं दिया जा सकता। इसलिए क्रेच में या किसी आया के भरोसे बच्चे को छोड़ने से बेहतर है कि आपका बच्चा अपने घरवालों यानी बाबा-दादी के संरक्षण में रहे। जहाँ उसकी देखभाल ठीक से होगी और प्यार के साथ उसे संस्कार भी मिलेंगे। आपको बच्चे को लेकर तनाव भी नहीं होगा। बच्चे की बेहतरी के लिए इतना तो किया जा सकता है। आखिर आपको आपके माता-पिता ने ही पाला है तो फिर आपके बच्चों को तो वे सीने से लगाकर रखेंगे। कहा जाता है, असल से सूद प्यारा होता है। आप अपने सास-ससुर को पूरा मान-सम्मान दें, बदले में वे आपको प्यार ही देंगे। कोशिश करनी चाहिए संबंधों को निभाने की। अगले दिन रविवार था और दोनों सुबह से ही आसपास जितनी सोसाइटी थीं, सभी का चक्कर लगा रहे थे। अंत में एक परिवार छोटी-नन्ही सी कुहू को रखने को तैयार हो गया। अब झिलमिल और व्यस्त हो गई थी। सुबह उठकर कुहू का बैग तैयार करती और आशु व अपने लिए टिफिन तैयार करती।

आपको भी अगर अपना बच्चा किसी क्रेच में छोड़ना है तो उसकी जरूरत का पूरा सामान रखकर ही देना चाहिए। बच्चे की नैपी, प्लास्टिक शीट, कॉटन शीट, दूध, सूजी की खीर, उसके कपड़े, उसका टॉवल, उसके खाने-पीने की सभी सामग्री—आप जो भी उसे खिला रही हैं और उसके लिए कुछ खिलौने और केला, ताकि आपके बच्चे को मैश करके दिया जा सके। हाँ, फ्रूट जूस न रखें, क्योंकि बच्चे को फलों का जूस फ्रेश ही देना चाहिए। □

36

जब बच्चा चलने लगे तो रखिए विशेष सावधानी

समय के जैसे पंख लग गए थे। समय तेजी से भाग रहा था। कुहू ने घुटनों के बल चलना शुरू कर दिया था और सहारा लेकर खड़ी होने लगी थी। अब झिलमिल की जिम्मेदारी और बढ़ गई थी। एक दिन सुबह जब झिलमिल टिफिन तैयार कर रही थी तो वह घुटने के बल ड्रेसिंग टेबल तक चली गई और पाउडर पफ का डिब्बा गिरा दिया। आवाज सुनकर जब झिलमिल दौड़कर आई तो पहले तो देर तक हँसती रही। उसने देखा, पाउडर कुहू के ऊपर गिर गया था, वह पूरी सफेद-सफेद हो गई थी और जमीन पर गिरे पाउडर पर हाथ मार रही थी। समय कम था, फिर भी उसने पहले तो उसके इस रूप को कैमरे में कैद किया। उसे खूब प्यार किया, फिर बिना किसी झुँझलाहट के उसने कुहू पर गिरे पाउडर को साफ किया और उसे लेकर क्रेच में छोड़ने निकल गई।

एक दिन और एक घटना घटी। शाम को झिलमिल जब कुहू को लेकर क्रेच से आई तो कुहू को कुरसी पर बैठाकर चाय बनाने चली गई। कुछ देर बाद ही कुहू के रोने की आवाज आई। वह जल्दी से आई तो देखा, वह कुरसी पर नहीं थी, बैडरूम में भी नहीं थी। उसे लगा, जैसे रोने की आवाज टॉयलेट से आ रही है। वह जल्दी से टॉयलेट में गई तो देखा इंडियन सीट में कुहू गिरी पड़ी थी। उसका सिर ऊपर था, लेकिन वह पूरी तरह उसमें फँसी हुई थी। झिलमिल ने जल्दी से उसे निकाला, फिर गरम पानी करके उसे

नहलाया और खुद भी नहाई। उसके बाद से उसे समझ में आया कि कुहू ने चलना शुरू कर दिया है। वह घुटनों के बल चलती हुई कहीं भी पहुँच जाती है और जिसके लिए विशेष सावधानी की जरूरत है। उस दिन के बाद से उसने बाथरूम और टॉयलेट का दरवाजा बंद रखना शुरू कर दिया। साथ ही बॉलकनी का दरवाजा भी बंद रखने लगी। अपने ड्रेसर का काफी कुछ सामान उसने उठाकर कुहू की पहुँच से बाहर रख दिया। वह हर चीज जो भी हाथ में आती, उठाकर मुँह में डाल लेती। इसके लिए भी जरूरी था कि कम-से-कम सामान उसके हाथ लगे।

आपका बच्चा भी अगर चलने लगा है तो आपको विशेष सावधानी रखने की जरूरत है। जिस कमरे में आप हैं या बच्चा है, उसके अलावा सभी कमरों को बंद रखें, जिससे आपको मुश्किल न हो, साथ ही बच्चा भी किसी मुश्किल में न पड़े। उसको बैठाकर उसके पास खूब सारे खिलौने रख दें, जिससे कुछ देर उससे बहला रहे और उसकी गतिविधि पर नजर रखिए। मेरे ऑफिस में मेरी एक सहयोगी घर में काम करते वक्त अपने बेटे के पैर में दुपट्टा बाँध देती थी और उसका दूसरा छोर बेड या कुरसी से बाँध देती थी, जिससे वह अपना काम निपटा सके और बच्चा किसी अनहोनी का शिकार न हो पाए। मगर ऐसा करना उचित नहीं है। इससे बेहतर होगा कि उसे एक कमरे में बिठाएँ, उसके पास उसके मनपसंद खिलौने रखें। और बाकी कमरों और बाथरूम वगैरह के दरवाजे बंद रखें, जिससे बच्चा कहीं जा ही नहीं पाएगा और सुरक्षित रहेगा। टब व बाल्टी में पानी भरकर न रखें, जिससे अगर कभी बाथरूम का दरवाजा खुला भी रह गया तो कोई अनहोनी न घटे। घर में यदि बॉलकनी है तो उसे हमेशा बंद रखें। कभी दुर्भाग्यवश दरवाजा खुला रह गया तो बच्चा बॉलकनी में चला जाए और नीचे झाँकने के चक्कर में गिर न पड़े। इसी तरह घर का मुख्य दरवाजा भी बंद रखें, जिससे वह बाहर न निकल पाए। किसी सीढ़ी पर न चढ़ पाए और किसी अनहोनी का शिकार होने से बच जाए। हमेशा ध्यान रखिए कि आपके बच्चे ने चलना शुरू कर दिया है।

बच्चे में उस उम्र में न कोई भय होता है, न सोचने-समझने की शक्ति।

भय इसलिए नहीं होता, क्योंकि वह अच्छा–बुरा और किसी भी बात के परिणाम से अनजान होता है। डर हममें तब होता है, जब हम उसके परिणाम से वाकिफ होते हैं। ऐसे में आपको ही उसकी सुरक्षा का खयाल रखना पड़ेगा। जिस दरवाजे में साँकल लगी हो, उसको नीचे गिराकर छोटा ताला डालकर रखिए, ऐसा न हो बच्चा कमरे में अकेले खेल रहा हो और खेल–खेल में कमरे में बंद हो जाए। फिर उसे बाहर निकालने में आपको बहुत मुश्किल हो जाएगी। आपके घर–आँगन में कोई मेन होल न खुले हों। आपके घर की दीवार में जो सॉकेट नीचे लगे हों, उसे टेप लगाकर बंद कर दें, क्योंकि बच्चा वहाँ उँगली डाल सकता है और कोई भी चीज हाथ में आ गई तो उसे भी सॉकेट में डालने का प्रयास करेगा। उसके हाथ में लोहे की ही कोई वस्तु आ जाए तो उसे करेंट लगने का खतरा हो सकता है। घर में यदि टेबलफैन है तो उसे बच्चे की पहुँच से दूर रखिए। चाकू वगैरह नीचे मत छोड़िए। घर को अच्छी तरह साफ रखिए, क्योंकि वह सारे दिन नीचे चलेगा। अगर घर स्वच्छ नहीं हुआ तो उसे इंफेक्शन होने का खतरा हो सकता है। उसके हाथ में जो भी वस्तु आएगी, वह उसे उठाकर मुँह में डालेगा, जिससे उसकी तबीयत खराब होने का खतरा रहेगा।

□

37

अच्छी आदतों की शुरुआत बचपन से ही

अकसर झिलमिल ऑफिस की जल्दीबाजी में कुहू को टी.वी. देखते हुए खाना खिलाती और कुहू टी.वी. देखते हुए खाना खा लेती। एक दिन बिजली नहीं आ रही थी और जेनरेटर भी खराब था। टी.वी. चल नहीं रहा था और कुहू कुछ भी खाने को तैयार नहीं थी। उस दिन झिलमिल को कुहू पर गुस्सा आया, लेकिन ये आदत तो झिलमिल ने ही डलवाई थी। उस दिन के बाद से उसने कुहू को टी.वी. के सामने खाना खिलाना कम कर दिया। अकसर महिलाएँ अपना काम करने के लिए बच्चे को टी.वी. के सामने बैठाकर काम करने लगती हैं या खाना खिलाने के लिए कार्टून लगा देती हैं और फिर बच्चे को व्यस्त करके खाना खिलाती हैं, ऐसी आदत डालने से आपके लिए मुश्किलें खड़ी हो सकती हैं। उसे अच्छी-अच्छी कहानियाँ सुनाइए। कहानी सुनाकर ही खाना खिलाइए। याद रखिए, बच्चों को ज्यादा टी.वी. देखने की आदत मत डलवाएँ। इससे आपको तो परेशानी होगी ही, बच्चे के लिए भी यह आदत अच्छी नहीं है। टी.वी. देखते समय खाना खाने से वह खाना लेकर बैठा रहेगा। देर तक खाएगा, इससे एक ओर जहाँ समय बरबाद होगा, आगे चलकर पढ़ाई में भी व्यवधान होगा। वहीं शरीर के विभिन्न अंगों से निकलने वाले पाचक रसों को भी भोजन पचाने में परेशानी होगी, क्योंकि खाना शुरू करने के साथ ही विभिन्न अंगों से पाचक रस भी निकलने शुरू हो जाते हैं और खाना देर तक खाते रहें तो यह क्रिया बार-बार होने में परेशानी होगी, जिससे भोजन ठीक से पच नहीं पाता। इसलिए उसे टी.वी.

देखने की आदत ज्यादा मत डालिए और खुद भी प्रयास कीजिए कि खाना खाते समय आप सारे सदस्य एक साथ बैठकर खाना खाएँ, जिससे बच्चों को भी साथ बैठकर खाना खाने की आदत पड़ेगी और वह भी समय से खाना खा लेंगे। साथ ही उन्हें टेबल मैनर्स भी बताते रहिए। इससे वे सबके साथ बैठकर खाना खाना सीखेंगे और आपको उन्हें अलग से कुछ सिखाना नहीं पड़ेगा।

आप जब भी उसे खाना खिलाएँ, पहले खुद हाथ धोएँ और उसके भी हाथ धुलवाएँ, जिससे उसके दिमाग में यह बात अच्छी तरह से बैठ जाए कि मम्मा जब भी खाना खिलाती हैं या खाती हैं, वह हाथ धोती हैं। हमेशा याद रखिए, बच्चा चीजों को बहुत ध्यान से देखता है और बड़ों की नकल करने का प्रयास करता है। आप जैसा करेंगे, वह आपकी देखा-देखी वही करेगा। इसलिए आपको उसके सामने वही बातें बार-बार करनी होंगी, जिससे उसमें अच्छे संस्कार पड़ें। उसे कुछ भी अलग से बताने या सिखाने की जरूरत न पड़े। जो चीजें उसके सामने बार-बार आएँगी, वह भी उन्हें करने की कोशिश करेगा। अपनी सहूलियतों के अनुसार उसे कोई भी ऐसी आदत मत डालिए, जिससे भविष्य में आपको तो परेशानी हो ही, साथ ही बच्चे को उस आदत से बाहर आने में वक्त लगे। बच्चे को सही-गलत बताइए जरूर, मगर उसको उसके बचपन में भी जीने दीजिए। आजकल वैसे भी बच्चे अपना बचपन ज्यादा समय तक एन्जॉय नहीं कर पाते। दो-ढाई साल की उम्र से ही उन्हें प्ले ग्रुप में डाल दिया जाता है और शुरू हो जाता है सीखने-सिखाने का सिलसिला। यह माता-पिता की मजबूरी भी है। अगर वह बच्चे को उस उम्र में प्ले ग्रुप में नहीं डालेंगे तो उनका बच्चा पिछड़ जाएगा और फिर किसी अच्छे स्कूल में उसका दाखिला नहीं हो पाएगा। उसे शाम को घुमाने ले जाइए, जिससे दूसरे बच्चों के साथ उसका संपर्क बढ़ेगा। बच्चे आपस में एक-दूसरे की बात समझेंगे और उनकी छोटी सी दुनिया का विस्तार होगा। पार्क में बच्चे को अकेला मत छोड़िए।

जब आपका बच्चा चलने लगता है तो आपकी जिम्मेदारी और भी बढ़ जाती है। उसको आदत डालिए कि वह रात में जल्दी सो जाए और सुबह

जल्दी उठे। यह आदत एक बार पड़ गई तो आपको उसे उठाने के लिए कभी परेशान नहीं होना पड़ेगा। अपने बच्चे को जब भी जगाएँ, प्यार से जगाएँ और उठने के बाद उसे ब्रश करने की आदत डलवाएँ। साथ ही सोने से पहले भी ब्रश कराकर सुलाएँ। उसे कहानियों के और नए-नए किस्सों के माध्यम से वे बातें बतानी चाहिए, जिनसे उसमें अच्छे संस्कार पड़ सकें। उसे समझाएँ कि झूठ बोलने से भगवानजी कोई विश पूरी नहीं करते। मम्मा के पास मैजिक है, अगर आप झूठ बोलोगे तो मम्मा को पता चल जाएगा और मम्मा आपको कहीं भी घुमाने नहीं ले जाएँगी। और न ही कोई गेम लेकर देंगी। उसे समझाएँ कि कोई बात घर में पापा-मम्मा से नहीं छुपानी चाहिए। अगर कोई शैतानी की है या कुछ नुकसान हुआ है तो सच बोलोगे तो सिर्फ डाँट पड़ेगी और झूठ बोला तो थप्पड़ भी पड़ सकता है। मगर उसे कभी लालच न दें कि फलाँ काम करोगे तो मैं यह लाकर दूँगी या तुम्हें फलाँ चीज मिलेगी, नहीं तो फिर बच्चा आपको ब्लैकमेल करेगा, यह कहकर कि अगर आप मुझे फलाँ चीज लाकर दोगे, तभी मैं आपका काम करूँगा। यह बहुत खराब आदत है, जो बच्चों में नहीं पड़नी चाहिए।

□

38

ताकि जिद्दी न बने आपका बच्चा

बच्चों पर सबसे ज्यादा असर माता-पिता का पड़ता है। वह हमसे ही सीखता है। हमारी नकल करता है। घर के माहौल का उस पर बहुत ज्यादा असर होता है। अगर आपके घर में तनाव का, लड़ाई-झगड़े का माहौल है तो बच्चे पर उसका नकारात्मक प्रभाव पड़ेगा। बच्चे की इच्छाओं को मत मारिए, मगर उसकी सारी माँगों को पूरा भी मत करिए। उसे जरूरत का महत्त्व बताइए। एक खिलौना दिलवाना हो तो एक ही दिलवाइए। ये नहीं कि दुकान पर जाकर बच्चा मचले तो आप उसकी माँगें मानते जाएँ। एक बार आपने उसकी जिद पूरी की तो आपको बार-बार उसकी जिद पूरी करनी पड़ेगी और फिर भविष्य में जिद पूरी न होने पर हो सकता है, वह कोई गलत कदम उठा ले। यही सही समय है, उसे जिद्दी बनने से रोकने के लिए। बच्चा रो रहा है, यह सोचकर उसकी सभी माँगों को मत मानिए। उसे सही-गलत का फर्क और आवश्यकता का महत्त्व बताइए। उसकी इच्छाओं को पूरा कीजिए, उसकी बातों को मानिए, पर उसकी जिद पर मत झुकिए। उससे कहिए कि अगर तुम जिद करोगे या चीज के पीछे पड़ जाओगे तो तुम्हारी बात नहीं मानी जाएगी और अगर तुम्हें जरूरत है तो वह तुम्हें जरूर मिलेगी। दो साल का भी बच्चा है तो टॉफी या कोई सामान लेते हुए उसके हाथ से रुपए दिलवाइए, जिससे उसे यह समझ में आए कि जो भी चीज हम बाजार से लेते हैं, उसके लिए रुपए देने पड़ते हैं और अगर एक टॉफी के लिए पैसे दिए हैं तो एक टॉफी ही मिलेगी।

बच्चों के लिए अच्छे चित्रों वाली किताबें लाइए, वह पढ़ नहीं सकेगा, पर चित्रों को देख तो सकेगा। इस तरह वह किताबों से परिचित होगा। चीजों को जानेगा। यही जानने की इच्छा कब उसकी किताब पढ़ने की आदत में तब्दील हो जाएगी, आपको पता ही नहीं चलेगा। बच्चों के सामने कोई छुपाव-दुराव न करें। अगर आप ऐसा करेंगे तो वे भी इसी तरह से व्यवहार करेंगे। याद रखिए, आपको उसे स्कूल जाने के लिए भी मानसिक रूप से तैयार करना होगा। इसी तारतम्य में आप उसे बहुत सारी बातें बता सकते हैं। उसका ज्ञान बढ़ा सकते हैं। उसके हाथ में वैक्स कलर या पेंसिल कलर दीजिए। बच्चों की रंगों के प्रति काफी रुचि होती है। उनसे खेलना, सादे पेपर पर कुछ भी बनाना उनका प्रिय शगल होता है। औपचारिक पढ़ाई शुरू करने से पहले उसे ईश्वर का आशीर्वाद जरूर दिलवाएँ। आप जिस भी धर्म के हों, उसे धार्मिक स्थान पर जरूर ले जाएँ। इससे उसमें आस्था जागेगी और ईश्वर के प्रति विश्वास भी जगेगा। उनके लिए लर्निंग गेम लाइए, जिससे वे खेल ही खेल में ही काफी कुछ सीख जाएँ। वर्ड बिल्डिंग गेम उन्हें जरूर दीजिए। उनके साथ शब्दों की अंताक्षरी खेलिए, जिससे उन्हें नए-नए शब्दों के बारे में पता चले। उन्हें जो भी सब्जी खिलाइए, उसका रंग दिखाकर और यह बताकर कि आज वे कौन सी सब्जी या चीज खानेवाले हैं। इससे वे नए रंग और नए शब्द सीखेंगे। साथ ही उन्हें नई सब्जियों व चीजों के बारे में पता चलेगा। उन्हें रोटी के जरिए नए आकार बताइए। नए-नए आकार की रोटी या पराँठा खिलाइए, कभी गोल, कभी चौकोर, कभी तिकोना, कभी अंडाकार, देखिए बच्चे कैसे खुद माँगकर खाएँगे और उन्हें आकार के बारे में भी पता चलेगा।

उन्हें जो भी कपड़ा पहनाएँ, उसका रंग बताकर पहनाएँ। अगर बच्चे को बगीचे में ले जा रहे हैं तो उसे फूलों के बारे में बताइए। बच्चे के लिए यह दुनिया ही नई है। समय-समय पर हर बात की जानकारी देना आपका ही कर्तव्य है। उन्हें क्ले लाकर दीजिए और उसे अपनी कल्पना से कोई भी आकार बनाने दीजिए और वह जो भी बनाकर लाए, उसकी तारीफ कीजिए।

फिर अगर आपको कुछ बताना है तो बताइए कि इसको अगर ऐसा कर दिया जाए तो कुछ और भी बन सकता है। बच्चों की तारीफ करने में कंजूसी मत करिए। आपकी हौसलाअफजाही से उसके मन का विश्वास बढ़ेगा, जिसकी उसे सख्त जरूरत होती है। कभी ऐसे मत बिगड़िए कि अरे ये क्या कर दिया, बल्कि उसे प्यार से समझाइए। बहुत छोटा बच्चा है तो उसे क्ले मत दीजिए, क्योंकि वह उसे मुँह में भी डाल सकता है। उसे क्ले की बजाय गुँधा हुआ आटा दीजिए। आपको इस बात का विशेष ध्यान रखना है कि आपके द्वारा बताई जा रही बातें उसे बोझ न लगे। उसे लगे कि वह खेल का हिस्सा है। इस तरह आप उसे आगे के लिए तैयार कर सकेंगे। इसी तरह आप खाना बना रही हैं तो रोटी गिनना सिखा सकती हैं। सब्जी काटते समय उससे ही आलू वगैरह गिनवाइए। उसे अंग्रेजी के शब्दों से भी वाकिफ करवाइए। घर में दो बच्चे हों तो कभी दोनों की तुलना नहीं करें। इससे कमजोर बच्चे में नकारात्मक सोच घर करेगी। साथ ही तेज बच्चे के प्रति ईर्ष्या और नफरत भी पैदा होगी। जो बच्चा पढ़ाई में कमजोर हो, उसे ताना मत मारिए, बल्कि प्यार से समझाइए और बड़े बच्चे को छोटे बच्चे की सहायता करने को कहें। घर में प्यार का माहौल बनाए रखना आपका ही काम है।

□

39

बचपन की आदतें ताउम्र नहीं जातीं

झिलमिल कुहू के खाने पर विशेष ध्यान दे रही थी। वह सभी चीजें खा लेती थी और बार-बार झिलमिल से भी खाने के लिए पूछती कि मम्मा को खाना है, मम्मा खाएगी? यदि घर में कोई और होता, तो उससे भी पूछती। उसकी यह आदत झिलमिल को बहुत अच्छी लगने लगी। एक बार झिलमिल कुहू को लेकर अपनी दोस्त के यहाँ गई। वहाँ उसके पाँच वर्ष के बेटे ने कुहू को अपने खिलौने नहीं दिए और जब कुहू को खिलौने नहीं मिले तो वह खूब रोई। बच्चे को बहुत समझाया गया, "बेटा, ये छोटी बहन है, घर आई है। इसलिए उसे अपने साथ खिला लो।" यह भी कहा गया कि अगर तुम अपने खिलौने नहीं दोगे तो वह भी तुम्हें अपने खिलौने नहीं देगी, लेकिन बच्चे ने किसी की बात नहीं सुनी। हारकर उसकी दोस्त ने कहा, "क्या करूँ, मेरा बेटा अपने खिलौनों को लेकर बहुत पजेसिव है। कोई हाथ नहीं लगा सकता। हम भी नहीं।"

पहले तो झिलमिल ने कुछ नहीं कहा, लेकिन थोड़ी देर बाद उसने अपनी दोस्त से कहा, "एक बात कहूँ सोनल, मुझे लगता है कि बच्चे को लेकर यह सोच ही गलत है कि वह पजेसिव है। इसका क्या मतलब है? वह भी इतने छोटे बच्चे की सोच? उसे समझाया जा सकता है। अगर इस उम्र में ही चीजें स्पष्ट की जाएँ तो वह जरूर समझेगा और अगर हम ही यह कहकर पल्ला झाड़ लेंगे कि वह पजेसिव है तो कौन समझाएगा उसे? इस छोटी सी उम्र के बच्चे में यह सोच घर करना ही गलत है। अगर बच्चों को आप शेयर

करना नहीं सिखाएँगे तो उन्हें आगे चलकर समस्या ही होगी, क्योंकि जब आपका बच्चा अपने दोस्तों के साथ कुछ शेयर नहीं करेगा तो उसके दोस्त आपके बच्चे के साथ कोई भी चीज शेयर नहीं करेंगे। फिर चाहें क्लास नोट्स ही क्यों न हों। बच्चे का अपने खिलौनों से प्यार करना तो अच्छा है, लेकिन यह भावना कि उन्हें कोई हाथ न लगाए, यह गलत है। आज अपने खिलौनों को लेकर उसकी ये भावनाएँ हैं। कल यह भावनाएँ आपको लेकर, अपने किसी दोस्त को लेकर या प्यार में पनपेंगी तो उसके लिए बहुत मुश्किल होगा और हो सकता है, यह सोच उसे किसी गलत रास्ते पर ले जाए। पजेसिवनेस का खयाल भी उसके अंदर मत आने दीजिए। उसमें मिलकर-बाँटकर खाने की और साथ खेलने की आदत डालिए। उसमें शेयरिंग की भावना जरूर होनी चाहिए। इसकी शुरुआत बच्चा अपने खिलौनों से ही करेगा। साथ ही, जब भी वह कोई चीज खाए, उससे कहिए कि आसपास बैठे लोगों से पूछे और फिर खाए। अपनी पसंद की टॉफी-चॉकलेट भी अपने साथ बैठे बच्चे के साथ मिल-बाँटकर खाए।"

यह सुनकर झिलमिल की दोस्त ने कहा, "हाँ झिलमिल, मैंने कभी इस तरह से सोचा ही नहीं। तू ठीक कह रही है। मुझे भी अब लग रहा है कि सोच, यह एटीट्यूड ठीक नहीं है। मुझे लगता था कि यह खिलौनों को लेकर पार्थ का प्यार ही है, लेकिन वह अपनी कोई भी मनपसंद चीज किसी को छूने ही नहीं देता और यह ठीक नहीं है। दरअसल यह हम माता-पिता की ही गलती है, जो बच्चों के बारे में बिना कुछ सोचे-समझे कुछ भी फैसला ले लेते हैं या उनकी बात मान लेते हैं। इसकी सबसे बड़ी वजह यह है कि हम अपने बच्चे को ज्यादा रुलाना नहीं चाहते। उसकी जिद पर तुरंत झुक जाते हैं। बच्चा किसी बात को लेकर थोड़ा रोया-चिल्लाया और हमने उसकी बात मान ली। पार्थ बाजार में होता है तो वहाँ किसी भी खिलौने को लेकर या किसी खाने-पीने की चीज को लेकर वह जिद जरूर करता है और हम इसलिए उसकी बात मान लेते हैं, क्योंकि हमें न तो उसे बाजार में डाँटना अच्छा लगता है और न ही यह कि वह किसी चीज को लेकर कहता रहे और हम न सुनें।

उसकी एक वजह यह है कि कहीं आसपास के लोग यह न समझें कि हम अपने बच्चे की ख्वाहिश पूरी नहीं कर सकते या बच्चे को बिना वजह ही रुला रहे हैं। मुझे लगता है कि वह जान गया है कि बाजार में जिद करने पर पापा-मम्मी उसे कुछ भी दिला देंगे। इसलिए जब वह बाजार में होता है तो ज्यादा जिद करता है।"

बहुत छोटे बच्चों को डाँट भी नहीं समझ आती। इसलिए उन्हें डाँटना नहीं समझाना चाहिए। समझ भी धीरे-धीरे ही आती है। मगर बच्चा आपकी बात मान लेगा और यही बात मानना उसकी आदत बनती जाएगी। उसे बातें समझ में आने लगेंगी। आपको धैर्य रखना पड़ेगा। बात-बात पर यह न कहें कि कितना समझाया तुम्हें समझ ही नहीं आता। हम बड़े भी तो बहुत सारी बातें नहीं समझ पाते, तो वे तो बच्चे हैं। कैसे बड़ों की बात समझ सकते हैं। बच्चों को आपको ही मैनेज करना पड़ेगा। जबरदस्ती करने से बच्चा बिगड़ता है और माता-पिता के प्रति उसमें रोष भी पैदा होता है। यही रोष बड़े होने पर बच्चों को माता-पिता से दूर कर देता है। उन्हें लगेगा कि माँ-पापा हमारी कोई बात नहीं मानते, हमेशा डाँटते हैं।

अकसर बच्चे आपस में मिलकर दूसरे अन्य खेल तो खेलते हैं, पर अपने खिलौनों को हाथ भी नहीं लगाने देते। साथ ही दूसरे के घर जाकर दूसरे बच्चे के खिलौने से खेलना चाहते हैं। इनके इन मामलों में आप मत उलझिए। उसे सीधे से समझाइए कि यदि तुम अपने खिलौने दूसरे बच्चे को खेलने के लिए दोगे, तभी दूसरा बच्चा तुम्हें देगा। याद रखिए, अच्छे संस्कार उसे एक अच्छा इनसान बनाएँगे। उसका भविष्य जो भी बने। पहले उसे एक अच्छा इनसान बनाइए। यह आपका ही दायित्व है। बचपन में जो आदतें पड़ जाती हैं, वह ताउम्र नहीं जातीं।

□

40

संस्कारवान बनाना हमारी जिम्मेदारी

झिलमिल का कुहू के लिए कलर पेंसिल लाकर देना सफल हो रहा था। अब कुहू दिन भर तरह-तरह के रंगों से कुछ-न-कुछ बनाया करती। आड़ी-तिरछी रेखाएँ खींचने में उसे मजा आने लगा था। झिलमिल उसके लिए क्ले भी ले आई और जब कुहू कलर पेंसिल से थक जाती तो क्ले से खेला करती। उसकी मुँह में अँगूठा डालने की आदत भी छूट गई थी। उसके लिए वह बाजार से क, ख, ग और ए, बी, सी, डी की और साथ ही गिनती की किताबें ले आई थी। अब वह खेल के बीच-बीच में कुहू को अक्षर ज्ञान कराती।

मगर कुछ दिनों से झिलमिल काफी परेशान थी। दिल्ली बस गैंगरेप घटना ने तो उसके पाँव के नीचे से जमीन ही निकाल दी थी। उसे कुहू की फिक्र हो रही थी। उसने आशु से बात की, "हमें भी समाज की बेहतरी के लिए कुछ करना ही चाहिए। मैं एक बेटी की माँ हूँ, इसलिए समझ सकती हूँ कि जिनके घर में बेटियाँ हैं, उनमें असुरक्षा की कितनी भावना होगी। हर समय बेटी के सुरक्षित घर लौटने की फिक्र, छोटी बच्चियों को भी ऐसे लोगों से बचाना। बहुत मुश्किल हो गया है जीना हमारी बेटियों के लिए।" दोनों काफी विचार-विमर्श के बाद इस निर्णय पर पहुँचे कि हमारे समाज में महिलाओं के प्रति लोगों का सम्मान खोता जा रहा है और उसका एक बड़ा कारण अशिक्षित होना है। आंदोलनों से निश्चित रूप से सरकार पर दबाव पड़ेगा और सख्त कानून बनेगा, लेकिन उससे हमारी जिम्मेदारी खत्म नहीं हो जाती।

दोनों ने निर्णय किया कि अब से सप्ताह में एक दिन दोनों किसी-न-किसी स्लम एरिया में जाएँगे और उन्हें शिक्षित करेंगे। झिलमिल ने कहा कि मैं अपनी सोसाइटी की बाकी महिलाओं से बात करूँगी और उनके साथ मिलकर भी एक या दो दिन और वहाँ जाऊँगी। अगर ऐसा न हो पाए, तो अपनी सोसाइटी में ही काम वाली बाइयों के बच्चों को पढ़ाना शुरू करूँगी। अच्छी बातें बताई जाएँ, उनमें अच्छे संस्कार डाले जाएँ। कुछ-न-कुछ तो असर होगा ही और हम सब मिलकर अभी से ये प्रयास करें तो आनेवाले वर्षों में जब ये बच्चे बड़े होंगे तो ये हमारे देश के सभ्य और संस्कारी नागरिक होंगे। हमें आनेवाली पीढ़ी को भयमुक्त समाज देने के लिए पहल करनी चाहिए और हम आज के माता-पिता ये जिम्मेदारी बखूबी निभा सकते हैं। इस पर अमल करने के लिए आशु ने सोसाइटी के कुछ लोगों से मिलकर एक मीटिंग बुलाई।

आशु ने मीटिंग में कहा, "आजकल जिस तरह की घटनाएँ बढ़ी हैं, उसके बाद महिलाओं और बच्चियों का कहीं भी अकेले निकलना मुश्किल हो गया है। वे कहीं भी सुरक्षित नहीं हैं। हमें यह सोचना होगा कि जो आज दूसरे की बेटी के साथ हुआ, वह कल हमारी या किसी और की भी बेटी के साथ न हो। सबसे पहले तो हमें इस लिंग भेद की सोच को जड़ से मिटाना होगा। अपने बच्चों में कोई फर्क नहीं करना होगा। बच्चों के दिमाग से भी 'मैं लड़का और तू लड़की' की भावना और अहं को मिटाना होगा। बच्चों को दोस्ती की अहमियत समझानी होगी। उन्हें बताना होगा कि दोस्त-दोस्त होता है, लड़का या लड़की नहीं। ये बातें उन्हें बचपन से ही सिखानी होंगी। इसके साथ ही उनकी सुरक्षा के बारे में भी उन्हें सतर्क करना होगा। बच्चों को समझाना होगा कि माँ-पापा के अलावा वे किसी और की बातों में न आएँ तथा किसी और के साथ न जाएँ। इधर कुछ समय से छोटी बच्चियों के साथ भी दुष्कर्म की घटनाएँ बढ़ी हैं। इसकी मुख्य वजह है कि बच्चियाँ कुछ समझ नहीं पातीं कि कोई क्यों उन्हें अपने साथ ले जा रहा है या क्या होगा, क्योंकि उनको समझ ही नहीं होती। वे आसानी से बहकावे में आकर किसी के भी साथ चल देती हैं और दूसरी बात वे विरोध भी नहीं कर पातीं। उनको काबू में करना भी

आसान है। आप बच्चियों को समझाएँ कि किसी अपरिचित के पास न जाएँ और जान-पहचान के अंकल के साथ भी कहीं नहीं जाना है। केवल छोटी बेटियाँ ही नहीं, बल्कि छोटे बेटों को भी समझाना होगा कि किसी अजनबी के साथ न जाएँ और किसी जान-पहचान वाले व्यक्ति के साथ भी बहुत देर अकेले न रहें। हमें अपने बेटों को भी यौन शोषण से बचाना होगा। रात में छोटी बच्चियों को अकेले न जाने दें। अगर किसी की बेटी ट्यूशन या कोचिंग के लिए जाती है तो उसे खुद लेने जाए। सोसाइटी के गार्ड के साथ-साथ प्लंबर, इलेक्ट्रीशियन आदि पर भी भरोसा न करें। सबसे बड़ी बात कि माता-पिता खुद बच्चों का ध्यान रखें। जब तक बच्चे बाहर खेलें, उन पर नजर रहनी चाहिए।"

आशु ने कहा, "ये घटनाएँ क्यों हो रही हैं, इस पर भी विचार किया जाना बहुत जरूरी है।" काफी विचार-विमर्श के बाद सब इस नतीजे पर पहुँचे कि कहीं-न-कहीं अशिक्षा एक बहुत बड़ा कारण है और साथ ही बच्चों को सही दिशा का न मिल पाना भी एक महत्त्वपूर्ण कारण है। सोचने वाली बात है कि जो माता-पिता खुद अशिक्षित हैं, वे बच्चों को कैसे शिक्षा दे पाएँगे। इस तरह की घटना को अंजाम देनेवालों में अधिकतर वे लोग हैं, जो ट्रक, टैंपो व बस चालक हैं, रिक्शा चलानेवाले हैं। ठेला लगानेवाले या कम पढ़े-लिखे लोग हैं। या फिर हाई क्लास सोसाइटी के दबंग लोगों के बिगड़े बेटे हैं, जिन्हें किसी की इज्जत व जान की परवाह नहीं है। पुरुष प्रधान समाज की सोच इनके अंदर कहीं इतने गहरी पैठ किए होती है कि ये महिलाओं को कुछ समझते ही नहीं। इसी तरह के दबंग लोग दुश्मनी की छोटी-छोटी बातों पर महिलाओं को निर्वस्त्र कर घुमाते हैं। उनको शारीरिक यातना देते हैं। हालाँकि कुछ कहा नहीं जा सकता कि कब-किसके दिमाग का शैतान जाग जाए। समाज में बदलाव आना एक दिन में संभव नहीं। इसके लिए हम अगर आज से शुरू करें तो आनेवाले समय में जब हमारे बच्चे बड़े होंगे तो वे बेहतर नागरिक होंगे। संस्कारी बच्चे होंगे। ये जिम्मेदारी आज हमारे कंधों पर है और हम युवा माता-पिताओं का कर्तव्य है कि आनेवाले समय में हम अपने देश को अच्छे, संस्कारी और शिक्षित नागरिक दें।

□

41

बच्चों को मेहनत का मोल समझाना होगा···

"ये क्या झिलमिल, तू बस पानी पिलाकर बैठी है। इतनी देर से बोलते बोलते गला सूख गया। कहाँ गई तेरी सरिता मैडम।" शगुन ने जैसे ही कहा, पीछे से आवाज आई, "हम यहीं हैं दीदीजी।"

सरिता कॉफी लेकर आ गई थी। फिर बोली, "आप तो इस बार बहुत दिनों बाद आई हैं, दीदीजी।"

"हाँ, सरिता कुछ ज्यादा बिजी रही। ऑफिस जाने और घर सँभालने में ही समय निकल जाता है। कहीं आना-जाना हो ही नहीं पाता। तू बता कैसी है? तेरा घरवाला अब ठीक है न या अभी भी मार-पीट करता है? बच्चों के बारे में तूने कुछ सोचा कि नहीं, या अभी भी दो-चार और बच्चों को जन्म देना चाहती है।" शगुन ने पूछा।

"दीदीजी, घरवाला तो अब पहले से कम मारता है और बच्चों के बारे में भी सोच लिया है। अपनी तीन बेटियों को पाल-पोस लूँ, यही बहुत है। क्या फायदा ज्यादा बच्चों का, जिन्हें पढ़ा-लिखा न सकूँ, यहाँ तक कि खिला भी न सकूँ। आपकी बातें समझ में आ गईं, दीदीजी। दीदीजी आप बहुत अच्छी हैं, इतने प्यार से बात करती हैं। कौन हम नौकरानियों का ध्यान रखता है या इतने प्यार से बातें करता है।" सरिता ने कहा।

"अरे, ये क्या बात हुई, दोबारा ऐसा मत कहना। तुम नौकरानी हो तो क्या हुआ। उससे पहले एक इनसान हो। तुम मेहनत करती हो और मेहनत करना सबसे अच्छी बात है। भीख तो नहीं माँगती हो। तुम केवल पाँचवीं

तक ही पढ़ी हो। अगर तुमने ठीक से पढ़ाई की होती तो तुम आज कुछ और काम कर रही होती। दूसरों के घर जाकर बरतन नहीं धोने पड़ते। जो भी हो, तुम अपने बच्चों को पाल रही हो, ये बहुत अच्छी बात है। देखो, भीख माँगने से अच्छा है, मेहनत करके दो वक्त की रोटी जुटाना और पहले से ही बेटों के चक्कर में तुम्हारी तीन बेटियाँ हो गईं। इसलिए तुम्हें समझाया था कि अब और बच्चों को जन्म मत दो, जो हैं उन्हीं को खिलाना-पिलाना तुम्हारे लिए मुश्किल हो रहा है। ऐसे में अगर और बच्चे हो गए तो कहाँ से उन सबको खिलाओगी और जब खिलाने के लिए साधन नहीं होंगे तो उनको तुम पढ़ाओगी कैसे? तुम और तुम्हारा पति दोनों मिलकर जितना कमाते हो, उसमें घर का खर्च नहीं चलता, इन हालातों में अगर तुम्हारे और बच्चे हुए तो घर का खर्च बढ़ेगा ही, कम नहीं होगा सरिता। फिर कैसे पढ़ाओगी? क्या तुम चाहोगी कि तुम्हारे बच्चे भी तुम्हारी तरह दूसरे घरों का चौका-बरतन करें, मजदूरी करें?"

"नहीं दीदीजी!" सरिता ने कहा। "मैं तो उन्हें पढ़ाना चाहती हूँ। वे जितना भी पढ़ना चाहेंगे, मैं उन्हें पढ़ाऊँगी और इसके लिए कितना भी काम करना पड़े, मैं करूँगी। दिन-रात मेहनत करूँगी, लेकिन बच्चों को अपने जैसा न बनने दूँगी। उनकी भी इज्जत होगी। हमारी तरह नहीं, जिसको छोटे-छोटे बच्चे भी नाम लेकर बुलाते हैं। बस यहीं कुहू बेबी नाम नहीं लेती, आंटी कहती है। वरना सब जगह बच्चे सरिता कहकर ही बुलाते हैं। बहुत खराब लगता है दीदीजी, पर हम ठहरे अनपढ़-गँवार, हमारी भला कोई क्यों इज्जत करेगा और हम हैं भी इसी लायक। बच्चों को भी पता होता है कि हम उनके नौकर हैं। उनके घर में झाड़ू-पोंछा करते हैं।" सरिता ने उदास होते हुए कहा।

"देखो सरिता, इसमें बच्चों की गलती नहीं है। इसके लिए हम बड़े ही जिम्मेदार हैं। बच्चों को संस्कार देना, बड़ों-छोटों का फर्क बताना और इज्जत करना हमें ही उन्हें बताना होगा। हमें उन्हें समझाना होगा कि काम करना अच्छी बात है, सम्मानजनक है। चोरी-डकैती, हेर-फेर और

धोखाधड़ी से कमाए हुए हजारों रुपए से कहीं ज्यादा अच्छे हैं, ईमानदारी से कमाए हुए कुछ सौ रुपए। उन्हें मेहनत करने का मोल समझाना होगा। उन्हें बताना होगा कि मेहनत और ईमानदारी की राह पर चलनेवालों को सम्मान खोने का डर नहीं रहता, उन पर किसी की धमकी का कोई असर नहीं होता और न ही उन्हें किसी के आगे झुकने की जरूरत पड़ती है। अगर इनसान एक बार गलत काम के दलदल में फँसा तो कभी उससे बाहर नहीं निकल पाएगा। काम करने का मतलब अपनी इज्जत, अपना स्वाभिमान या खुद को बेचना नहीं है। तुम काम करती हो और बदले में तुम्हें रुपए दिए जाते हैं। इसमें हमें ये अधिकार कहाँ से मिल गया कि हम तुम्हारा अपमान करें या तुमसे बद्तमीजी से बात करें? हमें बच्चों को मेहनत करनेवालों की इज्जत करना सिखाना होगा। घर में काम करनेवाली बाई अगर उम्र में बड़ी है तो घरवालों को बच्चों को समझाना चाहिए कि वे काम वाली बाई को उम्र के अनुरूप दीदी या आंटी कहें और अगर वे बुजुर्ग हों, उम्र में माँ समान हों तो खुद भी अम्मा या आंटी ही कहें। इससे हमारा बच्चा बड़ों को इज्जत देना सीखेगा। कोई भी व्यक्ति अगर पढ़ा-लिखा नहीं है, लेकिन उम्र में हमसे बड़ा है तो हमें उसे सम्मान देना चाहिए और बच्चों को भी उसे सम्मानपूर्वक बात करने को कहना चाहिए। पढ़-लिखकर हमारे संस्कार मजबूत होने चाहिए खोखले नहीं। जब बच्चे हमें बड़ों से ससम्मान बात करते हुए देखेंगे तो हमें उन्हें कहने की या बताने की जरूरत नहीं पड़ेगी, वे भी उसी तरह से बात करेंगे।

"वैसे सभी माता-पिता चाहते हैं कि उनके बच्चे संस्कारी बनें, लेकिन कुछ बच्चों को देखकर लगता है कि उनके माता-पिता ने उन्हें कुछ सिखाया ही नहीं, पर ऐसा बहुत कम होता है सरिता। कभी-कभी ऐसा होता है कि माता-पिता नौकरों के साथ खुद बहुत बुरा सुलूक करते हैं और बच्चों को भी यही सिखाते हैं। फिर नौकर चाहे बुजुर्ग ही क्यों न हो, उनके बच्चे उस बुजुर्ग नौकर से बद्तमीजी से बात करते हैं। यहाँ तक कि नौकरों को बच्चों का जूठा खाना पड़ता है। वे बच्चों को ये नहीं सिखाते कि जितनी भूख है, उतना

ही खाना प्लेट में लो, बल्कि ये कहते हैं कि जितना खा सको खाना, वरना छोड़ देना, चंदू खा लेगा। ये लोग बच्चों को कैसे सिखाते हैं कि किसी का जूठा नहीं खाना चाहिए, क्योंकि नौकर को जूठा देते हुए वे अपनी ये सीख भूल जाते हैं और बच्चों के सामने माता-पिता के दोहरे मापदंड सामने आते हैं और आगे चलकर वो वे वही राह अपनाते हैं।"

□

42

बेटा-बेटी का फर्क क्यों ?

"दीदीजी, आप एकदम सही कह रही हैं। इससे पहले जिस घर में भी मैंने काम किया, वहाँ पर सभी बच्चे मुझे नाम लेकर ही बुलाते थे, लेकिन किसी भी घर की दीदीजी ने अपने बच्चों से कभी नहीं कहा कि सरिता तुमसे बड़ी है, इसे आंटी कहो, लेकिन यहाँ की बात अलग है। यहाँ कुहू बेबी मुझे हमेशा आंटी कहकर बुलाती है। बेटियाँ तो बहुत प्यारी होती हैं, लेकिन तीन-तीन हो जाएँ तो चिंताएँ बढ़ जाती हैं, आज के माहौल में तो और ज्यादा। घरवाले की बात में आकर बेटे की चाह में तीन बेटियाँ हो गईं। आजकल जहाँ एक को सँभालना मुश्किल है, वहाँ मेरी तीन हैं। हम तो झुग्गी में रहते हैं। कच्चे घर हैं। सुबह निकलती हूँ तो शाम को ही घर पहुँचती हूँ। इस बीच मेरी बेटियाँ तो भगवान् भरोसे ही हैं ना ? आजकल सगा भी भरोसे के लायक नहीं है और मैंने तो उन्हें पड़ोसियों के सहारे छोड़ा है। कितना खयाल रख पाऊँगी उनका ? कब तक बुरी नजरों से बचा सकूँगी ? मैं नहीं जानती दीदीजी। मेरा घरवाला भी रिक्शा लेकर सुबह निकलता है। कभी आसपास होता है तो किसी बखत घर आ जाता है, नहीं तो वह रात में 9-10 बजे तक आता है।" सरिता ने कहा।

वह थोड़ा रुकी, फिर उसने आगे बताया, "मेरी एक देवरानी है दीदीजी, बेटे के फेर में पड़कर उसके भी तीन बेटियाँ हो गईं। फिर भी बेटे की चाह कम न हुई। इसलिए वह एक बाबाजी के पास गई। उन्होंने कहा कि वे उससे खास पूजा करवाएँगे, जिससे इस बार उसके बेटा ही होगा। मैंने उसे बहुत समझाया कि ऐसे बेटा नहीं मिलता। बाबाजी तुझे बेवकूफ बना रहे हैं, लेकिन

वह न मानी और उन बाबाजी के पास जाने लगी। बाबा उससे रोज पैसे ऐंठते और भभूत-केला पकड़ा देते। भला भभूत और केला खाने से बेटा होता है क्या ? कुछ दिनों बाद बाबा ने उससे अपने सामने एक धोती लपेटकर नहाने को कहा। उनका कहना था, यहीं शुद्ध होने के बाद वे उससे पूजा करवाएँगे। वह बावली उसकी बात मानकर बेटे की चाह में इतनी अंधी हो गई कि अपनी इज्जत का भी खयाल न रहा। उसके सामने नहाकर उन्हीं गीले कपड़ों में पूजा के लिए बैठ जाती। बाबा उसे लिटाकर उसके पेट पर ये कहकर हाथ फिराता कि इससे गर्भ ठहरेगा और वह चुपचाप बेटे की आस में लेटी रहती। एक दिन ये कहा कि बेटा पेट में आ गया है, उसकी छातियाँ छूकर उसे आशीर्वाद देगा, जिससे उसके बेटे को उसका दूध खूब पीने को मिले और वह ताकतवर बने, बाबा के हाथ ऊपर तक पहुँच गए। इस पर भी वह चुप रही और फिर एकाएक वह उसके साथ जबरदस्ती पर उतर आया। पहले उसने बाबा से खुद को छुड़ाने की कोशिश की और जब वह नहीं माना तो उसने शोर मचाया। शोर सुनकर लोग इकट्ठा हो गए। उस बाबा को जेल भेज दिया गया। मेरी देवरानी का रो-रोकर बुरा हाल था। बाबा के सामने एक धोती लपेटकर लेटी थी, जोर-जबरदस्ती में वह भी उसके शरीर से हट गई थी। लोगों ने उसे उसी हालत में देखा। हमारी बस्ती में भी सब लोग तो अच्छे न हैं। इसके बाद जब वह बाहर निकलती, तो कुछ लोग छेड़खानी करते कि बेटा चाहिए था तो हमारे पास आ जाती, बाबा के पास जाने की क्या जरूरत थी? इस शरम के कारण कई महीने वह बाहर नहीं निकली। उसका काम बंद हो गया। खाने के लाले पड़ गए। एक दिन वह अपनी डेढ़ बरस की सबसे छोटी बेटी को लेकर निकली और जब दो दिनों के बाद वापस आई तो उसकी गोद खाली थी। पूछने पर उसने बताया कि वह नन्ही को एक अनाथालय में छोड़ आई है। सबने बहुत पूछा, पर उसने कुछ नहीं बताया। कुछ दिनों बाद खबर छपी कि अनाथालय में बच्चियाँ सुरक्षित नहीं हैं और वे छोटे-छोटे बच्चे-बच्चियों से गलत काम करवाते हैं। आखिर वह माँ ठहरी, अपनी बेटी के साथ कुछ गलत होने का सोचकर ही घबरा गई और वापस अपनी बेटी को लेने

गई तो अनाथालय वालों ने उसे बच्ची देने से मना कर दिया। फिर दीदीजी, पुलिस से गुहार लगाई, हमारी बस्ती से कई लोग गए। बच्ची की पहचान हुई और उसकी बेटी उसे वापस मिली। अब वह अपनी तीनों बेटियों के साथ खुश है।" सरिता ने एक साँस में ये कहानी सुना दी।

ये सब सुनकर तीनों कुछ देर खामोश रहीं, फिर झिलमिल ने कहा, "सरिता ये बातें, ये परेशानी तुमने हमें पहले क्यों नहीं बताईं? बच्ची वापस लाने में हम तुम्हारी मदद करते। उस बाबा को कड़ी सजा दिलवाते। तुम हमारे यहाँ काम करती हो, इसलिए तुम्हारी या तुम्हारे परिवार की परेशानी में तुम्हारी मदद करना हमारा फर्ज है।"

"हाँ, झिलमिल तुम ठीक कह रही हो। इसको तुम्हारी मदद लेनी चाहिए थी। उस बाबा को भी कड़ी सजा मिलनी चाहिए थी, जिससे भोली-भाली मासूम औरतें उसके चंगुल में न फँस सकें, लेकिन हमें बेटे के मोह से बाहर निकलना होगा। लोगों को समझाना होगा। बेटा कोई हीरे-मोती नहीं खिलाता, बल्कि जरूरत पड़ने पर बेटियाँ ही काम आती हैं। रही बात वंश चलाने की तो हमें अपने बाबा-दादी से पहले की पीढ़ी का पता भी नहीं होता। बस तीन पीढ़ियों तक ही याद रहता है। वंश चलाकर कौन सा बड़ा काम होता है। इतने राजा-महाराजा हुए, क्या उनके वंशजों की कोई पूछ है? जब उनकी कोई पूछ नहीं तो हम जैसों की क्या बिसात? पहचान वंश से नहीं, अपने कर्मों से बनती है और वंश भी बेटे से नहीं, अपने कर्मों से चलता है। दुनिया हमें हमारे कामों से जानेगी, वंश से नहीं। गुणगान वंश का नहीं, व्यक्ति द्वारा किए गए कामों का होता है। कर्मों द्वारा अर्जित सम्मान मरने के बाद तक रहता है। बेटा हो या बेटी, औलाद औलाद होती है। माँ के लिए सब बच्चे बराबर होते हैं। फिर बेटा-बेटी में भेद क्यों? बेटे की चाहत में बच्चों को जन्म देते जाना ठीक नहीं। परिवार में दो बच्चे होना समझ में आता है, लेकिन दो से ज्यादा हों तो कैसे उनका लालन-पालन होगा? कैसे उनकी पढ़ाई-लिखाई होगी? ये भी तो सोचना होगा।" शगुन ने कहा।

□

43

बच्चे बड़ों को मान दें तो बड़ों को भी बड़प्पन दिखाना चाहिए

आशु के पिता यानी धर्मेश कुमार सिंह को समझ नहीं आ रहा था कि वे बात कैसे शुरू करें। फिर थोड़ा रुककर उन्होंने आशु की माँ यानी पायल से कहा, "तुम बताओ, तुम क्या सोच रही हो? तुम्हें इस रिश्ते से ऐतराज क्यों है? तुम पहले अपनी बात रखो, वजह और आशंका बताओ। फिर हम उन बातों पर विचार करेंगे। अब बताओ, तुम्हें आपत्ति किन बातों पर है?"

"देखो जी, मैं दिल से ये रिश्ता स्वीकार नहीं कर पा रही हूँ।" आशु की माँ बोली।

"पर क्यों? कोई वजह भी तो होगी?" आशु के पिता ने पूछा।

"हाँ, क्योंकि वह लड़का हमारी जाति का नहीं है। यहाँ तक कि हमारे प्रदेश का भी नहीं। हमारे और उनके रहन-सहन में बहुत अंतर है। उसकी सैलरी ठीक-ठाक है, लेकिन बहुत अच्छी नहीं। हमारी शीना खुले हाथ से खर्च करनेवाली है, कैसे निभाएगी। शुरू में सब अच्छा लगता है, लेकिन जब दोनों हकीकत से दो-चार होंगे तो सारा प्यार धरा रह जाएगा और इसीलिए मैं इस शादी के खिलाफ हूँ। उनकी अड़गम-कड़गम हमें भला क्या समझ आएगी?" आशु की माँ कह ही रही थी कि उसके पिता ने टोकते हुए कहा, "किसी भी भाषा के लिए ऐसा नहीं कहते। इस समय तुम क्रोध में हो, वरना ऐसा कभी नहीं कहतीं और कौन सा शीना को साउथ जाकर रहना है। उनके

घर में लोग हिंदी भी बोलते होंगे, आखिर वे वर्षों से यहीं रह रहे हैं। जहाँ तक सवाल सैलरी का है तो ऐसी कम भी नहीं है और शीना भी तो कमाती है। दोनों मिलकर बहुत कमाएँगे और बढ़िया से रहेंगे।"

"तुम क्यों नहीं समझते कि ये परिवार हमारा देखा-भाला है। हर तरह से हमारी बराबरी का है।" आशु की माँ ने कहा।

"पर हम उस लड़के को तो नहीं जानते, लेकिन शीना जिसे चाहती है, उसे वह अच्छी तरह से जानती है और जीवन उसे गुजारना है, हमें नहीं।" आशु के पापा ने कहा।

उसकी माँ बोली, "लेकिन हम समाज को क्या मुँह दिखाएँगे कि हमने अपनी बेटी की शादी बिरादरी के बाहर कर दी। हमारी बिरादरी में क्या लड़कों का अकाल पड़ गया है?" आशु की माँ गुस्से से बोली, "और मैं क्या जवाब दूँगी दीदी को, जिन्होंने ये रिश्ता बताया है? मैं उनको एक तरह से 'हाँ' कर चुकी हूँ।"

"किस तरह की बात कर रही हो? बस इसी वजह से परेशान हो कि क्या जवाब दोगी। देखो पायल, वह तुम मुझ पर छोड़ दो। मैं सब सँभाल लूँगा। मैं जानता हूँ, तुमने भी जातिवाद में कभी विश्वास नहीं किया। तुम्हें ये फिक्र है कि शीना वहाँ कैसे मैनेज करेगी। तो पायल हमारी बेटी इतनी कमजोर नहीं है। मुझे पूरा भरोसा है उस पर, वह सबकुछ सँभाल लेगी। वह पढ़ी-लिखी, समझदार है। तुम मेरी बात ध्यान से सुनो। वह हमारी इज्जत करती है, प्यार करती है। इसलिए वह तब तक शादी नहीं करेगी, जब तक हम मान नहीं जाएँगे। तो क्या ये हमारा फर्ज नहीं कि हम उसके प्यार का सम्मान करें। अगर उसकी शादी धवल से न हुई तो वह कहीं भी शादी नहीं करेगी। क्या उम्र भर तुम उसे घर में कुँआरी बैठाओगी? नहीं न। तो फिर हामी क्यों नहीं भरतीं? सबसे बड़ी बात वह बहुत पढ़ा-लिखा परिवार है। जहाँ इतने पढ़े-लिखे लोग होंगे, वहाँ शिष्टता में कोई कमी नहीं होगी। शीना चाहती तो हमारी मर्जी के खिलाफ जाकर भी शादी कर सकती थी, लेकिन वह हमें समझने के लिए, मानने के लिए पूरा समय दे रही है तो क्या हमें नहीं

समझना चाहिए? ये भी ध्यान रखना चाहिए कि जबरदस्ती करने पर कोई गलत कदम न उठा ले। मसलन घर छोड़कर चली जाए या अपनी जिंदगी के साथ ही कुछ कर बैठे। क्या ये बोझ तुम उठा पाओगी? हालाँकि मुझे अपनी बेटी पर विश्वास है कि वह ऐसा कोई काम नहीं करेगी। इसलिए अपने विश्वास और उसकी समझदारी का नाजायज फायदा नहीं उठाना चाहिए। हम माता-पिता हैं पायल। हमारी बेटी है वह। बचपन से आज तक उसकी खुशियों के लिए हमने सबकुछ किया तो ये तो उसकी जीवन भर की खुशियों का सवाल है। क्या आज हमें पीछे हटना चाहिए? अगर हम ही उसे नहीं समझेंगे तो कौन समझेगा? हमें समझना होगा कि जीवन बच्चों को गुजारना है, हमें नहीं।

"वैसे भी वह कोई अनोखा काम करने नहीं जा रही। सदियों से प्रेम विवाह और अंतरजातीय विवाह होते आए हैं। प्राचीन समय में गंधर्व विवाह भी तो होते थे। तो आज जब हम इतनी तरक्की कर चुके हैं तो हम ये सब क्यों सोच रहे हैं कि समाज क्या कहेगा? इसकी जगह ये महत्त्वपूर्ण है कि हमारे बच्चे क्या चाहते हैं। अगर वे दुःखी होकर जीवन गुजारेंगे तो समाज दुःख बाँटने नहीं आएगा। ये सच है, हम समाज में रहते हैं, लेकिन समय के साथ-साथ सोच बदलती है, परिवर्तन भी होते हैं। अगर ऐसा न होता तो आज हमारा समाज वहीं रहता, जहाँ प्राचीन समय में था। ये सब सोच और परिवर्तन का ही परिणाम है कि हम तरक्की कर रहे हैं। हमने भी चीजों को वैसे कहाँ देखा, जैसे हमारे माता-पिता देखते थे? तो हम ये कैसे उम्मीद करें कि हमारे बच्चे दुनिया को हमारी नजर से देखेंगे। उनकी अपनी सोच, अपना नजरिया है। समय की माँग है कि हम अपने में बदलाव लाएँ। ऐसा न हो कि वे हमारी जिद के कारण कोई गलत कदम उठा लें और हम पछताते रहें। हम उन्हें समझा सकते हैं। अच्छे-बुरे के बारे में बता सकते हैं, लेकिन उन पर फैसले थोपना ठीक नहीं। जहाँ गलती करेंगे तो उन्हें सुधारना हमारा फर्ज है, लेकिन ये कोई गलती नहीं है। केवल समाज और खोखली परंपराओं की खातिर उनकी खुशियों का गला घोंटने के खिलाफ हूँ मैं। हमारे बच्चे खुश

रहें, इसके अलावा हमें क्या चाहिए? तुम्हारी सभी बातें मानता हूँ, पर इस बार तुम्हें मेरी बात माननी होगी। तो अपनी जिद छोड़ो, पायल।'

"लेकिन··· ?"

जैसे ही आशु की माँ ने लेकिन कहा, तुरंत उसके पापा ने कहा, "लेकिन-वेकिन कुछ नहीं। वह अपनी खुशी से जीना चाहती है, उसे जीने दो। समय बदल रहा है। वह हमारी सहमति को इतना मान दे रही है तो हमें भी बड़प्पन दिखाना चाहिए।"

□

44

बच्चों के हाथ में रुपए नहीं संस्कारों की पोटली दीजिए

धवल के घर से लौटकर पायल और धर्मेश ने शीना को बताया कि धवल के साथ उसकी शादी की बात पक्की कर आए हैं तो वह बिना कुछ बोले माँ से लिपट गई। उसकी माँ ने उससे धीरे से पूछा, "शीना, अब तो तुम खुश हो ना?" और शीना ने माँ की तरफ देखकर धीरे से सिर हिलाया और वापस उससे लिपट गई। फिर उसकी माँ ने उसके पिता से कहा, "अच्छा हुआ समय रहते आपने मुझे मेरी गलती का एहसास करा दिया, वरना शीना के चेहरे पर मैं ये मुसकान नहीं देख पाती।"

"नहीं पायल, मैंने कुछ नहीं किया। तुम्हारी बेटी ही इस बधाई की असली हकदार है और वह इसलिए कि ये संस्कार तुमने ही उसे दिए हैं। तुम्हारी बातें जो तुम खुद ही भूल गई थीं, लेकिन वह नहीं भूली और उसने हार भी नहीं मानी। सबसे बड़ी बात कि शीना ने जो समझदारी दिखाई। इसमें भी कहीं-न-कहीं तुम्हारे दिए संस्कार ही हैं। गलती करना जुर्म है तो गलती सहना, उसका विरोध न करना उससे भी बड़ा अपराध है और पति-पत्नी दोनों का ये फर्ज बनता है कि दोनों में से कोई भी गलत रास्ते पर हो तो उसे सही रास्ता दिखाए। मैंने भी वही किया, जिन बातों से कोई फर्क नहीं पड़ता, उनमें तुम्हारी बातें मैंने अकसर मानी हैं, लेकिन इस बात में मैं तुम्हारा साथ नहीं दे सका, क्योंकि तुम्हारी सोच गलत दिशा में जा रही थी। जिन मुद्दों को तुम उठा रही थीं, वे बेवजह थे।" आशु के पापा ने कहा।

"तभी तो कह रही हूँ कि आपने समय रहते सँभलने का मौका दिया मुझे। यही समझदारी पति-पत्नी की पहचान होती है। एक गलती करे तो दूसरे का फर्ज बनता है कि उसे सही रास्ता बताए। हमेशा आँखें बंद करके बात मानना प्यार नहीं होता।" पायल ने कहा।

आशु और झिलमिल भी खुश थे। आखिर इतने दिनों के तनाव के बाद घर में खुशी का माहौल था। आशु ने कहा, "एक बात बिल्कुल स्पष्ट है कि वही घर खुशहाल हो सकते हैं, जहाँ परिवार के सदस्य मसलन माता-पिता और बच्चे एक-दूसरे को बेहतर तरह से समझते हों। जहाँ दोनों ही एक-दूसरे की खुशियों का खयाल रखते हों। जहाँ पर बच्चे उतावलापन दिखाते हैं, वहीं स्थितियाँ खराब होती हैं। आजकल के बच्चे तो चाहते हैं कि उनके मुँह से कुछ भी निकले, वह उसी समय पूरा हो जाए और जब पूरा नहीं होता, तो भावनात्मक रूप से ब्लैकमेल करते हैं। गलत रास्ते अपनाते हैं।"

"नहीं आशु, ऐसा आज के बच्चों में नहीं हममें भी ये बात थी। जब तक हमारी बात पूरी नहीं होती थी, हम खाना-पीना छोड़ देते थे। रोते रहते थे। अपनी बात मनवाकर ही दम लेते थे।" दीपा ने कहा।

"नहीं दीपा दीदी, उस समय और आज के समय में फर्क है। तब हमारी जायज जिदें ही पूरी होती थीं और अगर हमारी जिद पूरी नहीं होती थी तो हम कोई ऐसा कदम नहीं उठाते थे, जिससे किसी को तकलीफ हो और सबसे बड़ी बात हम घरवालों के समझाने पर मान जाते थे। ऐसा आज क्यों नहीं है? आज अगर माता-पिता बात नहीं मानते तो बच्चे ऐसा कदम उठा लेते हैं, जिससे माता-पिता और घरवालों को जिंदगी भर का अफसोस रहता है कि काश, बात मान ली होती। इस तरह की घटनाओं से तो माता-पिता पर दबाव बना रहता है कि उनके बच्चे कहीं कोई गलत कदम न उठा लें और इस डर में उन्हें कभी-कभी गलत माँगों के आगे भी झुकना पड़ता है। हमारे माता-पिता ने भी तो हमें सँभाला है, फिर हम क्यों नहीं सँभाल पा रहे हैं अपने बच्चों को? फर्क ये है दीदी कि पहले हमारे माँ-पापा

हमारे ऊपर ध्यान रखते थे। हमें समय देते थे। अच्छी-अच्छी ज्ञानवर्धक कहानियाँ सुनाते थे और कहानी की कितनी ही किताबें और मैगजीन लाते थे। आज क्या है कार्टून, वीडियो गेम या इंटरनेट पर गेम खेलने के सिवाय? पापा-मम्मी दोनों जॉब करते हैं और बच्चों को नौकर ही सँभालता है और उसकी हिम्मत कहाँ कि बच्चों को मनमानी करने से रोके। आज माता-पिता के पास बच्चों की फरमाइश पूरा करने के लिए रुपया है, लेकिन उनके साथ समय गुजारने के लिए वक्त नहीं है। निचले तबके के लोग भी काम के चक्कर में सुबह से शाम तक बाहर रहते हैं, मध्यम वर्गीय परिवार भी कमाने के चक्कर में बाहर रहते हैं और उच्च वर्ग के लोगों के पास अपने इतने सारे अप्वाइंटमेंट होते हैं कि उन्हें घर में साथ बैठकर खाना खाने तक कहीं फुरसत नहीं होती। वे बच्चों को रुपयों के ढेर पर बड़ा करते हैं। आप जानती हैं दीदी, हमारे एम.डी. हैं मि. बरुआ। उनका बड़ा बेटा, जो 19 साल का है, वह ड्रग एडिक्ट हो गया है। साथ ही मि. बरुआ के ऑफिस जाने के बाद उनके ही बार में बैठकर ड्रिंक करता है। उनकी महँगी-महँगी सिगरेट पीता है। एक बार स्कूल से रेस्टीकेट भी हो चुका है। बच्चों के हाथ में रुपए नहीं, संस्कारों की पोटली थमानी होगी, तभी वे बेहतर इनसान बनेंगे और इसके लिए सबसे बड़ी जिम्मेवारी माँ की बनती है कि वह किस तरह से बच्चों को पालती है, किस तरह के संस्कार देती है, कैसे बच्चों की आदतों में सुधार लाती है। अच्छे-बुरे का ज्ञान कराती है।" आशु बात ही कर रहा था कि धवल का फोन आ गया। उसने कहा, "भइया एक बात कहना चाहता हूँ। आंटी-अंकल से तो माँ-बाबा बात नहीं कर सके, मगर वे एक बात कहना चाह रहे हैं।" इतना कहकर धवल चुप हो गया।

आशु ने कहा, "बेझिझक बोलो और मुझे अपना बड़ा भाई समझो। बताओ, बात क्या है?"

उसने थोड़ा हिचकिचाते हुए कहा, "माँ-बाबा चाहते हैं कि शादी दिन में हो, रात में नहीं। रात में शादी होने से अनावश्यक बिजली खर्च होगी और रुपए भी। इसलिए शादी दिन में हो और दोनों परिवारों की तरफ से

मिलकर एक पार्टी दे दी जाए, जिससे खर्चा भी कम पड़ेगा और समय भी बचेगा।" धवल ने कहा।

"ठीक है, लेकिन मैं एक बार माँ-पापा से बात कर लूँ, क्योंकि घर में उनका फैसला ही अंतिम फैसला होगा।" आशु ने तभी पापा को फोन करके उन्हें पूरी बात बताई तो उसके पापा ने भी अपनी सहमति दे दी।

□

45

परिवार में आपसी व्यवहार भी प्रभावित करता है बच्चों को

परिवर्तन प्रकृति का नियम है और जहाँ हम इस नियम की अनदेखी करते हैं, सारी परेशानियाँ वहीं से शुरू होती हैं। प्रकृति अगर परिवर्तन न करे तो सोचिए जीवन कैसे चलेगा? सर्दी, गरमी, बरसात, बसंत, फल-फूल सबमें परिवर्तन के गुण हैं। ये परिवर्तन न हों तो क्या हम जी पाएँगे? तो क्यों नहीं, हम अपने व्यवहार में परिवर्तन लाते हैं। बुजुर्ग क्यों चाहते हैं कि जैसे उनका परिवार आज से बीस-तीस साल पहले चल रहा था, वैसे ही आज भी चले। समय के साथ सबकुछ बदल गया है। पहले महिला की सीमा रसोई से शुरू होकर रसोई में ही खत्म हो जाती थी। बच्चे पालना और घर सँभालना यही उनकी प्राथमिकता थी। मगर आज नारी घर के बाहर कदम निकाल चुकी है। वह अपनी स्वयं की पहचान बनाना चाहती है। जो महिला अपने बेटे के विवाह के समय कामकाजी लड़की तलाशती है, वही महिला विवाह के बाद क्यों अपनी बहू पर सारी जिम्मेदारी डालना चाहती है। जब आप यह उम्मीद करते हैं कि अच्छे जीवनयापन के लिए बहू भी नौकरी करे तो क्या सास का कर्तव्य नहीं कि वह भी घर सँभालने में बहू को सहयोग करे। लड़का भी चाहता है कि उसकी पत्नी घर के खर्च में उसका हाथ बँटाए, तो क्या उस लड़के का यह फर्ज नहीं कि घर की थोड़ी जिम्मेदारी वह अपने ऊपर भी ले। महिला से यह उम्मीद किसलिए कि वह खाना बनाए, बच्चों को और घर को सँभाले, सास-ससुर की सेवा करे, साथ ही कमाकर भी लाए। कहीं-न-कहीं

पुरुष को भी जिम्मेदारी उठानी होगी और सास को भी समझदारी से काम लेना होगा। प्रत्येक बात के लिए अपनी बहू को जिम्मेदार न ठहराएँ। शादी के बाद परिस्थितियाँ और जिम्मेदारी बच्चों की सोच को बदल देती हैं।

अगर आप सारी जिम्मेदारी बहू पर डाल देती हैं और परेशानी में देखकर आपका बेटा आपसे कुछ कहे, तो इसकी जिम्मेदार आप अपनी बहू को ही ठहराती हैं। जब आपने अपनी गृहस्थी चलाई तो आप नौकरी नहीं करती थीं और करती भी थीं तो आज के जैसी भागदौड़ नहीं थी। ऐसी स्थिति में आपको चीजों को समझना होगा, ताकि आप संतुलन बनाकर चल सकें। एक सास, जो अपनी बहू को एक पल भी चैन से नहीं बैठने देती, उसे लगता है, बहू सारा दिन काम करती रहे, लेकिन वही माँ जब ससुराल में अपनी बेटी को काम में जुटा देखती है तो क्यों उसकी आँखों में आँसू आते हैं? अपनी बेटी को राज करते देखनेवाली माँ बहू के साथ क्यों सख्ती करती है? आपकी बेटी भी किसी की बहू है और उसे अपनी जिम्मेदारी निभाने दीजिए। लेकिन वहाँ पर ममता आड़े आती है, लेकिन बहू के साथ ममता का कोई वास्ता ही नहीं होता। इसका मतलब यह नहीं कि बहुओं को सारी छूट मिल जाती है। बहू को भी सास को माँ मानना चाहिए। उसकी डाँट को दिल से नहीं लगाना चाहिए। क्या माँ गलती होने पर नहीं डाँटती? और हमारी युवा पीढ़ी को यह भी समझना होगा कि उनके माता-पिता जिस लीक पर अब तक चलते आए हैं, उनमें एकाएक परिवर्तन संभव नहीं। आप भी उन्हें समझाएँ। कोशिश करें कि उनके सम्मान को ठेस न पहुँचे, क्योंकि अगर ऐसा नहीं हुआ तो आप खुद ही अपनी माँ और पत्नी के बीच दरार पैदा करेंगे और माँ की निगाहों में पत्नी के लिए नफरत पैदा करेंगे। आज के युवा को चाहिए कि समझदारी के साथ माँ और पत्नी के बीच सामंजस्य बिठाएँ। माँ ने आपको जन्म दिया, पढ़ाया-लिखाया, आपको नेक इनसान बनाया, अपनी इच्छाओं को मारकर आपकी जिदें पूरी कीं, तो उनकी भी तो कुछ उम्मीदें होंगी। अकसर बच्चे अपने माता-पिता से कहते हैं कि आपने हमारे लिए क्या किया? जो किया, वह तो आपका फर्ज था। सभी अपने फर्ज पूरे करते हैं, आपने भी किया, तो क्या

अलग किया? वही बच्चे यह भूल जाते हैं कि माता-पिता ने तो अपने फर्ज पूरे किए, मगर वे खुद क्या कर रहे हैं? क्या उनका फर्ज नहीं कि उम्र के इस पड़ाव पर अपने माता-पिता की लाठी बनें। जो ममता उन्हें मिली, वही ममता उनको सूद समेत लौटाएँ। पत्नी का महत्त्व होने से माँ का महत्त्व कम नहीं हो जाता। नया जीवन शुरू होने से पुराने जीवन की यादें खत्म नहीं हो जातीं।

बेटियाँ चाहती हैं कि उनकी भाभियाँ उनकी माँ का पूरा सम्मान करें। सेवा करें। माँ की बात मानें। उनसे सलाह-मशविरा करें। वही बेटी अपनी ससुराल में क्यों अपनी मर्जी चलाना चाहती है? अपने पति के दफ्तर से आते ही घर की छोटी-छोटी बातों का पुलंदा खोलकर बैठ जाती है। वही लड़की अपनी भाभी को इस व्यवहार पर सीख देती है कि उसे छोटी-छोटी बातों को मुद्दा नहीं बनाना चाहिए। तो वह क्यों अपनी ससुराल में इन बातों का ध्यान नहीं रखती? यह भी कहा जाता है कि शादी के बाद बेटा दूसरा हो जाता है और बहू तीसरी। बस बेटी ही माँ-पिता का खयाल रखती है। यह बात अमूमन प्रत्येक बेटी के बारे में कही जा सकती है। क्या ये बेटियाँ किसी की बहू नहीं? यानी अपनी ससुराल में सभी का व्यवहार एक जैसा होता है। आप जैसा व्यवहार अपने भाई की पत्नी से चाहती हैं, वही व्यवहार आपको अपनी ससुराल में करना चाहिए। तभी आपके बच्चों में प्यार व सम्मान के संस्कार पनपेंगे। याद रखिए, आपका बचपन तभी तक है, जब तक आपके माता-पिता जीवित हैं। उसके बाद आपको आपके बचपन के किस्से कोई नहीं सुनाएगा। आप अपने बच्चों के बचपन का हिस्सा बनकर रह जाएँगे। आज के युवा माता-पिता पर समाज का दारोमदार टिका हुआ है। परिवार को साथ लेकर चलने की जिम्मेदारी है। इसीलिए उन्हें हर कदम सोच-समझकर उठाना होगा, ताकि परिवार में आपसी प्रेम बना रह सके और बच्चों में भी प्रेम की भावना भर सके।

□

46

घर के वातावरण से प्रभावित होता है बच्चे का आचरण

एक मकान ईंट, बालू और सीमेंट से बनता है, मगर घर तभी तक घर रहेगा, जब घर के सदस्य प्रेम से रहेंगे। उनके व्यवहार का असर केवल बड़ों को ही प्रभावित नहीं करता, बल्कि बच्चों के बीच भी मन-मुटाव बढ़ते जाते हैं। अगर इसका असर बड़ों तक ही सीमित रहता तो ठीक था, मगर बड़ों के आचार-व्यवहार बच्चों पर भी असर डालते हैं, बल्कि बच्चे सबसे ज्यादा प्रभावित होते हैं। उनको सही-गलत की समझ नहीं होती। कभी उन्हें माँ-पापा पर गुस्सा आता है तो कभी अपने बुजुर्गों पर। आप कभी न सोचें कि इन सब बातों का असर बच्चों पर नहीं पड़ेगा। घर के सदस्यों के बीच के आपसी झगड़े में अकसर बच्चे पिसते हैं। अगर वे कुछ कह नहीं सकते या अपनी प्रतिक्रिया नहीं दे सकते तो आप यह मत समझिए कि उन पर घर के वातावरण का, घर में चल रहे झगड़ों का असर नहीं पड़ेगा। बच्चों का दिमाग कोरी फ्लॉपी होता है, जिसमें चीजें फीड होती रहती हैं। उसके दिमाग में ये बातें कहीं-न-कहीं स्टोर होती रहती हैं, जो आगे चलकर परेशानी खड़ी कर सकती हैं और जब बड़े होने पर आप उसका बदला हुआ व्यवहार देखते हैं तो कहते हैं कि हमने तो ये संस्कार दिए ही नहीं, तो फिर कहाँ से सीखा उसने। आप भूल जाते हैं कि बच्चे की प्रथम पाठशाला उसका घर होता है। बड़ों की इज्जत करना, सम्मान करना, उन्हें जवाब देना, उनसे बदतमीजी से पेश आना, कहना न मानना, अपनी मनमानी करना ये सब वह घर से ही सीखता है। जैसा

व्यवहार आप अपने माँ-पिता से करेंगे, कल को वही व्यवहार आपके बच्चे आपके साथ भी दोहरा सकते हैं। तब आप किस्मत को दोष देंगे या सारा दोष उसकी संगत पर मढ़ देंगे। इसलिए हमेशा ध्यान रखें कि बच्चे पर ज्यादा असर घर का ही होता है, उस पर संगत का असर भी होता है, मगर घर के वातावरण का प्रभाव बहुत महत्त्वपूर्ण है। कोशिश करिए, उसके सामने प्यार और सद्‌भावना का माहौल बना रहे।

दादी-बाबा कभी भी उसका इतना पक्ष न लें कि उसे मम्मी दुश्मन लगने लगे और न ही आप उसे बाबा-दादी के खिलाफ भड़काइए। बात आप बड़ों के मतभेदों या झगड़ों की नहीं है, बल्कि बच्चों के भविष्य की है, उन पर पड़ने वाले असर की है। क्या बच्चों की खातिर आप अपने व्यवहार पर काबू नहीं रख सकते। बच्चों की बातों को बच्चा समझकर ही लीजिए। यह मत समझिए कि वह सिखाने-पढ़ाने की वजह से ही जवाब दे रहा है और आपको ऐसा लगता है तो आप उसे प्यार से समझा सकते हैं। प्यार से समझाएँगे तो वह चीजों को जल्दी ही समझ लेगा। डाँटना-मारना समस्या का हल नहीं हो सकता। अगर आप अपने माँ-पिता से प्यार से बात नहीं करते हैं और यही व्यवहार आपका नन्हा-सा बेटा आपसे करे और आप उसे समझाते हैं कि ऐसे नहीं बोलते। इस पर आपका बच्चा आपको यह जवाब देता है कि आप भी तो दादी से ऐसे ही बोलते हो तो आपके पास क्या जवाब रहेगा। इसलिए बच्चों को सुधारने से पहले आपको स्वयं को सुधारना होगा। अपनी मर्जी उस पर थोपनी नहीं होगी।

एक छोटा सा किस्सा है। एक बेटा बड़ा हुआ, उसकी शादी हुई और फिर वह एक बच्चे का पिता भी बन गया। उसके माता-पिता भी उसके साथ रहते थे। उम्र के साथ माता-पिता का स्वास्थ्य गिरने लगा। डॉक्टर ने कहा, "उनकी विशेष देखभाल की जरूरत है और साथ ही अच्छे खाने, फल और दूध की भी।" मगर बेटा अपने माता-पिता की यह जरूरत पूरी नहीं कर पा रहा था। जब बेटे के पिता ने अपने बेटे से कहा, "मुझे न सही कम-से-कम अपनी माँ को ही दिन में एक सेब और एक गिलास दूध दे

दिया करो तो बेटे का जवाब था कि पापा महँगाई इतनी है कि सेब अस्सी से सौ रुपए किलो और दूध पैंतीस रुपए लीटर है। घर में डेढ़ लीटर दूध ही पूरा नहीं पड़ता और सेब भी लाता ही हूँ, पर इससे ज्यादा मैं अफोर्ड नहीं कर सकता। बच्चे को इन सब चीजों की ज्यादा जरूरत है। इससे ज्यादा का सामान लेना मेरे बजट के बाहर है।" उसके पिता ने कहा, "तुम्हारी माँ को भी अच्छी खुराक की जरूरत है। डॉक्टरों ने भी यही कहा है।" तो उसके बेटे ने कहा, "पापा, आपने भी अपने बच्चों की जरूरत देखी थी। दादी को भी उस अवस्था में अच्छी खुराक चाहिए थी, मगर आपने हमारी परवरिश में कमी नहीं रखी तो आज क्या मुझे भी अपने बच्चों की जरूरतों का ध्यान नहीं रखना चाहिए? उन्हें इन सब चीजों की ज्यादा जरूरत है। उनकी बढ़ती उम्र है, अगर उन्हें इस वक्त ये खुराक नहीं मिली तो उनकी ग्रोथ कैसे होगी और ये तो आप भी नहीं चाहेंगे कि उन्हें कोई परेशानी हो। आखिर आपका पोता है। आप भी उसकी खुराक में कमी नहीं होने देंगे।"

कहने का मतलब यह है कि आपका आज का व्यवहार आपका कल बनाता है। आपके कल की बुनियाद आज के कर्मों पर होती है और उस पर घर बनाने का कार्य आपके बच्चे करते हैं। ये निर्माण कार्य वे आपसे ही सीखते हैं। अपने बच्चों की परवरिश में कोई कमी नहीं रखिए। आप जैसा व्यवहार उनसे चाहते हैं, वही व्यवहार अपने माता-पिता से करिए। कच्ची उम्र में ही कुछ बातें पक्के रूप से दिमाग में घर कर जाती हैं। बच्चों का आज आप हैं। आप उन्हें अपने कल के लिए तैयार करिए। ये संस्कार उन्हें आप बचपन से ही दीजिए। अपने बच्चों के सामने अपने माता-पिता को पूरा सम्मान दीजिए। बच्चे को केवल माता-पिता ही नहीं, घर के सारे सदस्य मिलकर पालते हैं और अच्छे-बुरे का ज्ञान कराते हैं।

□

47

जहाँ चाह, वहाँ राह

झुग्गी-झोंपड़ियों में रहनेवाले बच्चों को पढ़ाने की शुरुआत आशु-झिलमिल ने तारा नगर झोंपड़पट्टी के इलाके से की। वे दोनों वहाँ कई लोगों से मिले और उन्हें बताया कि वे उनके बच्चों को पढ़ाना चाहते हैं। इस पर कुछ लोगों ने तो साफ इनकार कर दिया कि वे अपने बच्चों को पढ़ने के लिए नहीं भेजेंगे, क्योंकि उनके बच्चे सुबह से शाम तक होटल में काम करते हैं। आशु ने समझाया, "अभी आपके बच्चों की उम्र पढ़ने-लिखने की है। आपका फर्ज है कि आप उन्हें पढ़ाएँ और हम इसीलिए आए हैं कि आपके बच्चों को पढ़ाएँ। उन्हें अच्छी बातें और देश-दुनिया के बारे में बताएँ।"

इस पर कुछ लोगों ने कहा, "साब, उन्हें पढ़ाकर हमें क्या मिलेगा? वे चार पैसे कमाकर लाएँगे तो घर के लिए साग-सब्जी आ जाएगी। आप हमें कमाकर तो दोगे नहीं, वह तो हमें खुद ही कमाना पड़ेगा। इसलिए साब, हम तो न पढ़ाएँगे अपने बच्चों को। हमें रोटी की जरूरत है, पढ़ाई की नहीं।"

इस पर झिलमिल ने कहा, "क्या आप नहीं चाहते कि आपके बच्चे पढ़ें? क्या आप अपने बच्चों को एक अच्छा इनसान नहीं बनाना चाहते?"

"हम तो चाहते हैं, मैडमजी, पर हमारे घर का खरच कैसे चलेगा? आप पढ़ा ही तो सकते हो, कमाना तो हमें ही पड़ेगा न, मेमसाब? हम तो नहीं पढ़ा पाएँगे।"

मगर उनमें से कुछ लोगों ने कहा, "वे अपने बच्चों को पढ़ाना चाहते हैं, मगर उनके पास किताब खरीदने और स्कूल में दाखिला कराने के लिए रुपए ही नहीं हैं।"

इस पर आशु ने कहा, "आप उसकी चिंता मत करिए। हम बच्चों के लिए कॉपी-पेंसिल और किताबों का इंतजाम भी करेंगे। आप कुछ और लोगों से बात करके बच्चों को तैयार करिए। हम लोग अगले संडे को आएँगे और बच्चों को पढ़ाना शुरू करेंगे। और हाँ, अगर आप बड़े लोगों में से जो भी पढ़ना चाहते हैं, वे आकर बैठ सकते हैं।" लौटते वक्त दोनों के चेहरे पर खुशी थी। आज उन्होंने एक नई पहल की थी।

झिलमिल ने सोसाइटी की अपनी दोस्तों के साथ मिलकर एक-एक दिन सोसाइटी में ही बच्चों को पढ़ाने का निर्णय किया। इसके लिए उन्होंने वहाँ काम करनेवाली बाइयों से अपने बच्चों को लाने के लिए कहा। सोसाइटी की चार महिलाएँ इस कार्य में सहयोग देने के लिए तैयार हो गईं और उन्होंने घर पर रहकर ही पढ़ाने का जिम्मा सँभाला। पुरुषों ने तारापुर जाकर पढ़ाने की जिम्मदारी उठाई। यह निर्णय किया गया कि छह लोग रविवार को तारापुर जाएँगे और झिलमिल समेत पाँच महिलाएँ बच्चों को सोसाइटी में ही बुलाकर एक-एक दिन पढ़ाएँगी। इससे रोज-रोज किसी को समय नहीं निकालना पड़ेगा। घर की जिम्मेदारी निभाते हुए एक दिन दो घंटे का वक्त निकालना मुश्किल नहीं था और बच्चों को सप्ताह में पाँच दिन पढ़ने के लिए मिल जाएँगे।

आशु को अगले रविवार का इंतजार था। आशु सोसाइटी के अपने पाँच दोस्तों के साथ तारापुर पहुँचा। वहाँ केवल पाँच बच्चे ही इकट्ठा हुए थे। सब लोग थोड़ा निराश हुए, लेकिन आशु ने कहा, "कोई बात नहीं, आज पाँच बच्चे आए हैं। अगले संडे तक हो सकता है एक-दो और बढ़ जाएँ। फिर धीरे-धीरे बच्चों की संख्या बढ़ती जाएगी, लेकिन पाँच बच्चों को पढ़ाने के लिए तो एक ही व्यक्ति की जरूरत है। बाकी पाँच लोग बस्ती में जाएँ और जो लोग काम पर नहीं गए हैं, उनको इकट्ठा करके उनको साफ-सफाई और अन्य बातों के बारे में बताएँ।"

सलिल ने कहा, "मैं बच्चों की पढ़ाई करवाता हूँ और तुम लोग जाकर लोगों से बात करो, लेकिन आशु बच्चों को पढ़ाया कहाँ जाएगा? इतनी

ठंड है कि इन्हें खुले में नहीं बैठाया जा सकता।" उसने बच्चों से ही पूछा, "क्या आसपास कोई ऐसी जगह है, जहाँ तुम लोग बैठ सको, क्योंकि बाहर बहुत ठंड है और हवा भी ल॰गी।"

बच्चों ने कहा, "अंकल, यहाँ ऐसी कोई जगह नहीं है। हम लोग तो खुद ही छोटी-छोटी झोंपड़ी में रहते हैं। हमारे घर भी पक्के नहीं हैं।"

दूसरे बच्चे ने कहा, "हमें आदत है बाहर रहने की। हमें कुछ नहीं होगा, आप पढ़ाइए, अंकल।"

"नहीं बच्चो, हम ऐसा नहीं कर सकते। हम तुम लोगों को खुले में नहीं पढ़ाएँगे।" आशु ने जवाब देते हुए कहा।

"फिर हम कहाँ पढ़ेंगे, अंकल? क्या आप नहीं पढ़ाओगे हमें?"

ये बातें सुनकर और बच्चों का जोश देखकर सलिल को अच्छा लगा। तभी एक बच्चे ने कहा, "पास में एक मसजिद है। आप मौलवी चाचा से बात कर लो। वहाँ बैठकर हम पढ़ सकते हैं।"

आशु, सलिल और सभी लोग बच्चों के साथ मसजिद पहुँचे और मौलवी साहब से बात की। पूरी बात जानकर मौलवी साहब ने कहा, "आप लोग तो बड़े सबाब का काम कर रहे हैं। ये तो खुदा का घर है। यहाँ बच्चों को तालीम मिले, इससे अच्छा और क्या हो सकता है। आप आज से ही बिस्मिल्लाह करें।" उनकी तरफ से 'हाँ' होते ही बच्चे ताली बजाकर खुश होने लगे।

कहा जाता है कि जहाँ चाह होती है, वहाँ राह निकल ही आती है। शुरू में थोड़ी परेशानियाँ हो सकती हैं, लेकिन निश्चय पक्का हो तो सफलता मिलती ही है। आशु ने कहा, "आज बहुत सुखद एहसास हो रहा है, आत्मसंतोष मिल रहा है कि हम लोग कुछ अच्छा करने जा रहे हैं।"

राजीव ने कहा, "अच्छा हुआ आशु, जो तुमने इस तरह के कदम उठाने की सोची। आखिर हमारा भी समाज के प्रति दायित्व है। अगर हमारी युवा पीढ़ी के कंधों पर आज हमारे देश का भार है तो ये बच्चे हमारा भविष्य हैं और अगर हम आज के युवा माता-पिता चाहें तो देश-समाज के

विकास में, एक बेहतर समाज के निर्माण में महत्त्वपूर्ण भूमिका निभा सकते हैं। हमें अपने बच्चों के साथ-साथ कुछ और बच्चों को पढ़ाने के लिए भी आगे आना चाहिए। हम अपनी पुरानी पीढ़ी की सोच को नहीं बदल सकते, लेकिन आनेवाली पीढ़ी को रास्ता तो दिखा सकते हैं। अपने बच्चों को पढ़ाने और अच्छे संस्कार देने के साथ-साथ थोड़ा समय निकालकर हमें उन बच्चों को भी पढ़ाना चाहिए, जिनमें पढ़ने की चाहत है, मगर अभावों के कारण पढ़ नहीं पा रहे हैं। हम समाज में जागरूकता लाने का कार्य तो कर सकते हैं। अगर हम सभी थोड़ी-थोड़ी कोशिश करें तो बड़े परिणाम सामने आ सकते हैं।"

□

48

हमारे बच्चे ही हमारी संपत्ति हैं

"झिलमिल तुम सही कह रही हो। मगर तब के और आज के माहौल में फर्क है। हमारी सामाजिक, आर्थिक, राजनीतिक और सांस्कृतिक स्थितियों में व्यापक परिवर्तन हुए हैं। समय के अनुसार जरूरतें भी बदल गई हैं। पहले इक्का-दुक्का महिलाएँ ही नौकरी करती थीं। आज कामकाजी महिलाओं का प्रतिशत काफी ज्यादा है। पहले संयुक्त परिवार हुआ करते थे, आज वे भी बहुत कम हैं। संयुक्त परिवार में बच्चे कैसे पल जाते हैं, यह पता ही नहीं चलता था। घर में सात-आठ और ज्यादा भी बच्चे होते थे, मगर बच्चों को लेकर माता-पिता इतना परेशान नहीं रहते थे, बल्कि साथ में रहकर उनके संस्कारों की नींव मजबूत होती थी। मेरी माँ सात भाई-बहन थे और पापा पाँच। हम खुद चार भाई-बहन हैं, लेकिन मुझे नहीं लगता कि मेरे मम्मी-पापा हमें लेकर कभी इतना परेशान हुए हों, जितना मैं हो रही हूँ। उसकी एक वजह मेरा नौकरी करना भी है। मुझे इन्हीं हालातों में बच्चों और घर को सँभालना होगा। आज जो महिलाएँ घर-बाहर दोनों जिम्मेदारी सँभाल रही हैं, नौकरी के बाद वे कितना समय निकालेंगी कि तमाम चीजें बना सकें। छुट्टी के दिन कामों की इतनी लंबी लिस्ट होती है कि उन्हें पूरा करने में ही समय निकल जाता है, तो वे अतिरिक्त समय कैसे निकालें? सास-ससुर साथ रहते ही नहीं और रहते भी हैं तो सास कोई मदद नहीं करना चाहती। ऊपर से अगर उन्हें समय पर खाना-नाश्ता न मिले, तो बस बातें अलग से सुननी पड़ती हैं। आज भी ज्यादातर घरों में बहू को लेकर सास की सोच में

कोई खास बदलाव नहीं आया। हाँ, यह बात अलग है कि जब हमारी पीढ़ी सास बनेगी तो स्थितियाँ बदली हुई होंगी। इसीलिए तब के और आज के परिवेश में बच्चों की परवरिश में ढेर सारे परिवर्तन दिखाई देते हैं। जब पूरा परिदृश्य ही बदल गया है तो किरदार भी तो बदलेंगे ही और उनके क्रिया-कलाप भी।

"आज फ्लैट कल्चर है। छोटी-छोटी जगहों पर कई मंजिला इमारतें बन रही हैं। खेलने के मैदान और पार्क खत्म ही हो गए हैं, वरना थोड़ी-थोड़ी दूर पर पार्क हुआ करते थे, जहाँ सभी बच्चे खेला करते थे; और अगर पार्क हैं भी तो बच्चों को अकेले भेजना उचित नहीं। अनहोनी की आशंका सिर उठाए रहती है। छोटी बच्चियाँ कब-कैसे दरिंदों की हवस का शिकार हो जाएँ, कुछ कहा नहीं जा सकता। कब बच्चों का अपहरण हो जाए, पता नहीं! कहीं भी नजरों से दूर होने पर बच्चे सुरक्षित नहीं हैं। हमें सीमित परिवेश में ही बच्चों को पढ़ाना, बड़ा करना होगा और ये हालात पिछले कुछ वर्षों में बदले हैं। बढ़ती जरूरतें, पैसा कमाने की होड़, सुख-सुविधाओं के साथ ऐश-ओ-आराम की ख्वाहिशों ने सारा ध्यान रुपया कमाने पर लगा दिया है। बच्चे कहाँ जा रहे हैं, क्या कर रहे हैं, किस संगत में पड़ गए हैं, यह देखने का समय ही नहीं रहा हमारे पास।" शगुन ने कहा।

"हाँ शगुन दी, बच्चे हमारे हैं और उनकी देखभाल हमें ही करनी होगी। अगर महिलाएँ इतनी ही महत्त्वाकांक्षी हैं, उनका कॅरियर इतना ही जरूरी है तो बच्चों को जन्म ही नहीं देना चाहिए। बच्चों ने तो कहा नहीं कि उन्हें इस दुनिया में लाओ और अगर जन्म दिया है तो उन पर पूरा ध्यान देना चाहिए। ज्यादा कमाने के चक्कर में बच्चों पर ध्यान न देने से भी तो कुछ हासिल नहीं होगा। जिनके लिए कमाया जा रहा है, वही बिगड़ जाएँगे तो क्या फायदा ऐसे कमाने का? पैसा-रुपया हो, मगर सुख-चैन न हो तो ऐसी दौलत किस काम की? हमें समझना होगा कि हमारी संपत्ति हमारे बच्चे हैं। अगर वे बन गए तो हम-सा धनवान कोई नहीं और यदि

बिगड़ गए तो हम-सा कंगाल भी कोई नहीं होगा। मकान-बिजनेस खड़ा कर लिया, दिन-रात एक कर धन-दौलत भी जुटा ली, बच्चों के लिए सारे ऐश-ओ-आराम मुहैया करा दिए, लेकिन बच्चों को ही अच्छा इनसान न बना पाए तो ऐसी धन-दौलत की कीमत फूटी कौड़ी की भी नहीं? रुपए-पैसों से वस्तुएँ खरीदी जा सकती हैं, पर संस्कार नहीं दिए जा सकते। उनके लिए सुख-सुविधाएँ लाकर दी जा सकती हैं, लेकिन उन्हें समझदार इनसान एक जिम्मेदार माता-पिता ही बना सकते हैं। जिसके लिए हमें उन्हें समय देना होगा। अगर हम बच्चों को किशोरावस्था में सँभाल लें तो फिर आगे कोई समस्या नहीं होगी। यही समय है उन्हें सही राह दिखाने का, अच्छे-बुरे में फर्क बताने का। इस उम्र में अगर बच्चा सँभल जाएगा तो फिर वह कभी नहीं बिगड़ेगा। किशोरावस्था में बच्चों पर सबसे ज्यादा ध्यान देने की जरूरत होती है। यह उमर ही बहकने की होती है। नए एहसास, नए बदलाव सामने होते हैं, जिनके बारे में कोई जानकारी नहीं होती। बस, अधकचरा ज्ञान और जानने की उत्सुकता होती है। उनके सामने नई दुनिया होती है, जिसे वह अपने चश्मे से देखना चाहते हैं। बच्चे अपने आप बातों को समझेंगे, यह सोचना भी व्यर्थ है। बच्चों को तन-मन दोनों से स्वस्थ बनाना माँ-पिता की जिम्मेदारी है और आज के पापाओं को बच्चों के लिए खुद को टॉफी-चॉकलेट बनाने से रोकना होगा। पत्नी की राय लेनी होगी। बच्चों को बिगाड़ने में नहीं, बल्कि सँभालने में पत्नी का सहयोग करना होगा। बच्चों की किसी भी समस्या को मिलकर सुलझाना होगा।" झिलमिल ने कहा।

"तू एक बात भूल रही है कि केवल पिता ही नहीं, कभी-कभी माँ भी जिम्मेदार होती है बच्चों को बिगाड़ने में। जरूरत से ज्यादा लाड़-प्यार और पति से छुपकर बच्चों को पैसा देना, पति को बिना बताए बच्चों की बातें मानना, बच्चों की तरफदारी करना, बच्चों का माँ से यह कहना कि पापा को मत बताइएगा, ये तरीके एकदम गलत हैं। खासकर बेटों के मोह में माँ आँखों पर पट्टी बाँध लेती है। इस तरह से बच्चों को दो रास्ते मिल जाते

हैं। उनके पास दो चैनल हो जाते हैं। किसी-न-किसी रास्ते से वह बचकर निकल जाते हैं। अगर घर में बड़े-बुजुर्ग हैं तो डाँट-फटकार से बचने का मजबूत साया उनके पास होता है। उनके पास विकल्प होते हैं और ये विकल्प हम ही उन्हें देते हैं। बच्चे हमें मैनेज करने लगते हैं, जबकि हमें ही उन्हें मैनेज करना चाहिए।" शगुन ने कहा।

□

49

बच्चों के मन में डर नहीं सम्मान होना चाहिए"

"मैं अपनी तरफ से पूरी कोशिश कर रही हूँ झिलमिल कि बच्चों की परवरिश बेहतर तरीके से कर सकूँ। उनको सही-गलत के बीच का फर्क भी समझाती हूँ, लेकिन जब बच्चे बड़े हो रहे होते हैं तो बहुत सारी बातें वे खुद समझना चाहते हैं। बात-बात पर मेरा बेटा अब यह कहता है कि मैं बच्चा थोड़े ही हूँ। मैं खुद कर लूँगा, मैं खुद समझ लूँगा। वह अपने स्कूल की बातें, अपने दोस्तों की बातें मुझसे बताता है। हम भी उससे पूछते हैं कि स्कूल में क्या हुआ? अकसर रात में हम लोग उससे उसके बारे में, उसका दिन कैसे गुजरा इस बारे में पूछते हैं और वह अपनी सारी बातें बताता है, लेकिन कभी-कभी लगता है कि वह हमसे कुछ छुपा रहा है।" शगुन ने कहा।

"शगुन दी, वह छोटा नहीं रहा। उसकी भी प्राइवेसी होगी। हर बात तो आपसे शेयर नहीं करेगा। बहुत सारी बातें ऐसी होंगी, जिनका जिक्र वह अपने दोस्तों में ही करना चाहेगा। हाँ, उसके दोस्तों पर, उसकी संगत पर तो आपको नजर रखनी होगी। वह किसके साथ ज्यादा रहता है। किसके बारे में ज्यादा बातें करता है। कहीं ज्यादा तनाव में तो नहीं रहता। स्कूल से आने के बाद कहीं ऐसा तो नहीं कि उसका मूड ज्यादा अपसेट रहता हो। इन सब बातों पर आपको ध्यान देना होगा। आपको उसके साथ

दोस्त बनकर रहना होगा। एक अच्छे दोस्त की तरह ही उसकी सारी बातें समझनी होंगी। उस पर कोई भी दोष थोपना नहीं होगा। आप जानती हैं न दी कि अपना दोस्त कितना भी गलत क्यों न हो, पर हम उसकी गलती नहीं मानते। उसके दु:ख में दु:खी होते हैं, उसका साथ देते हैं। उसके हर कदम पर उसका साथ देने का प्रयास करते हैं। इस उम्र की कच्ची समझ इतनी ही होती है। उसकी हर ख्वाहिश पूरी हो, इसके लिए हम सही-गलत सारे तरीके इस्तेमाल करने लगते हैं, क्योंकि हम अपने दोस्त को दु:खी नहीं देखना चाहते। हम जब छोटे थे तो हम भी ऐसा ही करते थे, क्योंकि बच्चों को सही-गलत की पहचान नहीं होती और दोस्त की हर तरह से मदद करना चाहते हैं। यह समझ समय के साथ मिलती है। उस समय उचित-अनुचित का ध्यान नहीं रहता। बस, दिमाग में एक ही बात रहती है कि हमारा दोस्त, हमारी सहेली दु:खी न हो, लेकिन बच्चों के दोस्त बनकर हम एक समझदार दोस्त होने का फर्ज निभा सकते हैं। अपने बच्चों की, मतलब अपने सबसे छोटे दोस्तों की खुशियों का ध्यान बेहतर तरीके से रख सकते हैं और उन्हें सही रास्ता दिखा सकते हैं। बच्चों में हमारे लिए, अपने पापा-मम्मा के लिए सम्मान होना चाहिए, न कि डर। बच्चों का अपने माता-पिता से जरूरत से ज्यादा डरना उचित नहीं।

"कुछ माता-पिता अपने बच्चों को इतना डराकर रखते हैं कि उनको देखते ही उनके हाव-भाव और क्रियाकलाप दोनों बदल जाते हैं। पिता घर में आए नहीं कि बच्चे किताब लेकर बैठ गए। चाहे उस समय उनका ध्यान एक प्रतिशत भी पढ़ने में न लगे, लेकिन पिता के डर से, उनके बेवजह चिल्लाने के कारण घर में कर्फ्यू लग जाता है। माँ भी सहम जाती है। पिता के घर में प्रवेश करते ही घर का खुशनुमा माहौल बोझिल बनकर रह जाता है। इस तरह के गुस्से से बचना चाहिए। ऐसा तब भी होता है, जब बच्चे माँ से भी डरते हैं। उन्हें लगता है कि माँ चिल्लाएगी तो दिखाने के लिए वे किताब लेकर बैठ जाते हैं। किसी भी काम से माँ घर से बाहर निकली और बच्चों की मस्ती शुरू हो जाती है। ऐसी स्थिति बिल्कुल भी ठीक

नहीं है। काम अकसर वही सफल होते हैं, जो डरकर नहीं, बल्कि दिल से किए जाएँ। अगर बच्चे में डर रहेगा तो वह किसी भी काम में मन नहीं लगा सकेगा और जिसमें मन ही नहीं लगेगा तो आप कैसे उम्मीद करेंगी कि वह ठीक से पूरा होगा? आधी-अधूरी कोशिशें कभी सफल नहीं होतीं।

"शगुन दी, अपने ऑफिस की मिसेस तनेजा को तो जानती ही हैं आप? वे बताती थीं कि उनके बच्चे कितना कहना मानते हैं, कितने अच्छे हैं, सारे दिन पढ़ते रहते हैं, लेकिन उनके बच्चों का परसेंटेज कभी अस्सी प्रतिशत से ऊपर नहीं गया। ये हमारे यू.पी. बोर्ड का प्रतिशत नहीं है, बल्कि आई.सी.एस.सी. का है। जहाँ नाइंटी प्रतिशत आम बात है। वह दो साल से इंजीनियरिंग के लिए तैयारी कर रहा है, मगर कहीं भी उसका सलेक्शन नहीं हुआ। इस साल पता लगा कि वह दो महीने कोचिंग ही नहीं गया और घर में किसी को पता भी नहीं चला। पता नहीं कैसे उसने मैनेज किया? उसे इंजीनियरिंग करने में कोई रुचि ही नहीं थी। वह अगर लेक्चरर बनना चाहता है, यूनिवर्सिटी में पढ़ाना चाहता है तो इसमें बुराई क्या है? क्या लेक्चरर बनना बुरी बात है? क्या केवल इंजीनियर बनकर ही नाक ऊँची हो सकती है? लेक्चरर बनना तो बहुत सम्मानजनक है। लेकिन नहीं, मिस्टर तनेजा उसे इंजीनियर बनाना चाहते हैं और जबरन उसे उस राह पर दौड़ने के लिए कह रहे हैं, जिस पर वह चलना ही नहीं चाहता। नतीजा क्या हुआ? उसके दो साल यों ही बरबाद हो गए। उसे इंजीनियरिंग की प्रतियोगी परीक्षाएँ बोझ लगती हैं, इसलिए वह कोचिंग ही नहीं गया। दो महीने तक माँ-पिता की आँखों में धूल झोंकता रहा, लेकिन इसमें उसकी क्या गलती? जब उसका मन ही नहीं तैयार तो वह भी क्या करे? अगर उसे उसके मन के रास्ते पर चलने दिया होता, जिसमें उसका मन लगता है, वह पढ़ने दिया होता तो परिणाम कहीं ज्यादा बेहतर होते। क्या फायदा ऐसे डर का, जो बच्चों को दिल की बात कहने से रोक ले? उसको मिस्टर तनेजा ने कितना मारा था। यह डर बहुत खतरनाक है। जिस डर से बच्चा गलत रास्ते अपना ले, क्या वह डर सही है? या वह दोस्ती भरा व्यवहार

सही है, जिससे बच्चा आपको अपने दिल की बात बताए और आपके लिए मन में सम्मान रखे, अनावश्यक डर न रखे। अगर बच्चा आपसे डरेगा तो उस डर में वह सही-गलत का फैसला नहीं कर पाएगा और उस डर से बचने के लिए वह कोई-न-कोई रास्ता जरूर निकाल लेगा, चाहे वह सही हो या गलत।"

□

50

बड़े भी बच्चों के सामने मानें अपनी गलती

शारदा देवी मेहर को डाँटते हुए समझा रही थीं। तभी मेहर ने कहा, "मैंने तो वैसे ही बनाया, जैसा भाभी बता रही थीं। इसमें मेरी क्या गलती? वे मुझे ठीक से नहीं समझा पाईं, यह उनकी गलती है, मेरी नहीं।"

मेहर को बीच में टोकते हुए शारदा देवी ने कहा, "अब भी तुम अपनी गलती नहीं मान रहीं कि तुम समझ नहीं पाई। अपनी पार्टनर को दोषी ठहरा रही हो कि वे नहीं समझा सकीं! किसी को ब्लेम करने से पहले खुद को भी तो एक बार जाँच-परख लो। क्या तुम्हें बाएँ-दाएँ भी समझ नहीं आया?"

शारदा देवी ने कहा, "तुमने ही बच्चों को डाँटा था न कि क्यों शोर कर रहे हो, चुपचाप बैठकर बड़ों की बात नहीं सुन सकते और अमीम व आरजू को कहा था कि तहजीब घर छोड़कर आए हो क्या? वे तो बच्चे थे और तुम कैसे चिल्लाई थी? तुम भी तहजीब घर छोड़कर आई हो क्या?"

मेहर ने कहा, "आखिर आप डाँट क्यों रही हैं? गेम है, गलती हो सकती है। उस समय इतना शोर हो रहा था कि कुछ समझ नहीं आ रहा था, इसलिए तेज आवाज में बोलना पड़ा। बाकी भी तेज ही बोल रही थीं, इसलिए अपनी बात अपनी पार्टनर तक पहुँचाने के लिए हमें भी तेज बोलना पड़ा। इसमें क्या गलत किया? आप साबित क्या करना चाहती हैं?"

इस बार पायल ने कहा, "मेहर, तुम अब भी बहस कर रही हो, लेकिन अपनी गलती नहीं मान रही हो!"

"पायल भाभी, मैं गलत नहीं हूँ। सब चिल्ला रही थीं तो मुझे उन्हें चुप कराने के लिए चिल्लाकर बोलना पड़ा।"

तब शारदा देवी ने कहा, "मैं यह साबित करना चाहती हूँ कि तुम्हें बच्चों से उन बातों की उम्मीद है, जो तुम नहीं कर सकती; और हमें बच्चों को उन्हीं बातों को लिए टोकना चाहिए, जिसे हम बड़े भी कर सकें। उन्हें उपदेश देने से पहले वे बातें हमें अपने ऊपर लागू करने होंगे। अगर बच्चे उस समय एक्साइटमेंट में खुश होकर चिल्ला रहे थे तो तुम्हें उन्हें इस तरह सबके सामने नहीं डाँटना चाहिए था और इस तरह के शब्दों का प्रयोग तो हरगिज नहीं करना चाहिए था। जबकि तुम्हारा खुद के ऊपर कोई कंट्रोल नहीं है। मेहर, तुम बड़ी हो और समझदार भी, फिर भी अपनी गलती नहीं मान रही तो बच्चों को कैसे मजबूर कर सकती हो कि वे अपनी गलती मानें? अपनी गलती मानना इतना आसान नहीं होता। इनसान का स्वभाव है, वह आसानी से किसी के आगे नहीं झुकता और यही बात बच्चों में होती है, लेकिन यह बात उन्हें पता नहीं होती। फिर भी भाई-बहन और दोस्त अपनी गलतियाँ एक-दूसरे पर थोपते हैं। इसलिए अगर हमसे कोई गलती होती है तो हमें बच्चों के सामने ही उसे स्वीकार करना चाहिए, ताकि बच्चे भी अपनी गलती मानने में कोई संकोच न करें। तुम सब बड़ी हो और बच्चों की माँ भी। जब तुम केवल कहने भर से चीजें नहीं समझ सकतीं तो बच्चों से कैसे उम्मीद कर सकती है कि एक बार बताने पर वे तुम्हारी बात समझेंगे? आप में कितनी ऐसी माँएँ हैं, जो अपने बच्चे से ये कहती हैं कि क्या एक बार बताने पर बात समझ नहीं आती?" शारदा देवी ने सबकी तरफ देखा, मगर सभी चुप थीं। उन्होंने कहा, "मुझे यकीन है, तुम सब अकसर ही बच्चों से ऐसे कहे होंगे, मगर आज क्या हुआ? अब मैं कहती हूँ तुम सबसे कि तुम लोगों के दिमाग में कचरा भरा है क्या, जो जरा सी बात समझकर वैसा नहीं बना पाईं, जैसा तुम लोगों को बताया गया? सब पढ़ी-लिखी हो। तुम में से कई वर्किंग भी हैं और तुमसे वही बनवाया, जो तुम पढ़ चुकी हो, लेकिन तुम में से कई महिलाओं को तो पूरे शेप्स भी नहीं पता, इससे शर्मनाक और

क्या होगा? ऊपर से इतना चिल्ला रही थीं कि लग रहा था जैसे रेलवे स्टेशन हो। तुम लोगों में जरा भी मैनर्स नहीं हैं? तुम लोगों को ये बच्चोंवाला गेम लग रहा था न? फिर क्या हुआ? शर्म आनी चाहिए कि बच्चोंवाले गेम में भी तुम सब इतनी बड़ी होकर हार गईं। अपने बच्चों को क्या और कैसे सिखाओगी? समझ में आ गया न कि आसान लगने वाले गेम भी आसान नहीं होते? जब हम बड़े होकर आसान-सी बातें समझ नहीं पाते तो बच्चों की उम्र तो बहुत कम होती है। हम उनसे कैसे उम्मीद कर सकते हैं कि वे कोई भी बात एक बार बताने पर समझ जाएँगे और जब उम्मीद ही नहीं कर सकते तो हमें कहने का भी अधिकार नहीं। माता-पिता होने का हक बच्चों को डाँटकर नहीं, बल्कि समझाकर दिखाना चाहिए।"

□

51

बच्चों से बात मनवाने के लिए न बोलें झूठ

"पायल दीदी, जब हम गाँव आए ही हैं तो क्यों न देवी माँ के भी दर्शन कर लें, बगल वाले गाँव में ही तो है मंदिर। आज चलते हैं। बच्चों को भी ले चलेंगे। वे भी रास्ते का भरपूर मजा लेंगे। बड़ा सुंदर रास्ता है। आम के बाग भी बच्चों को दिखा देंगे।" राशि ने कहा।

"ठीक है, राशि। संजेश तो रिमझिम के साथ बिजी हैं। रूपेश भाईजी के साथ ही चलते हैं।" सब बच्चों के साथ पायल मंदिर पहुँची। मंदिर दर्शन के बाद जब वे मंदिर के पीछे गए तो वहाँ पर दो पीपल के वृक्ष देखकर झरना डर गई और रूपेश से लिपट गई।

उसे डरा देखकर रूपेश बोला, "क्या हुआ झरना? कुछ बताओ तो!"

"ताऊजी यहाँ से चलिए। यहाँ दो पीपल ट्री हैं।" झरना ने कहा।

"हाँ, तो क्या हुआ?" रूपेश ने पूछा।

"जहाँ दो पीपल ट्री होते हैं, उस पर ढेर सारे भूत रहते हैं।" झरना ने सहमी हुई आवाज में कहा।

"यह तुमसे किसने कहा?" पायल ने पूछा।

"वो जो सेवेंथ फ्लोर पर रितिका रहती है न, उसने बताया। वह कह रही थी कि जब वह दूध नहीं पीती तो उसकी मम्मा कहती हैं कि वे रितिका को पीपल ट्री के नीचे छोड़ देंगी। फिर पेड़ पर रहनेवाले भूत उसे पकड़ लेंगे। ताईजी, चलो यहाँ से, हमें भी भूत पकड़ लेगा।" झरना डरकर बोल रही थी।

"नहीं बेटा, ऐसा कुछ नहीं होगा। भूत-वूत कुछ नहीं होता।" राशि ने कहा।

"नहीं झरना, होता है, ये सब तुझे बेवकूफ बना रहे हैं।"

सावनी को बीच में ही टोकते हुए पायल ने कहा, "क्या बेकार की बातें कर रही हो, सावनी? झरना वैसे ही डरी हुई है और तुम इस तरह की बात कर रही हो!"

"अरे मम्मा, अच्छा है, बच्चों के मन में कुछ डर होना भी चाहिए, ताकि जब बात न मानें तो उनसे बात मनवाई जा सके।"

"यह क्या तरीका है, बात मनवाने का? बच्चों के मन में फालतू के डर, शक व वहम नहीं डालने चाहिए और एक बार कोई बात मन में बैठ जाती है तो फिर वह मुश्किल से ही निकलती है। क्या तुम यह चाहती हो कि वह भूत-प्रेत जैसी फालतू की बातों पर विश्वास करे और डर में जिए?" पायल ने पूछा।

"रिलेक्स मम्मा, मैं तो केवल मजाक कर रही थी।" सावनी ने कहा।

"बच्चों से इस तरह का मजाक और इस तरह की फिजूल बातें आगे से नहीं होनी चाहिए।"

"सॉरी मम्मा!" उसने कहा।

पायल ने झरना को समझाया, ''बेटा, भूत जैसी कोई चीज होती ही नहीं। वह तो रितिका की मम्मा ने उससे इसलिए कहा, जिससे वह दूध पी ले और उनकी बात माने।''

"नहीं ताईजी, भूत होता है, वह रात में आता है। उसकी मम्मा ने बताया।" झरना ने कहा।

"ठीक है झरना, हमारे गाँव में भी कई सारे पीपल के पेड़ हैं। मैं रात में वहाँ जाऊँगी।"

तभी मंदिर के पंडितजी, जो सारी बातें सुन रहे थे, उन्होंने पास आकर कहा, "बेटी, आपको किसी ने गलत बताया है। लोग पीपल के नीचे दीया जलाते हैं। देखो, कितने सारे दीपक यहाँ पड़े हुए हैं। तुम्हें पता है दीपक कहाँ

जलाते हैं? दीपक वहाँ जलाते हैं, जहाँ भगवान् होते हैं। पीपल के पेड़ पर तो भगवान् रहते हैं, फिर उस पर भूत कैसे आ सकते हैं और पेड़ पर भूत होते तो ये पेड़ मंदिर के पास क्यों होता? इसलिए मन से यह बात निकाल दो। किसी पेड़ पर कोई भूत नहीं होते। जो ऐसा कहते हैं, वे झूठे हैं।" फिर पंडितजी ने पायल से कहा, "पता नहीं आप लोग बच्चन से ऐसे झूठ काहे बोलते हैं। खुद तो जीवन भर परेशान रहते हो और बच्चों के मन में भी डर बैठा देते हो। बच्चन को निडर बनाओ, ताकि वे कभी डरे नहीं, बल्कि बहादुरी से हर बात का सामना करें। जरा सा दूध पियावे की खातिर, बात मनवाए की खातिर झूठे ही भूत-प्रेत, बाबा का डर बैठा देते हो। आप चाहते हो कि बच्चा खाना खाए, बात माने तो बहुत से तरीके हैं, लेकिन बच्चन को इस तरह डराना कतई ठीक नहीं है। देखा, बच्ची कितना डर गई है। आओ बिटिया, हमरे साथ आओ। यह मंदिर है और ईश्वर के स्थान पर कुछ बुरा नहीं होता। वैसे भगवान् हर जगह मौजूद हैं, लेकिन मंदिर में नियम से पूजा होती है और भक्त भी आकर पूजा करते हैं, इसलिए मंदिर में उनका वास हो जाता है। तुम भी निश्चिंत रहो। यहाँ कुछ नहीं होगा और मन में विश्वास हो तो कहीं भी, कुछ भी बुरा नहीं होगा। अगर हमारा विश्वास मजबूत है तो डर हमारे पास कभी नहीं फटकेगा।"

□

52

बच्चे घर से ही सीखते हैं झूठ बोलना

बच्चों को बेसब्री से पूजा के पंडाल खुलने का इंतजार था। शाम को वे खूब मस्ती करनेवाले थे। बच्चों का बाहर घूमने का मतलब बाहर ही खाना-पीना भी होता है। शारदा देवी ने सबको पूरी तरह से छूट दे दी थी। उन्होंने बच्चों से बड़े प्यार से कहा कि तुम रोज हम लोगों की बात मानते हो। खाना भी ठीक से खाते हो। इसलिए आज किसी पर कोई पाबंदी नहीं। खूब घूमना और खूब खाना, लेकिन एक बात का खयाल रहे, जहाँ बड़े खाएँ, वहीं खाना, क्योंकि जहाँ गंदगी होगी, वे वहाँ खाने नहीं देंगे। खाने की च्वाइस तुम लोगों की और जगह की बड़े लोगों की।

तभी पराग की क्लास में पढ़ने वाला एशटन अपनी मम्मा के साथ आ गया। उसकी तबीयत खराब थी, इसलिए वह चार दिन स्कूल नहीं गया था। उसका पेंडिंग क्लास वर्क पूरा कराने के लिए उसकी मम्मा पराग के पास आई थीं। मेले की बात सुनकर उसकी मम्मा एशले ने कहा, ''मेले में तो हम भी घूमने जाएँगे। हम लोग तो हमेशा जाते हैं। डेकोरेशन देखकर खूब खा-पीकर लौट आते हैं। इस बार आप सबके साथ चलेंगे तो और भी इन्जॉय करेंगे।''

पायल ने कहा, "श्योर, एकदम पक्का!"

एशले ने पराग से उसकी किताब-कॉपियाँ लेकर एशटन का छूटा हुआ काम चैक किया। एशटन ने भी अपना बैग खोला। पेंसिल बॉक्स निकाला

और काम करने लगा। तभी राशि की नजर एशटन की पेंसिल पर पड़ी। वह देखकर चौंक गई और उसने अपनी सास से कहा, "माँ, हम जानते हैं कि पराग बहुत पेंसिल खोता है। वह किसी दूसरे बच्चे की चीजें नहीं उठाता। ये कहता है कि मुझे कैसे पता चलेगा कि कौन सी पेंसिल मेरी है और कौन सी मेरे फ्रेंड की? इसलिए हमने उसकी पेंसिल के एंड पर नेल पेंट लगा दिया था। अभी एशटन ने जो पेंसिल निकाली है, उस पर वही नेल पेंट लगा है। पता नहीं उसकी मम्मा ने यह बात नोटिस की या नहीं! अगर नोटिस की, तो क्या एशटन को कुछ समझाया? माँ, क्या यह बात हमें उसकी मम्मा को बतानी चाहिए कि एशटन ने पराग की पेंसिल ली है?"

शारदा देवी ने कुछ सोचा, फिर बोली, "तुम कुछ मत बोलो, मैं बात करती हूँ।"

यह कहकर शारदा देवी एशले के पास जाकर बैठ गईं। हाल-चाल पूछने के बाद उन्होंने एशटन की पेंसिल देखकर कहा, "अरे, ये तो पराग की पेंसिल है, तुम्हारे पास कैसे आई?"

तभी एशले ने देखा और कहा, "हाँ, मैंने तो नोटिस ही नहीं किया। इस पर तो नेल पेंट का मार्क है। सॉरी आंटीजी!"

तभी एशटन ने कहा, "मम्मा, गलत बात। आपने देखा था और मुझे डाँटा भी था कि इस पर नेल पेंट क्यों लगाया और मैंने कहा था, मैंने नहीं लगाया। फिर आपने कुछ कहा ही नहीं।"

इस पर शारदा देवी ने एशले से कहा, "मैं कुछ कहूँ तो तुम बुरा मत मानना।"

"नहीं आंटीजी, बिल्कुल नहीं। कहिए प्लीज।" एशले का जवाब था।

शारदा देवी ने कहा, "सबसे पहली बात एक माँ ही बच्चे के साथ ज्यादा रहती है। उसकी दी हुई सीख और संस्कार बच्चे पर ज्यादा असर करते हैं, क्योंकि स्कूल के अलावा पूरे समय वही बच्चे के साथ होती है। माँ को बच्चे की हर गतिविधि पर नजर रखनी चाहिए, ताकि वह बच्चे को सही-गलत का फर्क बता सके। बच्चे झूठ बोलना घर से ही सीखते हैं। घर

में हम अकसर छोटी–छोटी बातें, जिनकी अहमियत नहीं होती और लगता है कि यह कोई बड़ी बात नहीं, पर झूठ बोलते हैं। जैसे अभी एशटन को लगा कि मम्मा ने झूठ बोला और उसने कहा भी मम्मा गलत बात। इसका मतलब तुमने पेंसिल देखी थी, लेकिन यह नहीं पूछा कि वह उसके पास कैसे आई? और अगर गलती से वह स्कूल से किसी बच्चे की पेंसिल ले भी आया तो उसे यह बताना कि दूसरे की चीजें नहीं लेते तथा मैम को पेंसिल वापस करने के लिए कहना तुम्हारा फर्ज था, लेकिन तुमने नहीं कहा। वह तो बच्चा है। उसे क्या पता कि क्या सही है और क्या गलत? हमें ही उसे सही राह दिखानी होगी। चोरी का, झूठ बोलने का मतलब बताना होगा। मैं ये नहीं कह रही कि तुम्हारी इनटेंशन गलत थी, मगर लापरवाही के कारण तुमने ध्यान नहीं दिया और अब खुद की गलती से बचने के लिए तुमने अभी कहा कि मैंने नोटिस नहीं किया। ऐसे मौकों पर बच्चे झूठ नहीं बोलते, क्योंकि उन्हें पता ही नहीं होता कि कब, कहाँ, क्या बोलना है। कैलकुलेटिव तो हम बड़े होते हैं। सोच–समझकर कहाँ, कितना, क्या बोलना है, हम नाप–तौलकर बोलते हैं। अगर आज तुम उसकी ये छोटी–छोटी गलतियाँ नहीं सुधारोगी तो कल वह बड़ा होकर बड़ी–बड़ी और पता नहीं किस तरह की गलतियाँ करेगा और उस समय जब तुम उसे कुछ कहोगी तो उसका सपाट–सा जवाब होगा कि जब उसने पहली बार गलत किया था तो उस समय आपने मुझे क्यों नहीं टोका? क्यों नहीं समझाया? आप बड़ी थीं। आपको बताना–समझाना चाहिए था। नहीं मानता तो दो थप्पड़ लगातीं। उस समय के थप्पड़ आज के बड़े अपराध करने से मुझे बचा लेते।"

□

53

बच्चों को रटवाएँ नहीं, खेल-खेल में सिखाएँ

माधुरी बच्चों को लेकर अपने ऑफिस की एक दोस्त के यहाँ गई। नीला भी उसके साथ गई। बच्चों ने खूब मस्ती की, लेकिन शुभांगी बार-बार अपने छोटे बेटे पार्थ के एडमिशन को लेकर काफी परेशान लगी। इसीलिए वह उसे सब बच्चों के साथ खेलने भी नहीं दे रही थी। उसे शाम तक सारे मेन कलर्स, शेप्स, साइज, वेजिटेबल, फ्रूट्स, पार्ट्स ऑफ बॉडी, एबीसीडी, 10 तक नंबर और कुछ प्रश्नों के उत्तर व कुछ जरूरी सेंटेंस याद करने थे, जैसे व्हॉट इज योर नेम, मे आई कम इन वगैरह-वगैरह। यहाँ यह कहना ठीक नहीं है कि उसे ये सब याद करने थे, बल्कि उसे ये सब रटने थे। बच्चा रट्टा लगा रहा था, माई नेम इज पार्थ गुप्ता। वह कलर्स के नाम रटता, फिर बाहर आता और शुभांगी उसे अंदर भेज देती। थोड़ी देर तक तो माधुरी देखती रही, फिर उसने शुभांगी से कहा, "तुम बच्चे को पढ़ाओ, हम चलते हैं। तुम भी डिस्टर्ब हो रही हो और बच्चे का मन भी बाकी बच्चों के साथ खेलने को मचल रहा है। हम यहाँ रुककर उस पर अत्याचार नहीं कर सकते।"

"अरे नहीं यार, ऐसा नहीं है, लेकिन परसों कुशल का इंटरव्यू है नर्सरी में एडमिशन के लिए। तुम तो जानती हो कि बच्चों का एडमिशन गंगा नहाने से कम नहीं होता। अच्छे स्कूल में एडमिशन पेरेंट्स के लिए बहुत बड़ा अचीवमेंट है। बस, इसीलिए उसे सारी एक्स्पेक्टेड चीजें याद करा रही हूँ।" शुभांगी ने जवाब दिया।

इस पर नीला ने कहा, "आप ठीक कह रही हैं। आजकल बच्चों का अच्छे स्कूल में एडमिशन वाकई गंगा नहाने जैसा है। बच्चों की परवरिश के दौरान ऐसी गंगा हमें कई बार नहानी पड़ती है। आपको खराब न लगे तो एक बात कहूँ ?"

शुभांगी ने कहा, "हाँ-हाँ, बुरा मानने की क्या बात है? कहिए न प्लीज!"

नीला ने कहा, "आप जो पार्थ को इस तरह याद करवा रही हैं, ये याद करवाने की चीजें नहीं हैं, बल्कि खेल-खेल में उसे सिखाने की बातें हैं। आप रोज जो सब्जी बनाती हैं, उसे दिखाकर बनाया कीजिए। इससे उसे सब्जियों और फलों की पहचान होगी। जो नाश्ता बनाएँ, उसे उसका नाम जरूर बताएँ। सब्जियों के नाम के साथ ही उनके रंग भी बताएँ। उसे उसकी पसंद से कपड़े पहनाएँ। हम माँओं को बहुत समझदारी से काम करना होगा, जिससे बच्चे पर बर्डन भी न पड़े और वह खेल-खेल में बहुत सारी बातें-चीजें और नाम सीखें। अगर हम बच्चे से कहते हैं, आपको कौन से कलर वाली ड्रेस पहननी है, आप बताओ? वह जो ड्रेस बताए, हमें उसका कलर बताकर उत्साह से कहना चाहिए कि अरे वाह, मेरे बेटे का फेवरेट कलर ग्रीन है तो वह कई शब्द सीखेगा, जैसे फेवरेट, कलर और ग्रीन। उससे प्यार से पूछना चाहिए कि बेबी कौन सी वेजीटेबल खाएगा—ग्रीन-ग्रीन पीज या रेड-रेड टोमेटो। वह खुश होकर हमें बताएगा। इसी तरह रोटी और पराँठे के जरिए हम उन्हें शेप और साइज बता सकते हैं। घर में हिंदी और इंगलिश उसके सामने दोनों ही भाषा बोलनी चाहिए। चूँकि अमूमन लोग बच्चों को इंगलिश स्कूल में ही डालते हैं, इसलिए उनके सामने ज्यादा-से-ज्यादा शब्द इंगलिश के ही बोलने चाहिए, जिससे बच्चा उन्हें सुनकर ही याद कर ले। इसी तरह आप उसे काउंटिंग भी सिखा सकती हैं, रोटी, फल या सब्जी गिनवाकर। वैसे भी छोटा बच्चा ज्यादा समय माँ के पास ही रहता है। माँ ही उसका काम आसान कर सकती हैं।"

शुभांगी ने कहा, "हाँ भाभी, आप ठीक कह रही हैं। पहले बेटे कुशल

के समय मैंने यही किया था, मगर छोटा बेटा दो साल दादी के पास रहा। वे यह कहकर ले गईं इसे कि तुम मेरे पोते का बचपन ही खत्म कर रही हो। इतनी छोटी उम्र में पढ़ाई का बोझ मत डालो उस पर। अब उन्हें कैसे मना कर पाती! मेरे पति ने भी माँ का ही साथ दिया। अब एडमिशन का समय है तो दिन-रात उसे याद करवाना पड़ रहा है, ताकि एडमिशन हो जाए। नहीं तो मुझे अफसोस रहेगा और उसे भी हमेशा खलेगा और शायद यह प्रश्न हमेशा करे कि भइया को अच्छे स्कूल में पढ़ाया, लेकिन मुझे नहीं।"

माधुरी, जो अब तक चुपचाप सुन रही थी, बोली, "अपने बच्चों का भविष्य हमें ही देखना होगा। हम जानते हैं कि छोटी सी उम्र में हमें उन्हें प्ले ग्रुप में डालना पड़ता है, मगर क्या करें, अगर नहीं डालेंगे तो हमारे बच्चे ही पीछे रह जाएँगे। हमारी मजबूरी है उन्हें पढ़ाना, लेकिन ये काम हम उनके साथ खेल-खेल में भी कर सकते हैं, जिससे वे सीख भी जाएँ और उन्हें मेहनत भी न करनी पड़े। इसके लिए हमें अपने बड़ों को समझाना पड़ेगा कि समय बदल चुका है और हम सबको समय के साथ चलना होगा, वरना समय तो आगे बढ़ जाएगा, हम वहीं के वहीं रह जाएँगे। अगर आपने अपनी सास को समझाया होता तो आज बच्चे पर यह अत्याचार न होता, मगर इस तरह से बच्चे को एक जगह बैठाकर रटवाना तो नाइनसाफी है, शुभांगीजी! बच्चे की तरफ देखिए, वे बार-बार कैसे बाहर आ रहा है और आप उसे अंदर भेज रही हैं! आपको क्या लगता है कि इस तरह मन मारकर उसका मन पढ़ाई में लगेगा क्या? बेहतर होगा, उसे अभी खेलने दें। बाद में पढ़ा दीजिएगा। उसको पहले नहीं पढ़ाया, यह आप बड़ों की गलती है, उसके लिए बच्चे को सजा क्यों? हालाँकि आप बड़ों की करनी की सजा वही भुगतेगा, अगर उसे अच्छे स्कूल में एडमिशन नहीं मिला तो! फिर आपको जीवन भर सुनना ही पड़ेगा कि अच्छे स्कूल में पढ़ने का सपना आप बड़ों की वजह से पूरा नहीं हो पाया, इसलिए हमें समय के साथ चलना चाहिए।"

□

54

रात में पढ़ रहे बच्चों पर अभिभावक रखें नजर

मैं पिछले मेल से बच्चों की कुछ बातें आपके सामने रखना चाहती हूँ। पिछले मेल में सबसे मुख्य बात यह है कि उस बच्चे ने बड़ी सरलता से, बिना हिचकिचाए कहा कि उसकी क्लास के बच्चे रिलेशन में थे। आप सोचिए कि ये स्टेटमेंट बारहवीं में पढ़नेवाले एक बच्चे का है। ये केवल बारहवीं क्लास में नहीं हुआ, पहले से है। कई बच्चों के मेल से यह पता भी चला कि सेवंथ-एट्थ से ही गर्ल फ्रेंड-ब्वॉय फ्रेंड बन जाते हैं। यह सोच ही गलत है। उनको आपको शुरू से ही बताना पड़ेगा कि जो दोस्त हैं, वे दोस्त हैं और थोड़ा बड़े होने पर उन्हें बताइए कि गर्ल फ्रेंड या ब्वॉय फ्रेंड वे होते हैं, जिनसे हम विवाह करते हैं। जिन्हें हम भविष्य में अपनी जिंदगी में शामिल करना चाहते हैं। आप खुद सोचिए, क्या यह उम्र गर्ल फ्रेंड-ब्वॉय फ्रेंड बनाने की है ? जिस उम्र में बच्चे खेलते-कूदते हैं, उसमें वे गर्ल फ्रेंड-ब्वॉय फ्रेंड बनाते हैं, जिस उम्र में उन्हें पढ़ाई पर फोकस करना चाहिए, वे रिलेशन की बातें करते हैं, जब हमारा कोई दोस्त हमसे रूठता है तो हमें खराब लगता है, तो जब वे दोस्त जिससे हम प्यार करते हैं, वे परेशान होगा, रूठेगा तो क्या हमें बेचैनी नहीं होगी ? लेकिन बच्चे यह नहीं समझते। उन्हें समझाना होगा कि यह क्रश है, इनफैचुएशन है, एक सहज आकर्षण है, जो बहुत लंबे समय तक नहीं रहता। इस समय की ये भावनाएँ मजबूत नहीं होतीं, क्षणिक होती हैं, यानी थोड़े समय के लिए ही होती हैं। इसीलिए बच्चों को जब जरा सा भी यह

एहसास होता है कि हम गलत कर रहे हैं या उनको कोई दूसरा अच्छा लगने लगता है तो पहले वाला आकर्षण तुरंत खत्म हो जाता है। बच्चों को अकसर अपने टीचर भी अच्छे लगते हैं। दसवीं-ग्यारहवीं में पढ़नेवाले लड़कों को छोटी क्लास की लड़कियाँ या लड़कियों को अपने से बड़ी क्लास के लड़के अच्छे लगते हैं। उस अच्छा लगने को बच्चे प्यार समझने लगते हैं। जब आकर्षण खत्म होता है तो उसे बच्चे बेवफाई का नाम दे देते हैं। फिर शुरू होता है, परेशान और उदास रहने का सिलसिला, जिसकी वजह से पढ़ाई में मन नहीं लगता। यही वह समय है, जब बच्चों का भविष्य तय होता है, उनके भविष्य को दिशा मिलती है। इस समय आपको अपने बच्चे के साथ खड़ा रहना होगा। उनको खराब लगेगा, उनकी बातों से आपको भी दुःख होगा, फिर भी बच्चे आपके ही हैं, इसलिए बिना किसी बात का बुरा माने, आप उनके साथ रहें। इस उम्र में रिलेशन की बात करना उनके लिए अच्छा नहीं है। इस कच्ची उम्र में वे इस रिलेशन की गहराई को भी नहीं समझ सकते।

दूसरी बात, बच्चे ने स्वीकार किया कि देर रात तक वे चैटिंग करते थे। क्या माता-पिता का यह कर्तव्य नहीं कि रात में उठकर बच्चों पर नजर रखें कि वे पढ़ रहे हैं या चैटिंग कर रहे हैं? आप रात में उनका फोन लेकर रख सकते हैं, क्योंकि रात में तो किसी का फोन आना नहीं होता। आप टाइम फिक्स कर सकते हैं कि रात में आठ बजे के बाद दोस्तों से बात नहीं होगी। जो भी डाउट्स हों, वे शाम तक क्लीयर कर लें। उसके बाद बात करनी हो तो माँ-पापा के फोन पर बात करें। इससे वे जब तक पढ़ना चाहेंगे, तब तक पढ़ेंगे, फिर सो जाएँगे। रात में बच्चे चैटिंग के साथ गेम भी खेलते हैं, इसलिए इन आदतों पर ध्यान दीजिए। प्रयास कीजिए कि बच्चों को समय पर सुला दें और सुबह जल्दी उठने की आदत डालिए।

मैं उन बच्चियों से भी कहना चाहूँगी, जो फ्री होकर, बिना किसी भेदभाव के अपने दोस्तों से बात करती हैं। कभी-कभी उनकी इसी बेबाकी का मतलब उनके दोस्त प्यार समझ लेते हैं। उन्हें अपने दोस्तों को समझाना होगा कि फ्री होकर बात करने का मतलब यह नहीं कि मैं तुमसे प्यार करती

हूँ। इसी तरह की गलतफहमी लड़कियों को भी हो सकती है। लड़के-लड़कियों की दोस्ती गलत नहीं है, लेकिन एक स्वस्थ दोस्ती होनी चाहिए, जिससे आप सब बच्चे गलतफहमी का शिकार होने से बच जाएँ और आपका कॅरियर बरबाद न हो। अगर आपको लगता है कि आपका दोस्त आपकी दोस्ती को प्यार समझ रहा है या प्यार करने लगा है तो इस बात को नजरअंदाज मत करिए। अपने दोस्त को स्पष्ट कर दीजिए कि जैसा वह सोच रहा है, वैसा नहीं है। आप कभी नहीं चाहेंगे कि आपका दोस्त परेशान रहे, पढ़ाई न कर पाए, उसका कॅरियर खराब हो और वह पिछड़ जाए। इसलिए अपनी सीमाओं का ध्यान रखें। अपनी बातें माता-पिता से जरूर शेयर करें।

एक और मुख्य बात है कि बच्चों को जब यह लगने लगे कि इस दुनिया में हर चीज की कीमत होती है तो यह स्थिति आपके बच्चों के लिए बहुत भयावह हो सकती है। अगर यह बात बच्चों के मन में घर कर गई तो उन्हें कुछ भी मुश्किल नहीं लगेगा। हर वह चीज, जिसे वे पसंद करते हैं, खरीदने का प्रयास करेंगे, चाहे वह उसे डिजर्व करते हों या नहीं। वे जो चाहेंगे, उसे हासिल करने की सोचेंगे। किसी भी वस्तु तक पहुँचने के लिए वे प्रयास का मार्ग नहीं चुनेंगे, मेहनत नहीं करेंगे, बल्कि हर चीज की कीमत ढूँढ़ेंगे। तब उनके लिए किसी की भावनाओं का मोल नहीं बचेगा। उनको समझाइए कि पढ़ाई करने और भविष्य सँवारने की कीमत केवल परिश्रम है। हर वस्तु का मोल नहीं होता। काबिलीयत खरीदी नहीं जा सकती। काबिल बनने के लिए परिश्रम करना पड़ता है। उन्हें मेहनत करना सिखाएँ और उनमें लोगों की भावनाओं को समझने और आदर करने के संस्कार डालें, जिससे वे कभी भी, किसी चीज को, किसी भी कीमत पर पाने की स्थिति में न आ पाएँ।

□

55

शुरू से ही बच्चों को स्पष्ट करें दोस्ती की परिभाषा

अफेयर के अलावा छोटी-छोटी बातों पर बच्चे आत्महत्या जैसा कठोर कदम उठा रहे हैं। माँ द्वारा किसी खास ड्रेस को पहनने से मना करने पर, खराब रिजल्ट पर डाँट-मार पड़ने या डाँट की आशंका से, माता-पिता की छोटी-छोटी टोका-टोकी, प्यार में अनदेखा करने, धोखा खाने या किसी भी बात पर अत्यधिक क्रोध आने पर बच्चे फाँसी लगाकर, नस काटकर, डूबकर या किसी भी अन्य तरीके से आत्महत्या कर रहे हैं। घर से भाग जाते हैं।

सबसे पहली गलती तो माता-पिता की होती है कि वे बच्चों को समय नहीं देते। आप घर-परिवार चलाने और बच्चों को बेहतर सुविधाएँ देने के लिए दिन-रात काम करते हैं, मगर जिनके लिए करते हैं, उन्हीं की अनदेखी करते हैं। साथ ही घर में डर का माहौल बना रहता है। शुरू से माँ को अपने बच्चों को दोस्ती की परिभाषा स्पष्ट करनी चाहिए। गर्ल फ्रेंड-ब्वॉय फ्रेंड की बातें बच्चे फोर्थ-फिफ्थ से ही शुरू कर देते हैं। तभी उनको बताना होगा कि गर्ल फ्रेंड-ब्वॉय फ्रेंड कुछ नहीं होते। दोस्त अगर गर्ल हो तो गर्ल फ्रेंड और ब्वॉय हो तो ब्वॉय फ्रेंड होता है, मगर जैसे-जैसे वे थोड़ी बड़ी क्लास में आते हैं तो उन्हें स्पष्ट कर दें कि गर्ल फ्रेंड-ब्वॉय फ्रेंड वे होते हैं, जिससे हम प्यार करते हैं और जिसके साथ विवाह कर अपना पूरा जीवन गुजारना चाहते हैं। बार-बार उनका ब्रेन वॉश करना होगा। उनसे दोस्ताना व्यवहार रखना होगा। उनके दोस्तों के बारे में जानकारी रखनी होगी। रिपोर्ट कार्ड पर

ध्यान देना होगा। उनको बार-बार यह याद दिलाना होगा कि प्यार की बातें विद्यार्थी जीवन के लिए नहीं हैं। अभी पढ़ाई का समय है। उनको समझाइए कि अगर भविष्य अच्छा होगा तो गर्व के साथ माता-पिता से विवाह की बात हो सकती है। जिसे प्यार करते हो, उसे खुश रखने का दावा कर सकते हो। इस समय इन बातों से केवल मन भटकेगा, पढ़ाई नहीं हो पाएगी। जब पढ़ाई नहीं होगी तो भविष्य भी नहीं बनेगा। जब भविष्य ही नहीं होगा तो कोई गर्ल फ्रेंड नहीं होगी और होगी भी तो शादी के बाद उसे क्या दोगे और क्या खाओगे? प्यार के साथ जीवन जीने के लिए खाने-पहनने की जरूरत होती है। अपने मनमुताबिक लाइफ स्टाइल जीने के लिए हर महीने अच्छी तनख्वाह वाली नौकरी चाहिए, जिसके लिए खूब पढ़ना होगा। जिसे हम प्यार करते हैं, उसे बेहतर जीवन देना हमारा फर्ज है। आप देखते हो न, आपके पापा किस कदर मेहनत करके आपको पढ़ा रहे हैं, धीरे-धीरे समय और लाइफ स्टाइल न केवल बदलेगा, बल्कि और भी मुश्किलों भरा होगा। उसके लिए आपको खुद को इस लायक बनाना होगा कि आप उससे संघर्ष कर सकें। वैसे भी इस उम्र में कब-कौन भा जाए, ये बच्चे समझ ही नहीं पाते। छोटी-छोटी बातों पर कब झगड़ा हो जाए या मन उखड़ जाए, यह भी भरोसा नहीं होता। फिर बच्चे आत्महत्या जैसा कदम उठाते हैं। ये सारी बातें आपको उन्हें बार-बार समझानी होंगी। हवा के विपरीत अगर आपको खड़े रहना है तो खुद को मजबूत बनाना पड़ेगा। खुद को मजबूत बनाइए और बच्चों को बार-बार समझाइए।

जिन बच्चों ने आत्महत्या के प्रयास के मेल किए या जिन्होंने ऐसा प्रयास किया, उनके लिए प्रश्न है। क्या उनको एक बार भी अपने माता-पिता का खयाल नहीं आया? आपके जीवन में कुछ महीने या एक-दो साल पहले आई लड़की-लड़के की इतनी अहमियत हो गई कि आपको नौ महीने अपने शरीर का हिस्सा बनाकर दिन-रात अपने साथ रखनेवाली, जन्म देनेवाली और जो पिता दिन-रात मेहनत करके आपका लालन-पालन करते हैं, क्या उनके बारे में आपको एक बार भी खयाल नहीं आया? जो माँ हर पल

आपका, आपके खाने-पीने, खेलने, घुमाने, छोटी-छोटी जरूरतों का खयाल रखती हैं, उन्हें आप कैसे भूल सकते हैं? आपको याद है, जब छोटे बच्चे थे और आपका कोई प्रिय खिलौना टूट जाता था तो आप कितना रोते थे? कई बार आप तब तक नहीं माने होंगे, जब तक आपको आपका मनपसंद खिलौना वापस न मिला गया हो और बड़े होने पर भी आपकी कोई फेवरेट चीज खो जाए या खराब हो जाए, आप कितना दु:खी होते हैं। यह बात भी छोड़िए। जो लड़का या लड़की आपको महज कुछ वर्ष पहले मिला और आपसे नाराज हो जाए तो आप उससे दूर होने का दु:ख बरदाश्त नहीं कर पाते और आत्महत्या जैसा कदम उठाते हैं। क्या आपने कभी यह सोचा कि यह प्रतिक्रिया तो आपको छोटी-छोटी बातों, खिलौनों और वस्तुओं को लेकर है। आपके द्वारा आत्महत्या करने पर उन माता-पिता का क्या होगा, जिन्होंने आपको जन्म दिया? वे कहाँ जाएँगे? क्या करेंगे? वे तो आत्महत्या भी नहीं कर सकते। वे ऐसा करेंगे तो आपके बाकी भाई-बहन कहाँ जाएँगे? क्या वे दर-दर की ठोकरें नहीं खाएँगे? आपके इस प्रयास से वे इस कदर टूट जाते हैं कि न तो जी सकते हैं और न ही मर सकते हैं। इसलिए अगर कोई बच्चा ऐसा सोच रहा है तो मेरी उससे रिक्वेस्ट है कि प्लीज, एक बार अपने माता-पिता का चेहरा जरूर देख ले और सोचे, आप एक छोटा सा खिलौना टूटने पर इतना दु:खी होते हैं तो माता-पिता अपने जीते-जागते खिलौने के शांत होने पर कैसे जिएँगे? उनका शांत हुआ खिलौना कौन जीवित करेगा? आपको दूसरा खिलौना देकर वे आपको रोने नहीं देते, मगर उनको उनका खिलौना कौन वापस करेगा? ऐसा तो स्वयं भगवान् भी नहीं कर पाएँगे। □

56

परीक्षा की तैयारी में बच्चों को पूरा सहयोग करें माता-पिता

बच्चो, अब आपकी परीक्षाएँ आरंभ होने वाली हैं। अब तक आपने जो भी समय गँवाया, उसका दुःख मत करिए। अब जो समय बचा है, उसका पूरा इस्तेमाल करिए। देर कभी नहीं होती। अब भी समय है। अगर आप अब भी जी-जान से जुट जाएँगे तो आपका रिजल्ट अच्छा हो सकता है। जो समय गया, उसके बारे में सोचकर अपनी ऊर्जा मत बरबाद करिए। मैंने बार-बार दोहराया है न—'जब जागो, तभी सवेरा।' मगर अब जाग जाइए। अगर अब भी सोए रहे तो फिर सवेरा कभी नहीं होगा और जब होगा तो आपका यह वर्ष बेकार हो चुका होगा। आपके नंबर इतने कम आएँगे, जिससे आपका कॅरियर बिगड़ेगा। दसवीं और बारहवीं दोनों बोर्ड परीक्षाएँ हैं। दसवीं के नंबरों का भी महत्त्व है और बारहवीं के नंबरों का भी। अच्छे कॉलेज में एडमिशन के लिए आप जानते हैं न कटऑफ लिस्ट कितनी ज्यादा होती है! दिल्ली के कॉलेजों के अलावा बेहतरीन कॉलेजों में कटऑफ लिस्ट सेंट-परसेंट जाती है। प्रतियोगी परिक्षाओं में भी बारहवीं के नंबर जुड़ते हैं। अगर आपने प्रतियोगी परीक्षा में अच्छा किया और बारहवीं में आपका परसेंटेज थोड़ा भी कम रह गया तो सलेक्शन नहीं होगा। इसलिए जितनी पढ़ाई की जरूरत प्रतियोगी परीक्षाओं के लिए है, उतनी ही बोर्ड

परीक्षाओं के लिए भी है। इसलिए इन 15–25 दिनों में एक बार आप अपना पूरा कोर्स अच्छी तरह से खत्म कर लीजिए। सभी विषयों में 15–16 चैप्टर तो होंगे ही। प्रत्येक विषय का एक-एक चैप्टर रोज रिवाइज कीजिए। पहली मार्च से जिनकी परीक्षाएँ हैं, वे 27 तक सभी विषयों को दोहराएँ। जो परीक्षा एक मार्च को है, उसको अच्छी तरह से 28 और 29 को दोहरा सकते हैं। इस बार आपको फरवरी में एक दिन ज्यादा मिल गया और जिनकी परीक्षा पहले हैं, तो वे भी जी-जान से जुट जाएँ।

इसके लिए जरूरी है, आप पूरी योजना के साथ पढ़ाई करें। प्रतिदिन का टारगेट रखें कि इतना पढ़ना है, उतना अवश्य पढ़ें। अब यही कुछ दिन हैं। इसके बाद आपकी प्रतियोगी परीक्षाएँ होंगी। इसलिए आपने चाहे कितनी ही मस्ती क्यों न की हो, लेकिन अब केवल और केवल पढ़ाई पर ही फोकस करें। इस दौरान आप अपना फोन, टी.वी., कंप्यूटर, लैपटॉप, घूमना-फिरना और दोस्त सब भूल जाएँ। हाँ, रिफ्रेश होने के लिए ब्रेक के समय आप अपनी पसंद से कुछ जरूर करिए। वैसे भी अगर आप पूरी लगन से पढ़ेंगे तो आपको उत्तर जल्दी याद होंगे। गणित के सवाल तेजी से हल हो जाएँगे। गणित के फॉर्मूलों को एक जगह लिखकर रखें और उन्हें बार-बार दोहराएँ, जिससे परीक्षा देते समय भूलने की गुंजाइश न रहे। आर्ट्स के बच्चे शॉर्ट नोट्स जरूर बना लें, जिससे परीक्षा से पहले आप केवल नोट्स को दोहरा सकें। अपने टीचर से यह पूछकर निश्चित कर लीजिए कि किस चैप्टर से कितने नंबर के सवाल पूछे जाएँगे! जिसमें ज्यादा नंबर के सवाल पूछे जाएँ, उसको बहुत अच्छी तरह से पढ़िए। जिससे ऑब्जेक्टिव प्रश्न आएँ, उसकी एक-एक पंक्ति पढ़िए, ताकि आपका एक नंबर भी न छूटे, क्योंकि एक नंबर भी बहुत कीमती होता है। एक नंबर से पोजीशन बदल जाती है, चयन रुक जाता है। इसलिए एक नंबर का महत्त्व समझें। सबसे बड़ी बात यह है कि आप अपना कॉनफिडेंस, यानी विश्वास न खोएँ। घबराहट को अपने ऊपर हावी न होने दें। मन में विश्वास रखें कि हमने सब पढ़ा है और हम

सब अच्छी तरह कर लेंगे। वैसे भी अगर आपने सब अच्छी तरह से पढ़ा है तो आपको याद रहेगा, क्योंकि आएगा तो कोर्स से ही। आप रोज पूरे विश्वास के साथ खुद से कहें कि मैं अच्छी तरह पढ़ रहा हूँ और मेरी परीक्षा बहुत अच्छी होगी। मन में विश्वास रखें कि मैंने जो भी पढ़ा है, वह मुझे याद रहेगा। इसलिए नर्वस होने की बिल्कुल भी जरूरत नहीं है। कभी-कभी जब बच्चे थोड़ा सा भी भूलते हैं तो उन्हें लगता है कि अब क्या होगा? वे ज्यादा घबरा जाते हैं। ज्यादा घबराने में बच्चे वह सब भी भूल जाते हैं, जो उन्हें आता है। इसलिए जब भी आप कुछ भूलें तो घबराएँ नहीं, बल्कि शांति से सोचें। कोई भी विषय हो, आप एकाग्र होकर पढ़ेंगे तो सब जल्दी याद होगा। सबसे अहम बात, आप जो भी याद करें, वे लिखकर करें। हम जो भी लिखकर याद करते हैं, वे जल्दी और पक्की तरह याद होता है। इसलिए आप लिखकर अभ्यास करिए। मॉडल पेपर्स के साथ पिछले दस सालों के प्रश्न-पत्र भी हल करिए।

जो विद्यार्थी बोर्ड की परीक्षा नहीं दे रहे हैं, खासकर नौवीं और ग्यारहवीं के हैं, उनको खास ध्यान देना है, क्योंकि नौवीं और ग्यारहवीं मुश्किल होती है। वे इसलिए क्योंकि उसमें हार्ड मार्किंग होती है। यह जरूरी भी है, जिससे आप ज्यादा मेहनत करें। इसलिए आप पढ़ाई में जुट जाएँ। इसका यह कतई मतलब नहीं है कि बाकी कक्षाओं के बच्चों के लिए मेहनत करना जरूरी नहीं है। जो अभी नौवीं कक्षा से नीचे के बच्चे हैं, उन्हें शुरू से ही इसी योजना के तहत पढ़ाई करनी चाहिए, ताकि परीक्षा के वक्त कोई परेशानी न हो। अगर अभी से आप योजनाबद्ध तरीके से पढ़ाई करेंगे तो आपको आगे कोई परेशानी नहीं होगी। आप किसी भी क्लास में हों, अगर आप लिखकर प्रैक्टिस करते हैं तो वह पाठ आप कभी नहीं भूलेंगे। कहावत है—'प्रैक्टिस मेक्स अ मैन परफैक्ट।' आप परफैक्ट तभी बनेंगे, जब प्रैक्टिस करेंगे। इसी बात को याद रखते हुए पढ़ाई में जुटिए और खूब प्रैक्टिस करिए।

पढ़ाई की योजना बनाने में माता-पिता को बच्चों का सहयोग करना

चाहिए। केवल योजना बनाने में ही नहीं, बल्कि रोज पढ़ाई की जानकारी भी लें, जिससे बच्चे निर्धारित टारगेट को पूरा करें। इस समय बच्चों को अपना पूरा सहयोग दें और विश्वास मजबूत करने में उनकी मदद करें। उन्हें बिल्कुल भी नर्वस न होने दें। साथ ही उन पर अनावश्यक दबाव न बनाएँ।

□

57

अपने बच्चों को समय दीजिए, जिससे वे बेहतर इनसान बन सकें

सामाजिक बदलाव तभी आते हैं, जब कोई प्रभावशाली व्यक्तित्व आवाज उठाता है और आम जन उसके साथ चलता है या समाज का कोई आम व्यक्ति प्रभावशाली तरीके से बात उठाए, कोई मिसाल पेश करे और वह कहावत है न, 'अकेला चना भाड़ नहीं फोड़ सकता।' किसी एक के करने से कुछ नहीं होगा। सबको साथ चलना होगा। जब हम यह समझ रहे हैं कि दहेज कुरीति है, जिससे हमारा समाज नासूर की तरह गल रहा है तो हम क्यों इसका पल्लू पकड़े हैं? जब हम अपनी बेटी की शादी की बात करते हैं तो दहेज लेनेवालों को लोभी कहते हैं, यहाँ तक कि गालियाँ देते हैं, मगर जैसे ही अपने बेटे के विवाह की बात आती है, हम कहते हैं—'हमें कुछ नहीं चाहिए, आपकी बेटी है, जो देंगे, उसको देंगे', 'हम तो नहीं चाहते, मगर समाज में हमारा सम्मान है, वे क्या कहेंगे कि कैसे घर से रिश्ता जोड़ा कि ठूँठ भेज दिया।' 'हम कुछ नहीं चाहते, मगर जरूरत भर का सामान तो दहेज नहीं है।' 'हम जानते हैं, कोई भी अपनी बेटी को खाली हाथ नहीं भेजता। अपनी सामर्थ्य के अनुसार आप जो देंगे, स्वीकार है।' इस तरह से कहना भी तो दहेज माँगना ही हुआ! आपके भाई-बहनों के बेटों के विवाह में जो माँगे या बिना माँगे मिला, वह आपके सम्मान का प्रश्न बन जाता है। अपने बेटे की ससुराल को उनसे ऊपर दिखाने के लिए आप खुद दहेज की माँग करते हैं और नहीं मिलने पर उसका खामियाजा बेचारी उस बेटी को भुगतना पड़ता है,

जो बहू बनके घर आती है या आपके दो बेटों में से जिस बहू के घर से कम दहेज मिलता है, वही आपकी उपेक्षा का शिकार होती है। आज विवाह बच्चों को गृहस्थ जीवन में प्रवेश कराने के लिए नहीं, बल्कि तिजोरी भरने का साधन मात्र बन गया है। लोग बड़ी शान से कहते हैं—'हमारा बेटा तो ब्लैंक चेक है, जिसमें हम मनमानी राशि भरके कैश कराएँगे।' इसी मानसिकता के लोग हैं, जो बेटी के होने पर खुश नहीं होते। बेटी का होना उनके लिए अभिशाप है, क्योंकि उन्हें दूसरे के 'ब्लैंक चेक' को भरना होता है। इक्कीसवीं सदी में भी हम ये किस तरह की परंपरा को अपने समाज पर हावी होने दे रहे हैं।

बेटियों को लोग मुख्यत: तीन कारणों से बोझ समझते हैं, जिसकी वजह से वे नहीं चाहते कि बेटी हो। वजहें स्पष्ट हैं—पहली वजह तो यही है कि लोग वंश चलाने के लिए लड़का ही चाहते हैं। बेटी से वंश नहीं चलता, बल्कि बेटे से चलता है। वंश पर भी अलग से चर्चा होगी। दूसरी वजह, आज के वक्त में उसकी सुरक्षा करना जंग जीतने के बराबर है और तीसरी बात, उसके विवाह में जीवन भर पाई-पाई जोड़ी कमाई के अलावा उधार या गिरवी रखकर मिले रुपयों को हवन कर देते हैं और फिर भी सुख-सुरक्षा की कोई गारंटी नहीं। इनके अलावा बेटी को लेकर माता-पिता विवाह के बाद भी कभी चैन से नहीं रह पाते। ससुरालवालों के मुँह सुरसा से कम नहीं होते। बेटी बूढ़ी हो जाती है, मगर देने-लेने के रस्मो-रिवाज सिर पर सवार रहते हैं। कहते हैं कि जब बेटी होती है तो माँ उसी दिन से उसके लिए चीजें जोड़ना शुरू कर देती हैं। उनकी रातों की नींद और दिन का चैन बेटी ही होती है। नन्ही गुड़िया के स्कूल, कॉलेज, खेलने, कोचिंग के समय में उसकी माँ का दिल केवल उसकी सुरक्षा के लिए धड़कता है। उसके होंठों पर केवल उसके सकुशल घर लौटने की प्रार्थना रहती है। बेटे के लिए भी माँ चिंतित रहती है, लेकिन उसके बचपन तक। बड़े होने पर हमारा समाज बेटे के बिगड़ने, आवारा घूमने, निकम्मे होने पर ध्यान नहीं देता, उँगली नहीं उठाता और उसे एक क्या, हजार प्रेम-प्रसंग माफ हैं। वे भी उसकी मर्दानगी में शुमार होते हैं। वे सिगरेट, शराब, गुटखा और बीयर की लत से ग्रस्त हों तो भी माफी मिल

जाती है, मगर बेटी अपनी मर्जी से साँस नहीं ले सकती। अपना जीवनसाथी चुनने का भी उसे हक नहीं। हाँ, घर की स्थिति कमजोर होने पर घर चलाना, भाई–बहनों को पालना उसका उत्तरदायित्व बन जाता है, मगर अपने मन से विवाह वह हरगिज नहीं कर सकती। वह किसी आवश्यक कार्य से ही बाहर गई हो, ऑफिस में देर हो जाए तो अड़ोस–पड़ोस से सवाल उछलने लगते हैं। ऑफिस का कोई कलीग उसे घर छोड़ दे तो हंगामा ही हो जाता है। घरवालों को विवाह की उतनी चिंता नहीं होती, जितनी अड़ोस–पड़ोस और रिश्ते–नातेदारों को होती है। इसकी वजह घरवालों का इन बातों का सामना न करके बेटियों की ही लगाम कसने की आदत होती है। अगर एक बार आप खुद ये कह दें कि आप अपना घर देखिए, मुझे अपना घर सँभालना आता है, तो शायद इस तरह की बातें बंद हों और माता–पिता होते ही बच्चों की ढाल हैं, मगर आप बच्चों के सामने नहीं आते, घर में छुपते हैं और बच्चों को भी यही सीख देते हैं। बच्चों को ऐसे संस्कार दीजिए, जिससे आपको यकीन हो कि वे कोई गलत काम नहीं करेंगे। जितना समय आप दूसरों के घरों पर नजर रखने में लगाते हैं, उसकी बजाय अपने बच्चों को समय दीजिए, जिससे वे बेहतर इनसान बन सकें। बेटियों के कॅरियर बनाने के बाद भी उनके विवाह के समय माता–पिता को दहेज की मोटी रकम चुकानी पड़ती है। किस स्कूल में यह व्यवस्था है कि वहाँ लड़कियों की शिक्षा मुफ्त है ? किस दुकान से लड़कियों के लिए मुफ्त कपड़े मिलते हैं ? किस राशन की दुकान से लड़कियों के लिए मुफ्त राशन दिया जाता है ? है कुछ ऐसा, जो आपको आपकी बेटी के लिए मुफ्त मिल जाए? कुछ भी नहीं। फिर किसलिए दहेज··· ?

□□□

How's & Why's

of

AN UNEXPECTED UNIVERSE